杨争光文集

杨争光文集

交谈卷

卷·玖

深圳出版发行集团
海天出版社

图书在版编目（CIP）数据

杨争光文集．交谈卷 / 杨争光著．— 深圳 : 海天出版社，2013.1
ISBN 978-7-5507-0569-2

Ⅰ．①杨… Ⅱ．①杨… Ⅲ．①杨争光－文集②杂文集－中国－当代 Ⅳ．①I217.2

中国版本图书馆CIP数据核字(2012)第238426号

杨争光文集．交谈卷
Yangzhengguang Wenji. Jiaotanjuan

出 品 人：尹昌龙
责任编辑：涂 俏
责任校对：陈 嫣
责任技编：蔡梅琴 梁立新
排版制作：花季雨季
封面篆刻：李松璋
装帧设计：李松璋书籍设计工作室

出版发行：海天出版社
地 址：深圳市彩田南路海天综合大厦(518033)
网 址：www.htph.com.cn
订购电话：0755-83460137(批发) 83460397(邮购)
排版制作：深圳市花季雨季杂志社有限公司 Tel：0755-83526403
印 刷：深圳市新联美术印刷有限公司
开 本：787mm×1092mm 1/16
印 张：23.5
字 数：300千
版 次：2013年1月第1版
印 次：2013年1月第1次
定 价：78.00元

目·录

木易章句

《木易章句》之闲言碎语 …………… 4
《木易章句》之十二生肖 …………… 11
《木易章句》之红色词典 …………… 19

说长道短

我的简历及其他 …………………… 27
自序 ………………………………… 31
音乐的另一种解释 ………………… 33
几句话和另几句话 ………………… 35
艺术的尴尬和尴尬的艺术 ………… 36
买书…… …………………………… 40
推开家门…… ……………………… 43
中日电影剧作家研讨会日记 ……… 46
小说家 ……………………………… 55
水与西安 …………………………… 57
人民文学出版社“中国当代作家选集丛书”《杨争光》后记………………… 59
感受足球 …………………………… 61
水养骨肉精神 ……………………… 63
“视觉盛宴”抑或行为艺术 ……… 66

大师扯淡我们也不妨扯淡 …………… 69
《圈子》卷首语 ………………………… 74
我说乾陵 ………………………………… 77
我写毛笔字 ……………………………… 79
给山东大学同学刘功业的一封短信 … 81
两本中国书和一个中国人 …………… 82
我也恍惚了……　…………………… 90
致山东大学师兄贺立华的一封信 …… 93
乡村人物小传（十二则） …………… 95
我的话 …………………………………100
《国家级非物质文化遗产——弦板腔》
序 ………………………………………103
推介短片《大明宫》解说词及部分参考
性画面提示 ……………………………106
我从小学到初中的阅读等式 …………110
“微小说丛书”序 ……………………114
微杂感 …………………………………117

为朋友写的文字

绍武其人其诗 …………………………127
友朝的第一脚 …………………………130
没走红的迟子建 ………………………132
追悼胡宽及为胡宽诗集出版捐款 ……135
陈益发诗集序 …………………………138

水果…… ……………………140
以敏感的神经，以庄重的态度 ………142
诗和刘鹏的诗 ……………………144
阅读安鸿翔 ……………………146
我的口味和张魁的毛笔字 ……………152
读张珂的字 ……………………154
陈云岗及其雕塑之我说 ……………156
关于《大美中国》 …………………166
文字，生命的另一种形式 ……………167
我说王炎林 ……………………169
苗润才诗集序 ……………………172
孙夜诗集序 ……………………175

拟古之文四篇

远行山人 ……………………181
晨光中学十年庆 ……………………182
乾州艺术馆开馆记 …………………184
书法点评本《灵魂的行走姿态》序 …185

作品之外

关于《赌徒》 ……………………189
陷进去，或者落荒而逃 ……………191
关于《流放》 ……………………193

狗嘴与象牙及地域文化小说 …………195
并非“创作谈” …………………………197
我的写小说和我的第一本小说集 ……199
深圳八大家 后记和感谢 ……………202
关于《驴队来到奉先畤》……………204

笔记本里的交谈

笔记本里的交谈（一） ………………210
笔记本里的交谈（二） ………………226
笔记本里的交谈（三） ………………240
笔记本里的交谈（四） ………………255
笔记本里的交谈（五） ………………268
笔记本里的交谈（六）：建明说…… …281
笔记本里的交谈（七）：小说艺术手记 ………………………………………286
笔记本里的交谈（八）：“爱”与“婚姻”ABC ……………………………………313
笔记本里的交谈（九）：“丧家狗”·孔子·“知识分子” …………………318
生存与环境 …………………………345
从刘兰英到马尔克斯 ………………351
重新感受 ……………………………357

作者致谢 ……………………………363

木易章句

《木易章句》者，打发寂寞无聊之闲笔辑录也。计有：

《木易章句》之闲言碎语；
《木易章句》之十二生肖；
《木易章句》之红色词典。

不伦不类，不规不矩。或随心率性，灵机一动；或有意戏笔，遣词酌句。大方之家识之，幸甚。

——题记

• 4

《木易章句》之闲言碎语

好：

许慎《说文解字》释义为“美也”。

从女从子，男女合二为一，天下之大美。

凡世间美事皆为“好”。

福：

福为偶得，所以谓“幸福”。

福者非常有，得之珍之；不得，福我两厢，各得其安。

快乐：

快者，迅速也。

所谓快乐，可以是一个号召：赶紧乐！

痛快：

本不相干，却连为一词。何人所为？

智者乎？不幸者乎？

时为人变：
八十年代，慷慨悲情为精神，穷乐。
九十年代，人为财死，鸟为食亡，实惠。
如今当下，官是官，民是民，商居其间，明白。
放眼世界，全球跟着美国走，省事。

聪明：
有目的地使用智慧。

利用：
因利而用，或因利而被用。

天下为公：
孙文先生身体力行抱疾而终。
步其后尘者几多？
过嘴瘾者众。

智者不虑仁者不忧勇者不惧：

遍查人物资料，孔子前五百年后两千年余，此三人皆为乌有。或有，一时之仁之智之勇而已。

今正为“仁者忧智者虑勇者惧”，如何？

酒色财气：

华夏酒文化源远流长。酒壮孱人胆，更壮英雄胆。有胆敢随其后，赏色劫色，恃才傲物，气自满于天地之间也。

喝吧兄弟们！

一管窥官：

管理者，以官理而管民者也。

何不改“管”为“官”，读、写皆方便省力。

国人好古，不思进化，此为一例。

茶缘：

物以类聚，人以群分。茶人亦然。人茶相逢，清水为媒，执手相视，悦目也。无语交谈，悦心也。

所谓吃茶，人茶互品也。“品”者，缘也。

守株待兔：

实惠者以为愚蠢，

智慧者识其真趣。

礼：

三六九等安居其位，尊卑长幼不逾规矩，天下自然太平。时为

“和谐”。

所以，子云：一日克己复礼，天下归仁焉。

木瓜与琼瑶：

诗云：投之以木瓜，报之以琼瑶。

细究其竟，不平等之交易，以美德作装潢。

中华文明之神力，此其一也。

秀色可餐：

佳肴者，美食也。

秀色者，美餐也?

秀色可餐云者，吃红眼也。

内圣外王：

“达则兼济天下，穷则独善其身”为其另一版本。

进退自如之计乎？流氓行世之道乎？

允厥执中：

天平或许可以。

人有七情六欲三昏九迷七十二糊涂，难矣。

中庸：

欲为者无以中庸，中庸者一无所为。

以中庸诲人者，诳也！

和谐：

在化学，为两种以上物质之化合反应。

在物理，为各种力量均势制衡之状态。

在艺术，为和音和色之美。

在社会，为不同诉求、立场、利益、信仰之个体、团体、族群、国家共存之好梦。

在两性，为不同性别、性格之男女同床共枕合二为一。

故云：异类共存，是为“和谐”；同类相聚，是为“集合”。

天人合一：

信了几千年，天还是天，人还是人。

人，比之动物，唯会说话、制造各类稀奇古怪之物而已矣。

德：

崇德、尚德、立德，均无不可。唯“以德治国”，纸上画饼耳。

人定胜天：

狂妄自大，精神可嘉。

君不见，地球一声咳嗽，唐山、汶川泥沙呼号奔走；天公弹指轻挥，南北冰雪洪水成灾，举国立刻傻眼发呆。

人顺天道，天随人意，逆天而行，必有报应。切记切记!

学而优则仕：

此言如酒，存放时间愈长，酒力愈甚。

早些时，范进饮此酒，笑死自己。

晚些时，孔乙己饮此酒，潦倒自己。

此时今日，中国人皆饮此酒，亿万中小学生放逐童心，为人世间身心劳苦中之最者，抑郁者无数，跳楼者常有。

可谓：中华老酒，源远流长，伟力无减。

变则通通则灵：

王侯将相、三教九流、商贾盗贼、江湖文艺者，皆怀此“训”。一以贯通，遂成仙通灵，为鬼为神。

以人为本：

昔日战天斗地，天地不言。

今日以人为本，天将何为?

古人云：天地不仁，以万物为刍狗。

天怒地怨不仁之日，人为刍狗之时也。

还是与天地万物“和谐”相处为好。

国风：

国风有二，官风民风者是也。

• 10

古之国风，诗三百篇依稀可感。

今国之官风，可见之于领导讲话会议报告。

今国之民风，可识之于网络手机拇指文学。

二风同向，气顺通畅，福在而不觉。

二风相向，气燥凝结，祸伏其中矣。

《木易章句》之十二生肖

一、鼠

十二生肖排老大，却有“无名鼠辈”之说。

鼠曰：舌头为软物，人嘴里难有真话，随他说去。

古时，老鼠娶亲为美谈。早时，老鼠过街人人喊打。今时，老鼠爱大米，流行。

过去，老鼠怕猫。如今，猫见老鼠躲着走。

鼠猫同唱一首歌：不是我不明白，这世界变化快。

鼠年吉词：玉鼠临风

鼠年鼠文：

文明古国，礼仪之邦。既为老大，自应做好榜样。先奉迎春祝辞，诸君且听端详。今年玉鼠当班，洪福无人敢挡。夜夜做梦娶媳妇，日日嘴含棒棒糖。春夏秋冬无烦事，四季都是好时光。再有值班守则，列文于后。当班之年，不偷油，不偷米，不钻粮仓，不咬衣裳，不坏谁家一锅汤。白纸黑字，诸君明察，不妨年末算账。

二、牛

牛生三阶段：养其体；劳其力；食其肉。

听到的好话最多，似乎都要去学，身体力行者少有。此谓“对牛弹琴”如何？

牛曰：弹给人听，与我无关。

牛年吉词：牛角挂书

牛年牛话：

牛年遇牛事不问收获自收获低头只运牛劲，

牛年逢牛市该出手时就出手牛气非君莫属。

三、虎

上山虎，下山虎，都是老虎。

纸老虎，面老虎，也是老虎。

老虎不吃人，威名在外。

解词：虎虎生气

正解：生命蓬勃之象。

偏解：二虎相遇，互不服，气自生焉。

虎年吉词：虎定山魂

虎年虎语：

吾与狮争山林之王，至今未果。人以吾为十二生肖，纯系偏爱。为报相知之恩，吾每隔十二年下山一次，为人守护一年平安，当恪尽职守。无风呼风，无雨唤雨，百灾退避，千烦莫入。老幼大可宽心，安其所享；男女不妨放肆，爱其所爱。一虎雄踞，岂有它哉！

四、兔

兔子不吃窝边草，远处的又吃不到。
吃还是不吃？永远都是问题。

兔年吉词：玉兔枕月
兔年兔吟：
错吃仙药上广寒，
离群索居几万年。
嫦娥舒袖为清冷，
吴刚斫桂多辛酸。
玉兔思归情更切，
奈何无力越河汉。
且把月光作淡墨，
夜夜为君写祝愿：
明月在天上，
好梦在人间。

五、龙

无有之虫
奉为神灵
华夏文明
悬在空中

为人父母者皆怀望子成龙之心。若成事实，则文明古国早为龙世界。十几亿龙子龙孙，摸爬滚打，升天入地，四海翻腾，五洲震荡，岂不恐怖！

龙者，无有之虫。天下父母，望子成“人”可也。

龙年吉词：龙卧福地

龙年龙训：

吾本乌有之虫，误为天之骄子，奉作神灵，并忝列十二生肖，惭愧之余，亦知敬吾者吾恒敬之，赠言于后，聊表龙心：

敬送大千世界风调雨顺，

谨望天下父母望子成人。

六、蛇

出没林莽，罕闻其声。一朝被咬，十年怕绳。生灵神灵，难究其竟。见草动而魄散，影杯弓而魂惊。避之不及，畏惧莫名。列为生肖，称作小龙。供之敬之，奉之颂之。其所谓：骂不过打，打不过躲，躲不过奉。奈何——顶天立地英雄汉，遇蛇立变可怜虫！

蛇年吉词：灵蛇怀珠

蛇年蛇说：

人心不足蛇吞象，古为神话，今已屡见不鲜。金蛇狂舞之年，或多奇迹，欲成大事，勇者不妨一试。

七、马

画马者成名，
拍马者成精。
闻道不分先后，
术业各有专工。

马年吉词：路遥识马

马年马经：

道长纵马，粮草如何？
量力而行，人马之道。
知道者自知自在，
得道者自得自如。

八、羊

羊性温顺，走路需有引领。此或为上帝以人为“迷途羔羊”之由来。

羊年吉词：三羊开泰

羊年羊言：

有狼样之羊，再凶亦是同类——有话好好说。

有羊样之狼，乖巧不易辨识——须多瞄几眼。

九、猴

达尔文曰：人是猴变的。为人祖宗，此可为猴类之最大自豪者也。

据考，女人打架，偏爱伸手抓脸，系取法于猴也。

猴年吉词：美猴缘木

猴年猴礼：

仙桃福桃亦寿桃，猴年猴界不独享，均分天下：江湖庙堂，贫富贵贱，人皆一盘。图个心平气顺，一年乐和。

十、鸡

以鸡同“吉”，亦以鸡同“妓”。

不怪鸡，人之罪过也。

母鸡下蛋好自夸，却也脸红羞涩。

鸡年吉词：闻鸡起舞

鸡年鸡愿：

公鸡打鸣，
母鸡下蛋。
男人赚钱，
女子打扮。
四时有序，
心随自然。
世事纷繁，
不扰其安。

十一、狗

猫狗为世仇，今因娱人而同居一室，相安无事，“和谐”社会之故也。

为官须行狗道：对上，我是狗；对下，我和狗。

狗岂但为宠物，还要为儿女。
岂但为儿女，还要亲过亲儿女。
狗之幸乎？人之幸乎？

孔子被诬为“丧家之狗”。子非但不恼，反以为言之不谬。牛车载经纶，空腹满宏论。襟怀初衷，矢志不移，游说列国。两千多年前之中华大地，已生产出经典意义之知识分子乎？

狗年吉词：苍狗白云
狗年狗问：

知骨头三昧者，狗也。识人生三昧者，何人？
解此问者，狗年必大吉大利，大富大贵。

十二、猪

宠物猪，古已有之，其后不再，今又复养。
可见，回头路是可以走的。

人师猪者有三：
以死猪不怕开水烫之态度，入世；
以吃饱睡好乐天知命之达观，处世；
以喷血大叫去他娘死就死之潇洒，别世。

猪年吉词：
猪宝猪贝

猪年猪禅：
圈小参天机，
从心不逾矩。
愚憨得真福，
无虑非糊涂。

《木易章句》之红色词典

一、红海洋

全球有史以来规模最大，持续时间最长，影响最为深远，遗产最为复杂的人类行为艺术。

演职人员：

总策划　毛泽东

总导演　林彪

领衔主演　各级领导

演员　中华人民共和国全体公民

主道具　红旗　红袖章　红色语录

舞台　除香港、澳门、台湾外之神州大地

主场　北京天安门广场

演出时长　十年

风格品质　狂欢

艺术特色　语言与肢体齐飞　汗水共泪水一色

二、样板戏

上世纪60年代的京剧革命为之发轫，毛泽东最后一任妻子江青为其统筹策划，亲莅引导。主创皆为业界精英。计有《红灯记》《智取威虎山》《沙家浜》《奇袭白虎团》《海港》，钢琴伴唱《红灯记》并舞剧《白毛女》《红色娘子军》，风骚独领，演遍神州，并被拍为电影。为中国戏剧史册中红色经典之经典。

三、红卫兵

据考，该词创造者为清华附中学生。意为保卫毛泽东主席之红色士兵。公元一九六八年某月某日，该校学生男女六人，将印有"红卫兵"之红色袖标，戴上毛泽东左臂。从此，热血青年不分男女，争相佩戴，蔓延全国。作为标志，使用者远超德国纳粹；作为服装佩饰，使用量可使任何服饰设计师望洋兴叹，悲观气绝。

四、黑五类

地富反坏右之总称。即地主、富农、反革命、坏分子、右派。反革命又分历史与现行两类。地主富农为土地改革时期之老品牌。右派为公元一九五七年集中生产。坏分子为无法归类之其他革命对象，乱搞男女关系者亦在其中。

五、文攻武卫

该词发明者暂不可考。经中共中央“文革”领导小组确认固定，流行一时。亦应收入《当代汉语词典》留存后世。所谓“文攻”，即以口头及文字语言互施暴力者也；所谓“武卫”，即以拳脚棍棒刀枪以至大炮坦克互施暴力者也。前者费神费气，后者流泪流血，丢胳膊丢腿丢命者无以数计。两者皆为中国红海洋行为艺术之组成部分。

六、五七干校

“文革”中改造知识分子之“集中营”。因毛泽东主席一九六六年五月七日之“最高指示”得名。入营者，既苦其心志，又劳其筋骨。经干校改造后之中国知识分子，或命归地府羽化登仙，或重登庙堂，或散居各处，可谓命运多样，自有造化，各得其所。

七、伟大的领袖伟大的导师伟大的统帅伟大的舵手

该词发明者为原中共中央副主席、著名军事家林彪。专为毛泽东一人使用。为汉语词典中字数最多之人称代词。有林彪手书印刷品行世，真迹现已成为文物。亦有仿作赝品。其真迹价值不可估量，何人何处收藏不可考。

八、忠字舞

创作流行于十年“文革”期间。可独舞，双人舞，亦可群舞。可台上台下，方便易学。为人类历史上会跳人数最众之舞蹈。边舞边唱，唱词大意为：敬爱的毛主席，我们心中的红太阳，我们衷心祝福您老人家万寿无疆。其“万寿无疆”为三呼。该舞盛极之时，有公公儿媳兄长弟妹同台表演之奇观，亦有被诬为“乱伦之舞”云者。此处之乱伦，乱文明古国伦常之礼意耳。大方之家，切莫望文生义。

九、请示台

全称为“请示汇报台”。现世于上世纪六十年代末或七十年代初造神运动登峰造极之时。凡有人群之地均有此台，为早出请示晚归汇报之所，风雨无阻。几近宗教仪式之早祷晚祷。其时，圣典雄文四卷已成，可与《圣经》佛经《古兰经》比肩，更有七亿信徒，再有庄严仪式，红色乌托邦教几近成型。奈何，“文革”结束，神坛瓦解。中国之难有宗教，此为现代例证。唯毛泽东之照相或在少许场所悬挂使用，与十字架菩萨功用无异。百年之后如何，不得而知。

十、知青

“知识青年”之简称，为“文革”期间城市学生上山下乡运动大潮之遗产。“老三届”为其主力，计百万之众。潮起于公元一九六八年，落于公元一九七六年。究其起因，众说纷纭。今取某抒情诗人一家之言备考：毛泽东天性浪漫，尤长于夜深人静之时突发奇想，以人为羊，为鸟，为虫鱼；生命正鲜活，好做巨人诗。毛料事如神。深山大川，高原林莽，江河湖海，长天流云，百万知青百万诗，诗成，史成。鬼神泣血，举世瞠目。当是时也，女知青有高压线之称，无知者触电无数，多被收监判刑，亦有挨枪子者，遗臭乡里。本该千年不散，今时过境迁，其臭不在，有无辛酸怆然者，亦未可知。然以时间之伟力，纵便有千般万种滋味，亦将风化剥落，踪迹无寻。唯大幸者，当为后世之学人，饕餮其中，经年不辍，著书立言，或可为大师者也。

十一、赤脚医生

以古语可称为乡村郎中。“文革”时期被誉为新生事物，声名突起。始作俑者为毛泽东“把医疗卫生工作的重点放到农村去”之最高指示。其队伍真假参半，手法土洋兼施。出诊未必真赤脚，应急不穿抑或有之。亦农亦医，解痛祛病，功莫大焉。应为文明古国有史以来乡野民间医疗之黄金时期无疑，当彪炳千秋。曾有电影《红雨》《春苗》为其树碑立传。今风光不再。医院已为市场，药品已为商品，国人畏病如畏虎，乡民其畏尤甚。医生看病更看钱，就医如就虎牢关。钱比命贵，命比纸薄。噫吁唏哀哉，国人病，噫吁唏哀哉之最者，国之乡民病。有“诗”为叹：免费医疗一张纸，医保不如抵抗力。昔日红雨今何在？春苗已被钱淹死。

说长道短

我的简历及其他

1957年，我出生于陕西乾县。1964年，我在我出生的村庄上小学。两年后，是世界瞩目的文化大革命。我记忆最深的课文是《小猫钓鱼》和《年四旺狠斗私字一闪念》。四年级，我作为全县学习毛主席著作积极分子，被老师吊在裤带上，在县城里招摇了好多天。1974年底我从一所农村中学毕业，回乡种地，并染上抽烟的恶习。1978年，我考入山东大学中文系，学习汉语言文学。我买最便宜的牙膏，抽廉价的劣质烟草。我读了一些书，知道了托尔斯泰和海明威。知道了鲁迅不是世界上唯一的伟大作家。1982年，我被分配到天津市政协工作。这一年，我见到了漂亮的抽水马桶。在出了许多洋相之后，我感到了屁股的高贵。也是在这一年，我到北京走了一趟。北京的街道使我泪眼模糊。转过年，我便娶妻养子了。

1979年，我发表了第一首诗。1980年，我发表了第一篇小说。那时候，我想当诗人。我对诗产生过十多年的迷恋。1986年，我在陕北的一个小村里住了整整一年。这一年的经历对我产生的影响非我所料。我和小说结下了不解之缘。其后的几年中，我写的小说大多收在我的第一本小说集《黄尘》里。

1989年底，我调西安电影制片厂任专业编剧。和电影的交情又一次带给我一些运气。我写了《黑风景》《赌徒》《棺材铺》《老旦是一棵树》等几个中篇小说。细心的读者一定会发现它们和电影的某种关系。在西影的两年中，我写过七个电影剧本，有两个拍成了电影。其中《双旗镇刀客》获得日本夕张国际惊险与幻想电影节大奖。据说电影是导演的艺术，我自然不宜多嘴。

在我写作的过程中，许多人给了我无私的帮助；我的每一篇作品的编辑都为我付出了劳动。我对他们满怀感激。

中国的小说，我喜欢《红楼梦》和《创业史》。

在作家中，我喜欢列夫·托尔斯泰和鲁迅。

契诃夫的机智和海明威的简洁使我绝望。伟大的小说家以他们的天才使小说的写作荆棘密布，险象丛生，令人望而却步。可惜的是天才和普通人一样也会死，而不断发展的时代又不能没有小说艺术。要不，他们写，我们读，那该有多么愉快。

是的，小说是一门智慧的艺术。问题在于，操作是一回事，是否具有操作的智慧是另外一回事；写出几篇可看的东西是一回事，写成一个真正的小说家又是一回事。

然而，契诃夫没有因为列夫·托尔斯泰和莫泊桑的存在而改行。大狗叫，小狗也叫，各用各的声音叫，他这么说。后来的事实证明他和他们叫得一样好听。

既然这样，那就甭管那么多，想叫就叫几声。

我迄今为止的小说，多以农村为背景。我这样做是基于两方面的原因：一是我熟悉他们；其次，我以为中国是一个农民国家，中国的城市是都市村庄。中国农民最原始、最顽固的品性和方式渗透在我们的各个方面。愚昧还是文明？低劣还是优秀？这只是一种简单的概括。它是靠不住的。

他们遇到了一些事情，他们按他们的方式做了，我就这么写。这也是我最感兴趣的。当然，我得按我的方式和语言去说，去讲述。

我有意和我所写的东西保持着距离。我以为这样做，我就可以平静一些，尽量避免受自己的欺骗。

我想说的一切，都在我的小说里。如果是一个故事，它就在故事的过程中；如果是几个人物，它就在人物的行为里。小说只能是小说。小说之外的话，只能在小说之外去说。

当我感到我的小说用几句话就可以说清楚，我就会考虑把它撕掉，然后吹几声口哨，或者找人聊天去。我觉得这样做可能比写那篇小说更有意思。

我没有文思泉涌的时候。我写得很苦。

优秀的小说是由优秀的小说家和优秀的评论家、优秀的读者共同创造出来的。所以，从某种意义上说，小说的钥匙不一定在小说家的手里。

优秀的小说可能挂满了锁。它需要钥匙。

但是，真正的评论家不仅仅是一把钥匙。他有自己的话要说。小说是他说话的材料。世界上没有万能的钥匙。对每一位作家作品都有兴趣说话的评论家是可疑的。为评论而写的小说肯定乏味；看小说家的脸色而作的评论同样乏味。小说和评论都需要一种勇气。好的评论不仅要触动小说家，也要触动众多的读者。

我怀疑我有些不知天高地厚而说了以上的话。

但我是真诚的。只要我还写小说，我就需要评论的关注。也正因为我还写小说，我希望我能读到令我心动的评论，不管它评论的是哪位作家，哪篇作品。

我写得很少。我还有几个东西要写。我希望我能写好它们。除此之外，我还希望我能有一套房子，把我从地下室那间十几平米的屋子里解放出来。那里终年不见阳光。我一家三口在那里已住了整整八年，恰好和小常宝装哑巴的时间一样长短。

当然，这仅仅都是希望。

1992年4月

自序

——为一本未能出版的自选诗集作

当我对哲学把世界人为地分裂成绝对的物质世界和主观世界的依据产生怀疑时，我对艺术哲学中所谓的“真实”也就失去了兴趣。我曾为了写出“真实”的作品而绞尽脑汁，这实在是一种浪费。

每一个人都有权利运用自己的智慧和方式揭示或解释世界，事实上也这样做了。数学、化学、物理、政治……哪一个更真实些呢？我不知道。据说照相是真实的，但我发现它在真实的幌子下进行了一种取舍。取舍的同时，它不可避免地破坏和歪曲了取舍之物之间的关系。这实在是一个讽刺。

我读过一些理论家的书，并为他们的才华和妙论所激动，折服，但我终于唾弃了它们。顾盼之间，我突然发现路在后头，而前头一片苍茫。

也许正因为往前去是未知的，所以才有了往前走的兴趣和欲望。

当牛顿力学风靡世界并被确认为真理的时候，爱因斯坦粉碎了它，使它处于一个尴尬的境地。这并不幽默。爱因斯坦就能站稳脚跟么？有人已攥紧拳头瞄着他的腹部或者腰开打了。当然，纪念碑是打不碎的，这是另一回事。

对语言的热爱是人类独有的品性和传统，而更好地运用语言则是诗人的天职。诗人不比世界上任何别的人高明，但就语言的运用来说，他们无疑是最具想象力的。我所说的想象力不是那种随心所欲的胡思乱想，它永远都是建立在严肃、自信和魅力的基础之上的。严肃，使它不至于被滥用，而自信和魅力则是创造的基石。

不知从什么时候开始，我对形容词产生了恶感，以至于形成了一种古怪的偏见：它总是和虚弱与贫乏联系在一起。这种偏见在我后来的作品特别是小说中，显得尤为惹眼。

我从来没有摒弃过责任感。没有责任感，就不应该选择写作——其实，要做好任何一样事情，责任感都是必须的。

我也没忘记过良心。但我时常告诫自己：别上自己的当。被别人欺骗是痛苦的，而自己欺骗自己，并获得成功，后果则是灾难性的。

老家人蒸馒头有一句话：面要揉到，气要烧圆。我很欣赏它。

我写得很苦。我有时很羡慕那些写得潇洒的人。

当这本小书——它选辑了我一九八二到一九八九年的部分诗作——有幸问世时，我的心情是复杂的。为文的艰难常常使我有一种悲凉之感，为文的艰辛又常常使我感到欣慰。在我写这篇短文的时候，我又一次经历了这种情感。这可能是一辈子的事情。

人注定要在一棵树上吊死。这就是命运。

是为序。

1992年7月

音乐的另一种解释

歌是谁都会唱的，只是好与不好的区别罢了。但谈到音乐，却就不那么轻松了。对我来说，尤其如此。我爱唱歌，甚至吼秦腔，吼得红脖子涨脸，对音乐则一窍不通。我总觉得，在所有的艺术门类中，它可能是最神秘最不能言谈的一种。

小学时上音乐课，以为是教唱歌，但老师上台来，并不教唱，而是讲马的蹄脚：强、弱、次强、弱，和马蹄大致一样。对马的蹄脚，我是熟悉的，却怎么也想不到它竟和音乐连在了一起。

音乐并不只是唱歌，而且，音乐和马的蹄脚有关。这就是我对音乐的初次感受。

大学毕业时，有位同学给我留言，写了两排阿拉伯数字：3331，2227。我不知所云，哼出声来，竟是贝多芬的命运的敲门声。汗颜之余，是对音乐的肃然和敬畏，胸膛里有一块东西，似乎经受了一阵猛烈的敲击。

后来，便是多活了几年。活的时间长了，见的也就多了一些，对许多东西的敬畏便随之消解。但对音乐，却一直怀有最初的感受，只是不再觉得那么神秘和不可理喻了。歌确实是音乐，但音乐不只是歌，它是用智慧和灵性的声音建构起来的一方天地。只要你心中有音有声，你就能消受它，拥有它。如果说烧饼是我们这个世界存在下去的力量，音乐就是这“存在力”的旋律。音乐和它的创造者不能不吃烧饼，做烧饼的也不能不拥有和消受音乐——即使不去音乐厅，你也逃脱不了音乐的环绕。连马蹄声都是音乐，你的劳动就没有一点响动？

音乐竟是这么一种东西。

如果我还没把我对音乐的理解说清楚，那就再补充一句：你的音乐就是你的心跳和脚步。

原载于《音乐天地》1994年第一期卷首

几句话和另几句话

——在第五届“双五”文学奖颁奖会上的发言

包括我在内的13位作家有幸获得了本届“双五”文学奖。颁奖之际，照例要有一位获奖作家代表获奖者说几句话，我很荣幸得到了这一说话的机会。

有几句话是一定要说的：

感谢来辉武先生，他慷慨资助了许多有益的事业。他没有忘记在商品经济大潮中艰难挣扎的文学。“双五”文学奖的设立，使陕西文坛显得光彩了许多。

感谢诸位评委。由于他们的辛苦劳动和对文学的责任感，一年一度的“双五”文学奖才显示出一种严肃的姿态。

还有两句话要说：第一，奖金很快就会花光，证书也会变旧，但文学应该是常新的，获奖的作家们不会就此扳起耳朵睡觉。第二，文学作为一项创造性的劳动，什么时候都是艰难的。越认真，就越艰难越苦，却偏偏有人愿意在这棵树上吊死。希望一年一度的“双五”文学奖能坚持下去，为这些甘愿上吊者喝几声彩。说不准哪天这些上吊者中有几个突然就成了“仙”。这不仅仅是一句玩笑话。世界很大，什么事情都有可能发生。

谢谢各位。

1995年8月19日

• 36

艺术的尴尬和尴尬的艺术

有人把毛主席像章别在自己的皮肉上，以表示对伟大领袖的忠诚。这已经被讥笑为愚昧。如果有一位行为艺术家在大庭广众之中重演一次，表现一下这曾经的愚昧与狂热，敲打一下人类的记忆，我敢说，这很可能是一次行为艺术。但我想，恐怕没有哪位行为艺术家去“为”的，因为这样的行为要付出沉痛的代价。艺术家是敏感的，从肉体到精神。一般来说，艺术家愿意受精神的疼痛，而不太愿意受皮肉之苦，不像那曾经有过的在皮肉上佩戴像章的人。所以，行为艺术家更愿意变换一种方式，比如，找一头猪，把它赶到展厅里，剃它的毛，听它惨叫，然后——很可惜，艺术家没给它剃掉毛的皮肉上佩挂像章，而是佩戴了戒指一类的装饰品。艺术家的想法和我不一样，要表现的是另外的东西。但我坚持认为，如果艺术家认为有必要，他是愿意给猪佩戴像章的，而不是他自己。如果让艺术家佩戴像章受皮肉之苦，就可能出现难堪和尴尬。

也许艺术家并没有我说得这么怯懦，当需要付出的时候，他也是可以让人去“为”的。艺术家马赛尔·杜尚有过一次被称为行为艺术的杰作，叫《下棋》。在帕萨迪纳博物馆，一位全裸着身体的女性和杜尚共同完成了这次杰作，据说非常轰动。是因为杜尚奇特的构思？是那位女性脱光的裸体？为什么杜尚要把裸体的光荣让给女性，而不是他自己？如果裸体的是他自己呢？男性的裸体也是富有表现力的，许多大画家就画过，也是很轰动很有生命力的。如果他和那位女性都全裸着身体呢？三十年后，复制大师麦克·比德罗复制了这一杰作。很遗憾，他是复制。他要是在复制的时候有所改动就好了，他要是把裸体的光荣留给自己而不是那位模特儿，或者他和那位女模特共同裸体就好了，这样就可以试一下我上面的胡思乱想会有什么样的效果了。

我可能是小人之心度君子之腹。我怀疑在这样的行为艺术里，杜尚先生是愿意当衣冠楚楚的君子的。他把尴尬让给了他的那位女性合作者。但女性合作者似乎并不感到尴尬，在那幅行为艺术的照片上，我就看到了裸体的女性以她的平静如常显示着对楚楚衣冠的男艺术家的蔑视。

大师要表现的正是这个么？

也是因为这《下棋》，才有了对《下棋》的复制。当复制大师在复制的时候，他把地点换移到了商店——复制还是可以改动的。也就是因了这点改动，警察便接到了愤怒的商店邻居的举报，并赶到现场。在得知这里进行的是行为艺术的复制行为之后，警察表现出对艺术的宽容，让复制大师与女模特儿的下棋又持续了五分钟。

我在想那位愤怒的举报者。他或她知道了举报的是一位复制大师在复制另一位大师的杰作之后，还会不会愤怒？但毕竟是愤怒过的，因为他不知道那是艺术。

当艺术和艺术家与不懂艺术的人遭遇时，也会有尴尬的出现。

撒切尔夫人是成功的政治家，对艺术却不内行。据说——说得有鼻子有眼的——她去格拉斯哥博物馆参观时，把凡·高的名画《向日葵》当成了菊花。“梵·高画的菊花真是不可思议，您说是吗？”铁娘子对陪同她的博物馆馆长说。“嗯，我想这是向日葵，我的首相。”可铁娘子并没有理会馆长小心的提示，也许对馆长的提示没听清，又说：“而且您知道，斯巴尔丁先生，这根本不是梵·高画的最好的菊花。”也许我的“据说”是杜撰的笑话，大概是在讥讽铁娘子的不懂艺术。也许是真有其事。不管是笑话还是真有其事，我都觉得它不仅是在讥讽铁娘子，也是对艺术的讥讽。梵·高的《向日葵》确实是有些像菊花。碰到铁娘子这种人，艺术是哭笑不得的。我想，如果梵·高的《向日葵》拿到我们村上去展出，我们村上的人很有可能会和铁娘子一样把它看成菊花的。铁娘子看它是像菊花，就说成是菊花，不过真诚了一把。对她的不懂艺术的真诚可以发笑，对我们村上的人还能笑得出来吗？还有，如果知道了这幅画价值数百万美元，不管它是菊花还是向日葵，我们村上的人会认为买这幅画的人肯定是一个疯子。

艺术品可能是，至少可以说主要是艺术家给他们的同类制造的，要不然，艺术家和他们的艺术为什么会出现这样的尴尬呢？

艺术很难有独立的存在。如果有，艺术家就不会有辉煌的生存。要么，被意识形态控制，要么，为时尚和金钱控制。如果说前者是艺术的悲哀，后者就是艺术对自己的嘲讽。它依然是尴尬的。

硬要说艺术的独立的存在曾经有过，那应该是在它还没有被认为是艺术的时候，也就是在它没有和人类的劳动生活分离，没有所谓的职业艺术家的时候。当艺术成为一种职业，艺术家就需要社会的供养，吃人的嘴软，拿人的手软，这几乎是一个铁定的规律。你不想也不愿意“软”，你就别把艺术当成什么了不起的玩意儿，别指望他给你换票子换房子换车子。你可以挣脱意识形态和时尚、金钱的控制，你能挣脱自己欲望的控制么？

当艺术成为艺术的时候，就已经决定了它的尴尬命运。艺术家自己以为好是不够的，甚至是不重要的，还得有众多的人以为好，不是这一群，就是那一群。这就不仅是尴尬了，还得加上痛苦。

我们村几乎每一代妇女中都有绣花的高手。她们在为自己的生活点缀，也让其他的妇女眼热手痒。她们没用她们的绣花。她们是独立的，想怎么绣就怎么绣，不尴尬，也没有痛苦。当她们要用它换钱的时候，甚至想更多的换钱的时候，让她们试试，看她们在绣的时候还有没有那种愉悦，而这，却正是艺术的最可宝贵的东西。

回过来再说行为艺术，就我有限的目力，我所看到的关于行为艺术的介绍或拍下的照片里，还没有一件行为艺术的作品让我产生惊心动魄的感觉来。真正给我这种感觉的，偏偏不是行为艺术家制作和创造的。比如，毛泽东和中国七八亿人民共同完成的那一场历时十年的文化大革命，就很可以看做一次"行为艺术"，几乎人类的所有情感在这一次行为艺术里都得到了表现和体验。这足以让所有的行为艺术家绝望。相比之下，他们的那些作品显得苍白无力，雕虫小技得很。

只有人类的活动才能真正称得上伟大壮观的行为艺术。这是要人类的领导者，组织者和人民合力去完成的。

我不是说我们不可以去做行为艺术。我的意思是，行为艺术，其实，也可以包括各种艺术，在它抬脚起步的时候，遇到的就是一种尴尬的境遇。它基本上是绝望的。它注定要在绝望中挣扎，努力。它只能在肢体上做完整的生命梦想，在碎片里找寻完美的影子。这种努力和挣扎，有时候就会显现出我们作为人的某种精神，让我们冲动，愤怒，或者愉悦和宁静；有时候也会显现出我们作为人的病态来，让我们沮丧，灰心，总看见坟墓和坟墓上招摇的乱草，这实在是没有办法的事情。

1999年5月23日

● 40

买书……

当我能够读书也喜欢读书的时候，没书可读。那时候我在农村，我几乎搜尽了附近三个村庄能够搜寻到的书。很可怜，没有几本，且都是些卷了边儿的、缺页码的、没有封面封底的。可见，能够读书也喜欢读书的人不只我一个，这些书不知被多少人翻过多少遍了。

后来我才知道，不是中国没有书，中国的书都封锁在大大小小的图书馆里，蒙着厚厚的灰尘，它们跟我一样着急也一样的无可奈何。人无法选择出生的时间和地点。我想，绝对权力大概是有的吧，在你出生的那一刻，它就给你显示了它强大的存在，它告诉你，在很多重大的问题上不是你说了算。我怀疑，这才是我们一落地就放声大哭的真正原因。

我家离县城十里地，徒步不到一个小时，不算长，但去县城的机会极其有限，就算是逛，也要花钱的，而钱是我最紧缺的东西。为了有点钱能进县城的新华书店，我和我的一个同学拉着架子车串村卖了几天生产队的葱和韭菜，得了几块钱的酬劳，就一同去书店买书。我至今还记得其中的三本，一本是李希凡先生的《用阶级观点评论〈红楼梦〉》，还有两本是鲁迅先生的，一本叫《门外文谈》，一本叫《三闲集》。能把这一次的买书记得这么清楚，是因为它不但给了我清晰的痛感，也给了我清晰的快感，并一直贴在我身体的某个部位，成了我的一块敏感的皮肤。痛快，痛快，痛和快原本就该连在一起的。文化专制的铁手并没有把一切捂死。至少，鲁迅以无产阶级的文学家、思想家和战士的形象被供奉着，使我有了走进他的机会。这该是我要感谢那个时代的。

我大量的阅读是在上了大学以后，图书馆启封了，我在阅读中和许多伟大的文学家、思想家相遇，他们和鲁迅一样滋养了我的精神，给我愉悦，让我兴奋和激动。每读一本好书我都像当了一回皇帝一样——在我过去的想象中，皇帝是世界上最幸福的人。我甚至想，如果每天能和这样的人在一起相处，听他们说话，那该多好。

对上眼了，喜欢上了，就想常在一起，对书也一样。我想拥有我喜欢的书，但对一个拿全额助学金的农村学生来说，钱依然是最紧缺的东西。这一回没卖葱和韭菜，而是省——我几乎不吃菜，买三分钱一块的豆腐乳，血红血红的，没有哪一道菜比它的味道更激烈淋漓。省去的菜就换来了我所喜欢的书，尽管数量很寒碜，却使我的生命有了一种踏实感，就像饥饿的人能吃几顿饱饭一样。十几本吧，那十几本书至今还和我厮守着，没有分开。

其实，这时候的书依然是有限的。虽然有限，却大都是经过那些懂书的人、会读书的人挑选出来的。就说那些翻译过来的书吧，翻译家似乎都是高人，他们的手都是高人的手。再说书的模样吧，大都朴素，决不花里胡哨，一如它们的内涵。哪像现在呀，走进书店，那么多的书在向你搔首弄姿，飞眼挤眉，你好像进了红灯区。如果翻几本看看，你很可能还会想到一句俗话，叫做丑人多作怪。

这就说到现在了。现在，你几乎要相信我们已经处于一个出版极度繁荣的时代了。写家真能写，翻译家真能翻，出版家真能出。可是，不再为没钱买书难堪的我，却遇到了另一种难堪：每走进书店，面对那么多五花八门的书，我常常感到没书可买。曾经的那些写书的、翻译书的、出版书的高人都退休了么？蒸发了么？

真是的，我想读书继而要买书的时候总是很尴尬的。

2004年

推开家门……

家就是一个人拧亮了灯在等你。这是三毛的话，在她的眼里，家是一首温馨的诗。

我想有个家，一个不需要多大的地方，在我疲倦的时候，我会想到它……这是歌，大街小巷都在唱，唱得人心里忽儿忽儿的，直动弹。

可是，有多少人怀抱鲜花，沿着浪漫激情的波动和《婚礼进行曲》的优美旋律推开“家”门时，却发现，诗意在陡然间消失了。他们向往的那个“家”变成了另外一个模样，变成了厨房里的锅碗瓢盆煤气罐和菜篮子，变成了门背后的拖把、床底下几天一堆几天又一堆的脏衣服臭袜子和一块又一块尿布。然后，是无休止的口舌，摔碟子砸碗，一肚子晦气怨气，保不住还有恨气，到头来，也许连拌嘴吵架摔碟子砸碗的激情也消耗殆尽。然后，不离婚就只剩下熬了。受不了这种打击的，也许会上吊喝“敌敌畏”。

“家”到哪儿去了？“家”在何处？要知如此，何必当初？争吵的、怨恨的、分手的、上吊喝“敌敌畏”的，可都是为了幸福、为了美好、为了感受人生的甜蜜，花前月下、勾肩搭背走到一起，说不完道不尽，相亲相爱的人儿啊！然后就痛苦，就百思不得其解，解开了就有一句感慨：家庭是爱情的坟墓。

是坟墓，你别进啊！可谁都免不了要进，且大都怀着三毛一般的诗意，拦都拦不住。

三毛错了么？一个人拧亮了灯等你，你一进门就会感受到家的温馨。可是，等你的那一位也同样能感受到那种温馨么？今天拧亮了灯等你，也许有等的温馨，甚至，还有你进门时见你的温馨，可是明天呢？后天呢？一个人每天都这么拧亮了灯等你，拧个十年八载，等个十年八载，还能有那种温馨的话，我想，他（或她）一定是个机器人。退一步说，两个人换着拧亮灯光，你一天我一天，或者你一月我一月，这么互相拧亮灯，等个十年八载的，我想，也许有一个人会受不了，会发疯的。要不，他们该是一对机器人。

我当然不是故意抬杠，十年八载对一个家来说，并不算很长的时间。

其实，三毛没有错，她的话更多的是对“家”的一种瞬间感受。每一个家庭都不可缺少这种浪漫的诗意，但是，家庭更多的，却是一种实在的、具体的、琐碎的事务。家是一辈子的事，一辈子是需要厮守的。如果你不仅在轻盈柔曼的小夜曲里，而且在锅碗瓢盆的碰撞中，在一盆又一盆脏衣服臭袜子尿布的搓揉中，在菜篮子的摇晃中，在拖把和地板的摩擦中也能创造出并领略到一种温馨的诗意，你拥有的这一份温馨才可能是真实的，真正属于你的。

这很难很难，但你别无选择，否则，碟子和碗就会分裂，然后分裂的就是你和他（或她）。要不就只有上吊喝“敌敌畏”，当然，安眠药也有那种让你永远过去的功效。

要么，家是一首温馨的叙事诗，要么，家是爱情的坟墓。

当婚礼进行曲奏响的时辰，也是你从恋人变成妻子或丈夫的时辰。恋人不是妻子或者丈夫，这两种角色是不能混淆的。你必须做好准备，接受玫瑰花和轻柔的吻比接受尿布拖把和煤气罐更需要勇气和毅力。当你要敲开“家”门的时候，你不能仅仅记着三毛那句话，你还得想到那些更为实际却是更为重要的东西。跟着感觉走、潇洒走一回，唱唱是可以的，但你不能一味地跟着感觉走，更不能自顾自地潇洒走一回，除非你不想走到底。

毛泽东说过这么一句话：一个人做一件好事并不难，难的是一辈子做好事。把这句改一改：一个人爱你一次并不难，难的是一辈子爱你。而且，一辈子爱一个人比一辈子做好事更难。你怎么能想着他或她一辈子天天那么傻乎乎拧亮灯等你呢？就算他或她能那么天天等你，你就能消受得了？

也许你恰好遇到那么一个人，心甘情愿地天天拧亮了灯等你，拧一辈子等一辈子，你温馨他（或她）也温馨，那我只能说你福气了。

1995年

中日电影剧作家研讨会日记

（1999.11.26~12.5）

11月26日

走了一回国际通道。

9时45分，乘中国民航295次航班赴日本，参加第14届中日电影剧作家研讨会。中方代表团一行10人：谢铁骊、韩志君、金燕、李平分、杨时文、马卫军、曹文轩、黄丹、潘一尘、杨争光。前三位分别为团长、副团长和秘书长，“麻雀虽小，五脏俱全”。但，其余7人“排名不分先后”。

12时30分，到达东京成田国际机场。

入住后乐宾馆。

东京和北京时差1小时。空气清新湿润，并不如想象的那么寒冷。离开北京时，却是有了冬天的感觉的，风很锋利。

17时30分，日本剧作家协会以自助餐招待。由于饿，便吃了米饭——我是不吃大米的——发现日本的大米很好吃，黏而香。一问，果然比中国的大米优良。据说，日本优良的大米品种是绝不出口的，不愿和世界人民共同分享。这和他们对汽车、电器产品的做法截然两样。看来，让什么出口和不让什么出口，日本人是心中有数的。

晚上，铃木尚之（日本剧作家协会主席）请我们去一家酒吧喝酒。酒吧很小，简简单单的，是东京的电影人常去的地方。酒吧位于男性同性恋活跃的地段。酒间，翻译汪晓志领我们去街上看“景”，并进了几家专为同性恋者服务的商店。没觉得有什么新奇的东西。为同性恋者公开服务，却给了人一种生存的自由的感觉。另类自有另类的生存空间。汪晓志给我们指认（当然是私下）的同性恋者们，看上去神态自然。他们的活动是公开的，倒使我们这些“偷窥者”显出了阴暗和猥琐的一面。

从酒吧回来，并无睡意，和曹文轩、黄丹、马卫军三人上街漫步，至东京时间凌晨1点方归。曹文轩在日本待过十八个月，对这里是很熟悉的。

东京的街道有些像上海。

街道很干净，清清爽爽的。马路上烟头不少，尤其是立交天桥上，水泥地板的缝隙之间随处可见，但不觉得脏乱，大概是由于整个环境干净的缘故。路面像水洗过的一样，烟头也是经过了水洗吧？

有男人在阴影里撒尿，很放肆。日本女人绝不会这么放肆的。

东京市居住着一千二百万市民，占日本人口的十分之一。在二十多层高的楼顶看夜景，东京市灿若繁星。一种杂乱的辉煌。东京的秩序突出地表现在它的交通。它的交通早已立体化，地下、地上、空中四通八达，地铁也是立体的，通往城市的每一个角落，每一个郊县。据说东京是全世界最安全的城市，我们在街道上确实看到过自行车，竟没加锁，也看到过停在街边的轿车。它们的主人是不怕偷的。他们信任他们的城市。我接连丢过三辆自行车，都是在我家院子里被偷走的。为了不再供养小偷，我已经五年不买自行车了。

没有到了域外的感觉。到处的招牌夹杂着汉字，见到的面孔不论男女都和中国人没什么两样，包括皮肤。听见从他们的嘴里叽哩哇啦吐出来的都是我听不懂的语言，我才知道，噢，我在日本。

日本人的个头似乎比中国人的矮一些。日本的许多女孩，似乎是“罗圈腿”，据说是坐“榻榻米”的关系，又据说，上大学以后会改变的。我不信，因为我在街上看到许多日本妇女也是“罗圈腿”，在一个教育程度发达的国度，难道他们都没上过大学？

11月27日

9时30分出发，去浅草、台场参观。

浅草寺是一座佛教寺庙，庙前有一条街，出售各种小工艺品和各种小吃，都很精致。在寺院抽签的人很多。凑热闹去抽签，接连两个都是凶签，很有些不服气。有几位同胞抽到大吉，很得意。问他们，才知道抽一签要交100日元。我是没交钱抽的签，不是不愿交钱，而是无日元可交。看来，佛也“超度”到了经济社会，和我们凡人一样，也是爱钱的。

据日本朋友介绍，浅草一带是过去的东京的模样，现在成了游人游览的去处。

台场一带却是东京现代化气息最浓的地方。参观了富士电视台，在24层处俯视东京，高楼林立，道路交织，背后就是海。海水绕进城里转了一个半圈，就“转”出一条河来，有桥飞架，很有些壮丽。我们曾在那河边公园里小憩。河里海水清澈，是中国的每一座城市河里不曾有见的。

17时30分，在天国银座餐厅参加日本剧作家俱乐部为我们举行的欢迎宴会。见到了新藤兼人先生，先生87岁高龄，还在导演电影，举世罕见。

11月28日

10点出发，去NHK参观视察。NHK是日本唯一不收电视广告费的电视台，经济来源是靠电视用户交纳的费用。并不是所有的用户都能自觉交纳，但交纳者有80%以上，这种自觉在中国不可想象，至少是现在。所谓的高清晰度电视就是这儿研制开发的，画面确实清晰，和电影胶片的效果所差无几，影像的厚度和层次感似乎不如胶片。这里正在研制立体电视，并给参观者展示了戴眼镜和不戴眼镜观赏的两种。据说五年以后立体电视就可以逐步推向市场。

在NHK看到了电视片、剧的摄制现场。绝大部分的电视片、剧的室内部分都可以在电视台的楼里拍摄。可以见出日本电视制作工业的发达。

午饭后看电视电影《水中的八月》和《百年男人》，前者就是用高清晰度电视摄像机拍摄的，影像不但清晰而且漂亮，水中的镜头和退潮后的海滩令人难忘。剧本是参加这次研讨会的一位剧作家加藤正人先生写的，内容是一个中学毕业生的暑假：青春、躁动、迷惘，并不算新鲜，但导演还是想了许多办法，让一个并不新鲜的故事显出了它的清新和美丽。该片由数码转为胶片，参加过好几个国际电影节，并多次获奖。《百年男人》是用普通摄像机拍摄的，感觉平平，但男女主人公的表演很精彩，尤其是男主人公，属于不做戏也具有魅力的一类，一问，果然是日本有名的演员。

晚上，参加日本剧作家俱乐部的活动，吃饭聊天，谓之交流。看见有人在收钱，问翻译，才知道不光是今晚，在整个研讨会期间，日方的朋友都是自费。中国没有这种事情。中国习惯使用公款。

11月29日

10点出发，去东映观看电影《祈求爱的人》。该剧获得了去年日本“电影旬报”的最高奖并多项单项奖。冲击力是有的，但感到影片的编导似乎并不清晰他们要做的是什么。多义性并不是问题，问题在于从每一个“义”去深究，似乎都有重大障碍。在下午的讨论中，这一印象得到了证实：编剧和导演的意图不一致。也许电影是感性的（创作），感观的（观众），但我固执地以为，作为创作者，却必须是清楚明白的。这部影片给我印象最深的是母亲的扮演者的表演，有爆发力，很精彩。

下午，看中国代表团带来的电影《草房子》，描写的是1962年的一位小学生的故事，是小说改编，原著和剧本改编都是曹文轩先生。

中日双方互相介绍各自国家的电影现状。都不景气，却都在挣扎，努力。日本比中国要好一些。

11月30日

10点出发，去东映剧场继续观看影片，先看中国代表团带来的又一部影片《那山那人那狗》，是今年的金鸡奖得主。我不喜欢这部影片，不喜欢它的意识和情调。

下午，讨论《草房子》和《祈求爱的人》，在剧作家会馆。

日本剧作家荒井晴彦私下问我喜欢不喜欢《那山那人那狗》，他说他不喜欢。我也直言相告。他说他对《祈求爱的人》评价不高，并问我怎么看？我说我的评价也不高。他又问，这两部片子分别在自己的国家得了最高奖，你怎么看？我说，要么，两个国家在这一年都没拍出高质量的影片，要么，两个国家都没有评出他们该年的最好的影片。荒井先生笑了，说：挺辛辣的。我到东京的第一个晚上就认识了荒井先生，就在那家小酒吧里。他写过很多优秀的电影剧本，并拍出了优秀的影片。

12月1日

10点，去东映剧场看新藤兼人先生编剧并导演的新片《我要活》。我曾看过新藤先生的两部影片《鬼婆》和《裸岛》，并在他的一本关于电影编剧的专著中读过《裸岛》的剧本。他是我极敬佩的一位电影艺术家。

下午，讨论《那山那人那狗》和《我要活》两部影片。在讨论《我要活》之前，新藤先生首先介绍了他的近代映画公司，然后又介绍了他何以要写要拍《我要活》，他给我们一个小小的调侃，说：我的发言可能要长一些时间，因为我不想给你们的攻击留更多的机会。新藤先生的发言是我听到的最朴素最动人的发言，整理出来，就是一篇精彩的美文，可惜没有记录。新藤先生介绍说，他的近代映画是日本最早的独立制片公司，初衷是为了拍自己想拍的影片，以保持艺术的独立和自由。起步时，近代映画受到各大公司的排挤，但还是在夹缝中坚持下来了。相反，当初的那些大公司已经倒闭或正在倒闭，更多的独立制片公司在诞生，在成长，形成了日本活跃也无序的电影现状。新藤先生说：尽管艰难，但电影不会消亡。为了生存，近代映画把自己的影片带到大公司不屑光顾的偏僻的县镇去放映，至今依然是他们有效的发行方式。新藤先生几十年前拍摄的《裸岛》，现在还在为近代映画卖钱，虽然少，但也是收入。新藤先生身体矮小，貌不惊人，却是有力的。在他这里，我感到了一位电影人对自己的事业的拳拳之心。

新藤先生说，《我要活》是基于对老年人的理解和体验而萌生的创作。新生命的诞生使旧生命显得多余。日本的老年人就是这样，讨人嫌，这是不公平的。《我要活》就是对日本社会对老年人的不公的大众意识的一种回击。在影片中，新藤先生把这种社会意识和社会势力塑造成一群乌鸦，他让女主人公（男主人公的女儿）用枪把它们打成了一片片华丽的羽毛。87岁的新藤先生，还有着如此激烈的情感！

《我要活》获得了莫斯科国际电影节大奖。

我倒没把这部影片看做一部老人问题的影片。我以为，《我要活》和我看过的《鬼婆》和《裸岛》有着一致的精神：生命，生存，欲望，挣扎，在挣扎和冲撞中展示生命的力量。但这一部，生命在显示力量的同时，也显出了它的无奈。灿烂的不是“我要活”的景象，而是乌鸦的羽毛；枪击乌鸦的不是那位努力要活下去的老人，而是他的患有抑郁症的女儿。把老人送上乞姥山（日本古时的一种陋俗）是不好的，送到疗养院（现代流行的一种办法）也是不好的，接回家（新藤先生能接受的方式）就好么？而且，接老人回家的是一个反复无常的女儿。当女儿拿起枪的时候，我真担心她要枪击的是她的父亲，那位经常把屎屙在裤裆的老人。谢天谢地。她把子弹射向了乌鸦。

我没有因为我对新藤先生的尊敬而隐瞒我的观点。新藤先生做了反驳，可惜时间不多了，没有展开。我理解新藤先生的用心，但用心和效果也有吵架的时候。

正讨论的时候，感到楼在摇晃。有人惊呼：地震。

确实是地震。我很紧张。看日本朋友，挺安然的样子，还安慰我们：没事没事的。日本是一个多地震的岛国，他们已经习惯了这种轻微的摇晃。

真如他们安慰的那样，没事，不摇了。

晚上，去铃木先生家用晚餐，见到了铃木先生的夫人。他们夫妇今年早些时候来西安，我们在东门外老孙家吃过羊肉泡馍。

12月2日

10点30分，乘车去箱根和热海游览参观。一位日本朋友晚到了一会儿，说是有人在地铁卧轨自杀，堵塞了交通。日本人的自杀率很高，每天都有人自己结束自己的生命，尤其是男人，据说是因为生活节奏太紧张，精神压力太大。慢一点行不？不行。只有紧张的节奏才能满足膨胀的欲望。人类前进的速度是不会因为少数人没有耐力而减缓的。火车比马车快，撞死了多少生命？飞机比火车快，甩下的尸体像天女散花一样。能让人弃火车飞机去乘马车抑或徒步么？每提高一次速度，都有不幸者的生命作代价。跑不动受不了只好选择不走。自杀是最快捷最干脆的一种方式。

因为天阴有雾，在箱根只作了20分钟的逗留，便直奔热海了。箱根是日本的一个旧幕府，现在是旅游观光胜地。

住南馆。

在海边转了一个多小时，就到了给我们开送别会的时候。研讨会还未结束，送别会却是可以提前的。我们换上了日本和服，出了许多的洋相。

铃木先生知道我不吃生鱼片，专门吩咐给我烧了一盘鱼头。我为他的细心很感动。当然，他是不知道这个不吃生鱼片的人对鱼头也是没有感情的。

洗了露天温泉浴。这是来热海的重点项目之一。然后唱卡拉OK，聊天，夜半方止。

7个人睡通铺，竟有6个打呼噜。我几乎一夜未眠。

12月3日

坐新干线回东京。

自由活动。逛街，买了几样礼品，看了一场电影，编剧是荒井先生。

仍住后乐宾馆。

12月4日

上午，在剧作家会馆听取中日两国电视现状报告。日本电视业的发展遥遥领先于中国，许多情况值得关注。

下午，讨论电视电影《水中的八月》和《百年男人》。

研讨会结束。新藤兼人先生又幽了一默：10天的时间不算长，但你们可能有些着急了。明天你们坐上飞机，不要拐弯，直接飞到你们的夫人和情人的床上去。

晚宴之后，研讨会结束了。

12月5日

10点30分出发，去成田机场。

东京时间下午2点55分，乘中国民航296次航班回国。由于逆风，多飞了一个小时。

到北京，住高立的别墅，正好赶上吃王长青的手工菠菜面。

小说家

如果一个人指着一堵水泥墙说：我要把它碰倒，你可能不以为然；如果他说：我要用头碰倒它，你可能会怀疑他什么地方出了毛病；如果他真的去碰了几下，你会以为他是个疯子，你会发笑。可是，如果他一下一下地去碰，无休止地碰，碰得认真而顽强，碰得头破血流，直到碰死在墙根底下，你可能就笑不出来了。也许你会认为，尽管他做的是一件不可能的事情，但并不一定可笑。

真诚的小说家大概就属于这一类人。他进行的是一场无休止，绝望的战斗。他知道他是不可能的，但是，他还要做。

列夫·托尔斯泰临死还在怀疑他能不能写好小说。

也许，能不能写好小说并不是最重要的；也许，重要的就在于那么一股认真的，冥顽不化的精神。也许，对于一个真正的小说家来说，这种精神是首先的，也是最终的。其间，既有他的愚蠢，也有他的尊严。

传教士仅仅只是传教，耶稣则把自己钉上十字架。这大概是传教士之所以是传教士，基督之所以为基督的最本质的原因。一代又一代的传教士消失了，而基督永远存在。沉重的十字架使他具有了永恒的魅力。

这是苦难的魅力。

耶稣受难是因为他对人类的堕落负有责任。更为深刻的是，这种责任不是强加的，而是自找的。他不逃避苦难。只有这种苦难才具有神圣和崇高的气质。

如果还要做类比的游戏的话，耶稣和传教士与小说家和写小说的人是有某种相似之处的。

玩笑说的是另一类人。其实他们也清楚，他们在玩小说的时候，小说也在玩他们。其实这也是一种境界。

当然，小说家不是基督，小说家只是小说家。小说家不一定非要对人类的堕落负责，但他应该为小说艺术的堕落负责。

对物质和享乐的追逐使人们显得热闹而匆忙，但人并没有幸福起来。看来，幸福和享乐并不是一回事情。所以，小说家大可不必羡慕百万富翁。各人有各人的活法。谁能说得清，那位真诚的用头碰墙的人在碰墙的时候，心中没有一种巨大的幸福感？

当然，没饭吃是做不了小说家的。小说家和其他人一样，首先必须填饱肚子。如果卖冰糖葫芦的老太太有饭可吃，小说家却不能以自己的劳动养家糊口的话，可悲的首先不是小说家，而是他的国家和民族。有没有这种可能？世界上的事情是很难说的，什么事情都有可能发生。可以肯定的是，如果那种可悲事情真的发生，国家和民族的末日也就不远了。

但现在还没有发生，或者说还不那么严重。小说家并没有全部改行。改行的小说家改行的原因也不尽相同，有的是想换一种活法，有的是不服气那些暴发户，有的则是出于对文化贬值的愤怒。也许，他们当初对小说的选择就是一种误会。也许，他们现在的选择是整个民族对文化的冷淡和蔑视的必然结果。

小说家就那么重要么？

在某种时候，他就真那么重要。

1994年《各界》创刊号

水与西安

我不常看报，但如果和报纸遭遇，却也会浏览一下的。几天前，我就在西安的一张报纸的头版浏览到一行标题：“谁毁西安的荣誉就毁谁的饭碗”，颇有些气势，也带着些威慑和恐吓。我在这标题上停留了一会儿，又从这气势和恐吓中感觉到了一些虚弱。这话分明是西安人说给西安人的。在我的经验里，中国人是讲究不外扬家丑的，自毁荣誉的事就不太多见。难道西安人要自毁荣誉吗？人急了是能看出来的，我由此看出了西安人的“急”来。

西安人怎么会急了呢？我以为是缺水的缘故。

人需要吃饭，更需要喝水。据说，人可以一天无饭，但不可以一日无水。可见，水比饭紧要。过去的西安是不缺水的，西安城的周围有八条河日夜流淌，所谓“八水绕长安”是也。水给了西安人以湿润的精神，自信、舒展的态度，西安人的呼吸也似乎是有气韵的，把西安人的呼吸集合起来，就是汉唐雄风。水是养人的，杨贵妃丰腴光滑的体肤也是一个证明。我想，那时的西安人大概是不会猴急的，不会发出“谁毁西安的荣誉就毁谁的饭碗”一类的恐吓来的。那时候的砖头围成的长安城是一座雄伟的世界名城。

然而，西安没水了，很早就没水了。日夜流淌的八条水，有的细如吸管，且浑黄污浊，有的则干脆滴水不见，填充河床的是一堆一堆日渐其高的垃圾。这景象我是亲眼见过的，要发感慨的话，是可以感慨出两句诗来的，叫做“昔日八水今何在，不尽垃圾滚滚来”。没水的西安，就变得焦干了，又由焦干而猴急了。人在猴急的时候，是容易犯糊涂的。我以为上边所说的那句恐吓就是西安人因焦干而猴急、因猴急而糊涂的时候朝着同样是西安的人喊叫出来的。它已没有了昔日湿润的精神、自信和舒展，它的躯体因焦干而变得极度虚弱。同样是砖头围成的长安，在昔日，因为水的缘故，它怎么看都是一座雄伟辉煌的世界名城，而现在的西安，同样因为水的缘故，就显出一副农家小院的气象来。当然，西安毕竟已扩出了城墙，比昔时的长安大了许多，但心气却日见其小。

说西安是文化名城，大概没人否认。但作为西安人的我们，也应该想到，西安的文化里有僵尸的气味——文化名城的“文化”，几乎都是我们的先人们创造的。

我无意诋毁现在的西安，也无意甘冒被毁饭碗的风险说西安的坏话。西安是光荣的，但它的光荣更多属于历史。西安的荣誉不能靠僵尸的光环扶持。要知道，我们现在引以为自豪的那些僵尸都是曾经的风云人物，是他们和曾经的西安人一起呼出了汉唐雄风。荣誉仅靠维护是绝不会长久的，正如对城墙的修补，对建筑的修缮。修补以至于瞒和骗，虽可以得逞一时，却不能长久，更无益于西安的现在和将来，也许还会有害。

我对西安的将来并不怀疑，也不否认它为自己的现在和将来做出的努力，但我实在担忧如上所述的那种焦干时犯糊涂的恐吓。而且，这种焦干时的恐吓不仅西安独有。

现在，我又感到，西安的猴急又不仅仅是因为缺水的缘故。

2001年5月28日

人民文学出版社"中国当代作家选集丛书"《杨争光》后记

我很想把这本书编成我的一本短篇小说集。我作小说是从短篇开始。我甚至想过，如果我注定要作小说，就一直作短篇。我没有耐住，还是作中篇，继而作长篇了，但我对短篇小说怀有偏好。我没有得逞，因为我的想法不符合人民文学出版社对这本书的编辑要求。这些短篇大部分写于1986年至1990年之前。1994年之后，我几乎中断了小说写作。最后的三篇是去年写的，对我来说，它们是一个标志，我又回到了小说。

几个中篇写于1994年之前。那时候，我一年只写一篇。我很怕把它们写坏。

我对诗产生过十多年的迷恋，却没有出版过诗集。我很乐意从我十多年的诗作中选出几首，放进这本集子里，唤起我的记忆。是否具有"资料"的价值，我已因欣慰而顾不及了。

我在1989年到1999年之间，是西安电影制片厂的专业编剧，写过十多个电影剧本，上百集电视剧。剧本是供拍摄用的，但我仍然希望，收入本书的《流放》不至于让读到它的人扫兴。我以为，文学剧本首先应该具有文学的品质。

编入"散文与随笔"一辑中的几篇有些不伦不类，完全是因为

“资料”的缘故，并不表明我写作的全面。事实上，我几乎没写过散文和随笔一类的东西。

2001年11月4日

感受足球

第一次看到足球是在我七八岁的时候，在我们县体育场。那个时候的足球场没有现在的绿茵场这么阔绰，是很简陋的。没有看台，观众是站在场球边看球的。双方的球员为了一只皮球激烈争夺，看得我眼花缭乱。就在我眼花缭乱的时候，皮球飞起来了，两个球员为了抢到这一只飞起又下落的皮球，他们没有用“足”，而是把他们的头朝那只球撞了过去，一个撞到了球却吃了亏，被另一个撞到了脸上。他离我很近，我看见血在一瞬间糊满了他的半个脸。我叫了一声，捂住了自己的眼睛……我没有看完那场球。就因为那半张血脸，我记住了那两个球队的名字：陕西队和广西队。我不明白，为了一只小小的皮球，人为什么要变得那么野蛮？

那时候，足球离我很遥远，我和它只是偶然相遇。我不喜欢它可以远离。现在，情形已大为不同，足球已进入了我们的生活，成了一个躲都躲不开的存在。我可以不看球赛，但我不可以没有朋友。和朋友聊天的时候，任什么样的话题都可以七拐八拐地拐到足球上，我在他们的脸上和话语中，感受到了足球的魅力。我不可以不看报纸，任什么样的报纸都有足球的专页专版，尤其是这几天的报纸，足球专版几乎占去了报纸的绝大部分。我在报纸上感受到了足球的霸权。我不可以不吃饭，我走进每一家饭店，挂在大厅里的电视机屏幕上，要么是足球的图像，要么就是那几个不厌其烦的球评者不厌其烦的评说。我在饭馆里，感受到了足球对我生活的剥夺。我当然每天都得回家。在我的家里，我也无法躲开足球，要躲开我就得和我的儿子吵架。他正在复习功课准备高考，但球赛是必看的。我儿子说：不看世界杯，我无法复习。

躲不开，就面对它吧。

前天，我就在电视上看了半场球赛，土耳其对巴西。我看见穿红衣服的球员飞起一脚，然后，我就看见那只皮球带着愤怒呼啸着砸在了一个穿黄衣服球员的脸上。黄衣服球员捂脸倒地。我叫了一声，捂住了眼睛，我的这一叫一捂和我三十多年前的那一叫一捂极其相似。我想，当黄衣服球员站起来的时候，他一定是满脸鲜血——啊哈，没有！当裁判员把那位红衣服的球员用红牌罚下之后，黄衣服球员站了起来。他没事。皮球没打在他的脸上。他的捂脸和倒地只是一个精彩的表演。

于是，我对足球又有了一个新的感受：它是可以当戏演的。

那位倒地的黄衣球员名叫里瓦尔多，大牌球星。他不仅有高超的球技也有高超的演技。

于是，我又有了进一步的感受：把踢足球当演戏看，它有好玩的一面；把踢足球当体育比赛看，不小心就会被耍、被涮。

好玩的也罢、被耍被涮也罢，我还得看几天。

新华网2002年6月

水养骨肉精神

前些年常去外地出差，知道我来自西安之后，总会有朋友两眼放光，随口送几句赞叹："噢，好地方，六朝古都！汉唐雄风！"听得我顿感气壮。这些年，此类的赞叹依然有，但在我，却不再气壮了，非但不气壮，甚至还有些气泄。因为我实在知道，他们眼里的光是放给遥远又遥远的古长安城的，与现在的西安无关。我的气壮也实在有些阿Q，以祖先的光荣为自己的光荣了。

"八水绕长安"，这是老故旧的话，也是老故旧的事。我曾经写过一篇《西安缺水》的短文，说到西安的过去，说到汉唐雄风，并且固执地认为，杨贵妃的皮肤那么好，面色那么滋润，是因为长安城有那八条好水的滋养。我还认为，不但贵妃，就是平头百姓，有那八条水在，也会活得不焦不躁，神清气爽，吞吐有致，开合自如。就是说，水不但滋养人的骨肉，也滋养人的精神。

"长安水边多丽人"，这是杜甫的诗句，也是当年的真情景。飞沙扬尘的地方就不会多丽人，垃圾堆积的地方也不会多丽人的。这种地方养不出丽人，就是有丽人也不会去这种地方。有好水，才会有"肌理细腻骨肉匀"的丽人，也只有这样的丽人才可能有可人的仪态，迷人的风情。这还是说，水不但滋养人的骨肉，也滋养人的精神。

还有，“年年柳色，灞陵伤别”。瞧瞧人家古人，也就是咱先人，伤别的时候也有杨柳依依相惜，灞水优然轻吟。咱就不行了，曾经年年柳色的地方，不能说见不到一丝柳色，可那点可怜的柳色几乎要被成堆成堆的垃圾淹没了，已成了养老鼠和繁衍苍蝇的好地方。水呢？也很可怜，把贵妃的随便哪一条腰带扯开来，肯定比它宽展，而且，那不如腰带的流水也很难伸展。为什么？垃圾不但糟蹋柳色，也在糟蹋流水，让它变色、变味，还要卡着它，让那细如柔丝的水，左拧一下右拧一下，不小心就会拧断的。就算有什么“伤别”，谁还愿意在这么扫兴的地方去“伤”去“别”呢？

古人即使伤别，也能显出诗意和美感，实在是长安城优越的山水给他们的馈赠。

一方水土养一方人。自然环境对人文历史的滋养和渗透力是不争的事实。自然环境的改变对生存于其间的人类的影响远不止皮肤和骨肉，还有脾气、脾性、为人处事的仪态、面对世界的精神和气质，等等。如果我们的先人和他们赖以生存的自然环境是一种紧张而不是和谐的，是对决敌视而不是互益互补的关系，我们很难想象，在这块土地上还能不能生长和创造出被今天的我们称之为“汉唐雄风”的人文气象。这不正是我们，今天的西安人在怀旧时能满脸生辉的原因吗？也是我们，今天的西安人面对先人、面对历史时自惭形秽的原因！

逝者如斯，辉煌与恢宏是先人的，长安城的黄金岁月已随时光的流逝变成了历史的记忆。不说那纵横交错美若飘带的八条水了，就是看看当年关于广运潭的记载，也会让人神往：“唐天宝纪元之九年，陕郡太守韦坚有请治汉隋运渠，起关门抵长安，以运山东之赋。有诏从之，乃绝灞浐，并渭而东，至永丰仓，复与渭合，又凿潭于望春楼下以聚舟。越二年，潭成（吴越楚闽舟橹云集），天子幸临，嘉焉，赐名广运。”这是说，人是可以在大地上创造山水、

书写华章的，我们的先人就有这样的气魄和手笔

是的，人不能死而复生，但人可以生生不息，这却是小到一个家庭，一个村庄，大到一座城市，一个民族能够历久弥新的活水之源，长青之根。我们不能让时光倒流，但我们可以改变现状。西安已做了很多，西安还在继续。浐灞河生态区的开发和建设对西安和西安人实在是一个福音。地跨未央、灞桥、雁塔三区，面积129平方公里，不小了。把这说成重整河山、再现历史辉煌可能有虚张之嫌，但说是修理咱家的院子，整治房前屋后呢？那也是一个不小的野心。如果真能把这一好梦化为实实在在的江山的一隅，“望春楼下千帆竞”的古广运潭的气象，“杨柳含烟灞岸柳”的水墨韵致，就不仅仅只是泛黄的古诗，它会泛出翠绿，泛出好水，泛出西安人清潭一样透彻的目光，还有滋润的皮肤和骨肉精神。

2005年8月22日

“视觉盛宴”抑或行为艺术

在中国几位大导在制造他们的大片的同时，“视觉盛宴”之说开始流行，并和这几位大导制造出的大片身影相随。如果是享受盛宴，就不仅是享受盛宴的环境（比如：庄院还是皇宫，人间还是天堂）和菜肴的形色，还应该有菜肴的味道以及各种能够分析出或分析不出但确实存在的营养成分。电影盛宴固然首先是给眼睛和耳朵享受的，可惜眼睛和耳朵是人的，而人是有精神和情感需求的。就如同吃宴席只让眼睛和嘴巴享受而不顾胃口和营养一样，消费一次电影盛宴，只满足一下眼睛和耳朵是不够的，至少还需要电影有动心的人物和故事，有所担当。如果电影只是一场单纯的视觉盛宴，我以为是电影对自身的一个讽刺。

制造出“视觉盛宴”的几位大导都是中国电影的顶级人物，不可取代。他们在制作他们那些小片的时候，都能满足不同观众消费电影的最低需求，都有创造的冲动和努力，在制作大片的时候却没有了。他们在挥霍，用巨额的投资在铺张，铺张他们以为的皇宫，包括每一根廊柱和每一张床榻。奢华的宫廷盛宴到是铺排出来了，形色不一，却同样在貌似精美形色中发散出扑鼻的腐朽和恶馊。

他们似乎都爱上了皇宫，是否以为只有在皇宫里演绎故事、铺排盛宴，才能释放他们当下的精神和欲望呢？

他们不约而同都瞄上了中外的艺术经典。《夜宴》脱胎于《哈姆雷特》，《满城尽带黄金甲》的原版是《雷雨》，《英雄》的叙事结构来自于黑泽明的《罗生门》。问题不在翻版和借鉴，而在翻版和借鉴者到底有多少自己的精神和发现。把翻版和原版两项对照，我不知道我们的大导们能否有面对原版的勇气。可以把《哈姆雷特》中哈姆雷特对他母亲的一段台词放在这儿：

“瞧这一幅图画，再瞧这一幅，这是两个兄弟的肖像。你看这一个的相貌是多么高雅优美，太阳神的鬈发，天神的前额，战神一样威风凛凛的眼睛，向降落在高吻穹苍的山巅的神使一样矫健的姿态，这一个完善卓越的仪表，真像每一个天神都曾在那上面打下印记，向世间证明这是一个男子的典型。这是你从前的丈夫。现在你再看这一个：这是你现在的丈夫，像一株霉烂的禾穗，损害了他健硕的兄弟。你有眼睛吗？你甘心离开这一座大好的高山，靠着这荒野生活吗？嘿！你有眼睛吗……什么理智愿意从这么高的地方，降落到这么低的所在呢……是什么魔鬼蒙住了你的眼睛，把你这样欺骗呢？你的视觉、触觉、嗅觉，全都失去了交相为用的功能了吗？因为单单一个感官出了毛病，绝不会使人愚蠢到这步田地的。羞啊！你不觉得惭愧吗……”

莎士比亚的穿透力竟如此之强，穿透了几个世纪，似乎穿透了中国的几个大导演精心铺排出的宫廷盛宴。读读上边的台词，比《英雄》中秦国军队弓箭的力度如何？

《无极》没有翻版经典，却也是使绝了力气，包括片名人名：无极，满神，倾城，昆仑……恨不能撕破天钻透地跑到天地之外。这么使圆力气极尽能事的结果，同样是一桌貌似精美的充盈的馊味的饭菜。相比恶搞《无极》的《一个馒头引发的血案》，胡戈获得成功，证明观众的感受力和判断力没有大导们以为的那么低下，眼睛没有失明，耳朵没有失聪，精神和心灵也没有失血。《一个馒头引发的血案》在翻版时，是充盈着才气和智慧的，是有所担当的，是不逃避的，也是有趣的好玩的。这倒可以把当下对电影评判时常说的一个词用给它，叫做：好看。

在几部大片中，我以为《英雄》还是清爽的，利落的，自如的，也有担当，只是它担着的那一筐道义是跟在强权的屁股后面的，可称之为“带箭者的道义”。张艺谋在制作《红高粱》《活着》《秋菊打官司》一类小片时，也担有道义，是另一个张艺谋。真是“道亦有道”“此一时彼一时”“变则通”么？

从《英雄》到正在热映的《满城尽带黄金甲》，每一部大片的制造，首先都是一个电影事件。所谓的票房更多是因为事件的吸引而非影片本身的吸引。所以，我更愿意把这几部大片的制造，看做是几位大导演的行为艺术。这样，中国电影艺术的现代性和后现代性似乎才能让我更容易理解一些。

2007年

大师扯淡我们也不妨扯淡

我很少看报纸，但在这“很少看”里，商报的“文化广场”却是每逢必看的，就因为这广场虽嫌不广，却还可爱。

这就看到了一篇署名苗凡卒的妙文，标题排得很大：不要用扯淡的方式评价大师。但我要说的不是这题名的大，而是它的“妙”。

第一段就很妙，以鲁迅曾用过的方法，复述有损其精神，粘贴在底下：

“最近，因为《南方周末》刊登了对夏志清的一则专访，其中涉及了一些关于鲁迅和张爱玲等人的评价，还排了座次，张爱玲很高，而鲁迅不高，引起了许多人的不满，一时间，颇有一种围剿夏志清的态势。”

这一段的妙，在于寥寥数语，给那些对夏志清先生的“口水话”（这是苗文对夏志清回答记者专访时话语的定性）表示不满的人戴了一顶围剿的帽子，自己也就顺利地占领了话语的道德高地。

再看苗文的第二段：

“对于这些争论，本人无意介入，因为多数评论水准很低，许多评论的依据，就是夏先生在专访里说的那几百字，绝大多数的批评者，都是有些了解鲁迅，不怎么了解张爱玲，一点也不了解夏志清。以至于在这些评论的笔下，夏志清不过是个狂妄的、靠恶搞出位的小人。”

这一段的妙，在于：一方面苗先生说他无意介入，一方面却又分明写了这篇文章，自己掴了自己一个嘴巴。但同时，因为“多数评论的水平很低”，苗先生这种无意介入的介入，自己掴自己的这一个嘴巴，就显出了痛苦和悲壮。

紧接着的一段不但妙而且奇：

“不能否认，夏志清在专访中，有一些对鲁迅的评价——如‘学问并不好’——确实是扯淡。可是，我们臧否大师，却不能只依据大师聊天时的只言片语。夏志清评鲁迅、评张爱玲，是下过硬功夫、写过大部头的。加上我们对他的学术背景和主要观点一无所知，只凭大师的一两句聊天，就在这里指点江山，那就真的是扯淡了。”

在这里，苗先生把“扯淡”给了夏志清，而把“真的扯淡”给了对夏志清的扯淡的扯淡，倾向是很明白的：夏扯淡是可以的，因为他下过硬功夫，写过大部头；别人扯淡是不成的，因为别人评的是大师的只言片语。这是苗文的妙。奇呢？苗先生拿了两把尺子，对大师是一把，对别个是另一把。夏先生是文学史的大师，在他下过硬功夫的地方，被他下过硬功夫研究过的鲁迅是可以扯淡的，而别个不可以，要扯淡，那就是“真的扯淡”。

苗文认为，要对夏志清扯淡，“至少得先搞清楚夏志清是谁”。那么，夏志清是谁呢？粘贴虽不损苗文精神，但实在麻烦，摘其精要，就是：夏志清在中国现代文学史的研究领域独步天下，1961年就写出了英文版《中国现代小说史》，挖出了“全埋”的张爱玲和“半埋”的沈从文、钱钟书。“更重要的是，他树立了一种超越意识形态，以‘优美作品之发现和评审’为目标的文学评价标准，这种推崇文学本身美学素质的态度，真正树立了中国现代文学研究的国际地位”。而且，为了增加夏志清先生的威仪，苗文还补充介绍了夏的资历：“耶鲁出身，40岁进哥伦比亚大学，东方语言文化系做教授，一直做到70岁退休。”

如果还不清楚夏志清是谁，苗文在下一段还有介绍：“他的《中国现代小说史》（复旦版）有500页那么厚。”云云。

到这里，我也想扯几句淡了。我虽然没读过夏先生的500页，也相信夏先生以优美作品之发现和评审为目标的文学评价标准和推崇文学本身美学素质的态度，有可能“真正树立了中国现代文学研究的国际地位”，但我不明白所谓的夏的国际地位又是以什么为标准确立的？还有，耶鲁出身又能怎么样？40岁做教授也不稀奇，70岁退休没准是硬赖着不走呢！还有，一个耶鲁出身40岁做教授70岁才退休的一代宗师，可以拿他研究的对象扯淡，其他人就不能拿他的扯淡扯几句淡了？这一个宗师是强盗么？以苗文的标准，我这些扯淡该属“真的扯淡”之列，但我是主张想扯淡也不妨扯淡的，不计较真假。

下边，苗文终于绍介到夏志清先生的不扯淡的真学问了。苗文说：“小说写作是作家的试金石”，夏志清评价作家的优劣主要依据小说。如果真这样的话，我以为，这位夏宗师就有“痰迷心窍”的嫌疑，小说之痰迷了夏先生的心窍。什么时候“小说写作成了作家的试金石”了？这该是常识，不必扯淡的。

苗文继续绍介道：夏志清认为，鲁迅的小说占有经典地位，但不如大家说的那么好，是因为“鲁迅缺少一个优秀小说家所需要的虚构能力和创造能力”“多是文学以外的因素，如思想性等”。夏志清给鲁迅的论断是：“为其时代所摆布而不能算是那个时代的导师和讽刺家。”这也是妙论：鲁迅小说占有经典地位，却缺少一个优秀小说家所需要的虚构能力和创造能力，这小说史上的经典地位就是凭空飞出来的了——不，“多是文学以外的因素，如思想性”。

以文学以外的因素，竟在拿着推崇文学本身美学素质标尺的夏志清这里占有了小说的经典地位，夏宗师一定是在面对鲁迅的时候，因“痰迷心窍”而昏了头，忘了他的标尺。至于“鲁迅为其时代所摆布”，我就再扯几句淡：每一个作家都是在“为其时代所摆布”中摆布自己的作品的，并以他的作品施行对时代的摆布。没有哪一个作家能够牛逼轰轰站在时代之上，超人一样摆布他的时代。这样的作家还没有生出来，也不可能生出来。夏志清“毫无保留”地赞赏的张爱玲，也不是这样的怪胎。还有，鲁迅“不能算是他那个时代的导师和讽刺家”，夏志清不是“至少是把鲁迅的小说作为小说家来研究”么？不是在说小说么？在说文学本身么？怎么又扯“导师”“讽刺家”的淡了？

现在，苗文终于说到夏宗师“挖”出来的曾经“全埋”着的张爱玲了。苗文也认为夏对张的赞赏是毫无保留的，既然是毫无保留的赞赏，“非常偏爱”，又何来“尽量客观的立场”？夏宗师也在掴自己的嘴巴么？这倒和苗先生是一路的。偏爱就偏爱，偏爱也不是什么错，哪怕是一代宗师，只是别装模作样给自己硬挂上一条“尽量客观”的破门帘糊弄人。文化的文学的标准从来都不是绝对的唯一的。夏志清当然有拥有自己的标准的权力，但也得允许别人有其他的标准。你不是宗师么？还怕别人对你扯淡么？我还想和夏宗师以及只让夏宗师扯淡而训斥别人对夏宗师扯淡的苗先生扯几句淡：夏宗师在读张爱玲的《传奇》《流言》时，“全身为之震惊”，以为可以同“西洋现代极少数第一流作家相比而无愧色”。我没读过这两部，不知读的时候会不会“全身为之震惊”，但夏宗师以为“从古以来最伟大的中篇小说”《金锁记》却是读过的。《金锁记》想必更会让夏宗师全身震惊的，但我没有，也不以为是“从古以来最伟大的中篇小说”。我读出的是阴暗和潮湿，有一股霉烂的味道，大概是因为我没有宗师的标准和趣味吧。

如苗文一样，回过头再说扯淡。经过苗文的转述，我到底知道了一点夏志清是谁了，也说了一些话，可能如苗文训斥其他人的扯淡一样，“连学问的毛也没碰着”。但不知苗文对夏志清及其学问的转述碰着学问的毛没有？碰着了，就是扯淡；没碰着，那也“就真的是扯淡”了。

2008年1月

《圈子》卷首语

如果没有草木的响应，风该有多么孤独；但草木和风是响应着的。

如果没有季节的响应，时间该有多么空洞；但季节和时间是响应着的。

这就是自然。自然的生活和事件是自然的。

人可能是自然中最不自然的物种。如果把人与人的沟通和理解看做响应的话，这响应要比草木和风、季节和时间的响应复杂困难得多。所以，人时常会遭遇孤独，会感到空洞。

人创造语言，发明文字，就是为了抵御这孤独和空洞，使他们复杂而又困难的响应成为可能么？

二十年前，我曾以“交谈或自言自语”为题，写过一组文字，其中有这么几段：

仅仅只是心境相同／我们才坐在一起／坐在太阳底下／就这么成为朋友

其实我们知道／相通和理解只是一种愿望／我们会各自走开／留下石头／和阳光

其实朋友就是这么回事／其实都有自己的心事／只是

在心境相同的时候／我们坐在一起／我们都很真诚／然后我们走开

还有：

我们不知道会遇上什么／过来的一切也未必清楚／我们先是孩子／然后是少年／然后一天天长大

无数的人和我们一起生活／想起来还算有些缘分

尽管扳扳指头／能打招呼的也数不出几个

我们同行我们无法交流／这是我们留给生命过程仅有的遗憾／我们缄默不语／我们的脚步／是这个世界唯一的声音

交流，沟通，理解。这渴望是真实的，也是无奈的，甚至是悲观的。

人是独立的个体。各人有各人的心事。可惜，人无法仅仅以独立的个体生命在这个世界上游走，因为人也是群体的。

一代人有一代人的“心事”。可惜，人无法拒绝和隔代的人共同生活。即使是同代人，即使是朋友、亲人，沟通和理解也是复杂的，困难的。当我的孩子以青春的形象和我面对的时候，我们都真切地感到彼此很有些不可理喻的时候，我许多年前的那种精神和情感的渴望立刻变得现实而具体。我以为严正的，他以轻淡的一笑置之；我以为有趣的，他说无聊；我以为痛苦的，他为我的痛苦感到奇怪……我们所有的话题几乎都无法进行到底。

我们可以互相爱着，但我们无法沟通。也正因为爱着，又使我们在无奈和尴尬的境遇中彼此都对沟通和理解的渴望变得更为痛彻。

但并不绝望。

这正是我对《圈子》满怀期待的理由。创造这“圈子”的是一群年轻的生命，所以，我还要对他们的青春和美好的努力奉上我的敬意和祝福。

2008年5月5日

我说乾陵

如果有朋友来陕西游玩，我总是怂恿他们去乾陵。以我的偏好，不去兵马俑，也要去乾陵。理由是：兵马俑不但僵硬呆板，还是埋在地下的，就好像有人把一样东西捂在贴身的衣袋里，是不准备给人看的。本不想让你看，你偏要刨出来看，显得造兵马俑的心气太小，要看的也不怎么光明正大。硬看人家不愿意让你看的东西，是很没有意思的。而乾陵是不同的。乾陵在建造时，似乎就是不怕人看的。就因了这一点，我对乾陵多了一层亲近感。

最初的亲近却是因为我童年和少年时的经历。小时候提着草笼，在田野上拔草拾燕粪，不时会看见乾陵。中学毕业后回乡劳动，坐在地头看水浇地，经常有一种莫名的孤独，不时会看一眼乾陵。它也实在好看，像一个仪态大方的美妇人，躺在距我们村二十多里地的梁山上，坦荡，舒展，不藏不掖，不躲不闪，尤其是它的两个“乳峰”，丰盈饱满，轮廓清晰，袒露在天地之间，很自信。

也曾和伙伴们去看过乾陵。那时候的乾陵是寂寞的，荒凉的，但寂寞和荒凉掩不住它非凡的气度。

老家人把乾陵叫姑婆陵，表示着他们是武则天的娘家人。在他们的眼里，这陵墓是武则天的。李治是什么人，很少有人知道，也没人说起。老家人没把武则天当皇帝看。她做过皇帝，但最终还是把权柄交给了丈夫家的人，自己又回归为女人了，死后，她和她的皇帝丈夫躺在了一个陵寝里。

对于陵墓和佛殿庙宇道观，我一直有一种说不清道不明的奇怪心理，很少去那种地方，但还是去过一些，感觉都没有乾陵好。这不仅因为它是世界上唯一埋着两个皇帝且是一对夫妻的陵墓，也不仅因为它曾经给过我无言的慰藉，在我提着马灯，扛着铁锨看水时，让我感到天暂时还塌不下来。我更想说的是，它是陵墓，也是人类塑造在大地上的伟大的艺术杰作，让我时时能感到世界上曾有过精神强大的充满自信的人，她就躺在我家的旁边。

2008年

我写毛笔字

中国人在给自己创造文字的时候，似乎已经给后来的一门艺术预留了空间。要认识一个汉字是一件非常困难的事情，但要照猫画虎写一个汉字，却不仅容易，也很奇妙。一个汉字就是一个意象，也是一个结构。你可以不认识这个汉字，但是你可以欣赏它的意象美、结构美。可以把它们刻在龟甲上、石头上、竹简上，可以用手指头画在沙漠上、大地上，可以影印在丝绸上、布匹上……可以组成一篇文章，传情达意，也可以仅仅是意象与结构的排列组合。它可以是实用的，也可以是艺术的。如果还有书法艺术的话，书法艺术的魅力首先来自于汉字的魅力。

毛笔与纸墨的发明，使中国人首先在字的书写中显现了水墨的精神和魅力，书写成为一种艺术行为。它是懒惰的，腐朽的，也是神奇的，可以在复制中随情随性，千变万化。许多人以此自娱，以此娱人，以此混饭，以此发财。在自娱娱人混饭发财中显现自己的才情，其中的一些就成为腐朽而伟大的艺术家。

现代书法艺术鱼龙混杂，泥沙俱下，甚至鱼龙不分，泥沙难辨，这并不奇怪。一切现代艺术都有这样的特征。没有统一的规矩，就只有萝卜青菜各有所爱了。传统的章法和规矩可以认也可以不认，只要敢写，写出来的就有可能是书法作品，就有可能成为书法家。有人欣喜，有人气闷。正像网络写作踏破了传统作家的一统天下一样，敢拿毛笔写字的人，也踏破了高居殿堂的书法家的一统天下，悲哀与荣耀并存，君子与骗子共舞。

我痛恨汉字的难认和难辨，却喜欢汉字的意象和结构。我喜欢看字，也偶尔写字。时间长了，也有朋友找我写字。我喜欢笔墨抚摸宣纸的快感，一会儿学学古人，一会儿胡抹乱涂，游走于他人固成的章法和自我的随意率性之间，踩踏于腐朽的文章字句和创造的随机灵动之中。到现在，依然是写字，与书法无关。

2008年8月21日

给山东大学同学刘功业的一封短信

功业：

罗琳给我发短信，得知克斌逝世，非常难过！我当时正在陪几个外地的朋友，立刻陪不下去了。然后给罗琳冯炜分别打电话，知道今天是克斌的遗体告别仪式，我实在不能参加，很遗憾，没法和克斌见最后一面。26年前，我们一起分到天津，共同相处了两年时间。我不喜欢这个城市，但我喜欢我们的同学。克斌几次来过西安，也跟我多次通过电话，现在给我留下的都是遗憾和内疚。再想见他，再想听他的口琴和电话，已经没有可能了。但我会记着克斌和我相处时的高兴和我知道的他的不幸。我知道他有很多的不愉快，虽然知道得不具体。但不愉快肯定给了他很多的负面影响，但我实在没有想到，他这么早会离开这个世界。我们都有很多的不愉快，我希望我们都能想办法让自己愉快起来，做自己想做的事情，爱我们爱的人，包括我们的同学，这可能是对克斌同学最好的纪念。

我今天就到银行，给你汇去2000元钱，钱不多，只是表个心意，如果克斌的儿子在今后的学习和生活中有困难，请你告诉我，我会尽我的力量给予支援的。请转达我对同学们的问候！

我不会使用电脑，这封邮件是由我口述，请朋友帮忙发送的。

争光

2008年10月16日

两本中国书和一个中国人

“文革”时期的阅读是无法选择的阅读

我1964年上小学，两年后就是长达10年之久的文化大革命。我最初的阅读就在这10年里。三年级开始看所谓的“大部头”小说，附近几个村庄的“民间藏书”差不多都看了，像《林海雪原》《红日》《苦菜花》《野火春风斗古城》《青春之歌》这样的书可以列出一长串，都是“禁书”。《高玉宝》《欧阳海之歌》不在被禁之列，《红岩》禁没禁不记得了。还有浩然的《艳阳天》《金光大道》。我父亲有一本《创业史》，柳青写的，我觉得比浩然的书写得好得多。读过的外国文学作品极其有限，高尔基的《在人间》《母亲》，还有《钢铁是怎样炼成的》。高中时读过茅盾的《蚀》三部曲，是从图书馆借出来的。后来一直很奇怪，这样的书怎么能借出来呢？它可能是茅盾写得最有才气的小说。

还有两种书印象比较深。一种是“文革”前的高中语文课本，文学和语言是分开的，我读的是“文学”，里边选有中外的名著名篇。许多古典文学作品就是在这里读到的。现在想起来，第一次阅读莫泊桑的《项链》，也是在这一套《文学》课本里。还有一种叫做《中华活页文选》，大都是中国古典文学的名篇。一期只有几页，“文革”后好像还出过，现在看不到了。

“文革”中的阅读是无法选择的阅读。最正当的阅读是“毛选”四卷语录本和红色书籍，还有马恩列斯的经典著作。高中时正逢全民学哲学，哲学被庸俗化了。农民也学哲学，学生当然更要学，就读了《哥达纲领批判》《反杜林论》，现在已没有印象了，因为读的时候没读懂。

读过《红楼梦》和《水浒传》，《红楼梦》要求用阶级观点阅读。读《水浒传》也是，那时候批“水浒”批投降。但《红楼梦》实在是一本好书，也很难用阶级观点去阅读。

我喜欢读书，让读的当然要读，不让读的偷偷借来偷着读，无书可借了就读第二遍第三遍。这样的阅读实在是太残缺不全了。上大学时，我连托尔斯泰是谁也不知道。在大学的阅读，首先就是“补课”了。

用莎士比亚挤开外国文学的大门

我1978年上大学，是恢复高考的第二年。我在农村的一位老师给我推荐了《歌德谈话录》，歌德在谈阅读绘画时说，要看一流画家的作品，一流画家的作品即使看不懂，却不会败坏你的胃口。他的意思是说，阅读一流的作品与培养鉴赏力有关。我很感谢这本书，他在我开始真正的阅读时起了作用。大学四年，我只去过一次阅览室，阅览室里的读物都是流行的报刊杂志。我把阅读的地点放在了图书馆，一周借还一叠书。应该说，大学四年最大的收获就是阅读。

那时候我喜欢读诗，能读到的差不多都读了，海涅、雪莱、拜伦、普希金、莱蒙托夫、彭斯、济慈、马雅可夫斯基等等。我最喜欢的是惠特曼的《草叶集》。直到现在，我依然认为他是我读到的最伟大的抒情诗人。他的声音具有人类发现自我的思想和激情，自由、民主、博爱和独立精神是他一生抒写的主题。他的诗与八十年代中国人正在经历的第二次思想启蒙和精神解放遥遥呼应，至今依然有阅读的意义。

外国小说里的人名太长了，记不住，很让我犯难。但必须阅读，必须走进去。那时正好放映电影《王子复仇记》，很好看。听说是根据《哈姆雷特》改编的，我就开始阅读莎士比亚的剧作，他的代表作几乎全读了，《李尔王》《奥赛罗》《罗密欧与朱丽叶》，还有《威尼斯商人》等。然后又读莫里哀的戏剧，然后读易卜生，然后读托尔斯泰的《复活》《安娜·卡列尼娜》，就这样挤进了外国文学的大门。

我喜欢托尔斯泰圣殿一样的肃穆与庄严。喜欢雨果的汪洋恣肆的激情和人性关怀。喜欢海明威的简洁和力度。还有契诃夫，他具有超人的写作智慧，他的短篇小说上承莫泊桑，给现代小说艺术以久远的影响。

思想启蒙与激情释放同在

上个世纪八十年代，是中国的又一次思想启蒙和激情释放的年代。那个时代的阅读是那一时代精神的组成部分。除了文学作品，许多人文学科的经典著作和流行的读物也在阅读之列。思想界在重谈人道主义和异化理论时，我读了《1844年经济学哲学手稿》。阅读恩格斯的《家庭、私有制和国家的起源》，给我留有深刻的印象。托夫勒的《第三次浪潮》在当时很流行。李泽厚的《美的历程》是当时发行量很大的一本书，文科大学生几乎都读过。丹纳的

《艺术哲学》《罗丹艺术论》、卡西尔的《人论》，这些过去的、现在的思想、学术、美学书籍聚集在同一个时空，呈现出那个时代激情阅读的风景。

李泽厚的《美的历程》文笔很好，可以作为中国美学史的纲要来阅读，对每一个时代的美学思潮、审美趣味都有他独特的梳理和见解，让人耳目一新。后来，我还读过他的《中国近代思想史论》《批判哲学的批判》。前者叙写的人物，都是中国近代思想史上第一次启蒙时期前后的重量级人物，对处在八十年代第二次启蒙时期的阅读者很有冲击力。他的“启蒙”与“救亡”说，对中国思想启蒙和精神解放的悲剧性命运，至今仍具有顽强的生命力。在我看来，他可能是建国后学术界少有的具有思想含量的学者。他的《批判哲学的批判》是评述康德哲学的一本专著。这本书使我走近了康德的哲学，可以看做我真正阅读哲学的入门书。看了这本书后，我又重读了一个俄国人写的《康德传》，让我又近一些认识了康德的思想。《康德传》也是我很喜欢的一本书。康德的哲学对李泽厚研究中国思想史有很大的影响。在李泽厚的中国思想史“三论”中，我更看重他的《中国近代思想史论》。

我大部分的阅读是“滞后性阅读”

我读李泽厚的《中国古代思想史论》是最近的事，也浏览了他的《中国现代思想史论》。这可能与我喜欢“滞后性阅读”有关。我觉得“滞后性阅读”更可靠。正在流行的未必是好的。前几年国学热不断升温，我持怀疑态度，怀疑是又一次沉渣的泛起。我对主张少儿读经很反感。我对所谓的新儒学曾有所涉猎，印象不佳。我也涉猎过一点所谓国学的经典，并不认为依靠它们能给中国人带来美好的将来，更不相信二十一世纪是中国文化大行其道的世纪。但借着这股热气，就读了几本和国学有关的书，包括李泽厚的《中国古代思想史论》。读这类书，是为了校正和印证自己。阅读是我生活的组成部分，除了喜欢，还有一个自私的目的，那就是，不想被骗，也不想自骗。愿意“滞后阅读”，也有不想被流行和热闹所迷惑的私心。

还有，我的阅读经历告诉我，外国人的书比我们自己人的书更可靠，更耐读。比如费正清，上世纪九十年代初，我在一个小县城买到了他的《美国与中国》，读后印象很深。一个外国人对中国文化的研究，其深入程度很少在中国人的著作里看到。他还主编了一套大部头的《剑桥中国史》，比我读到的中国人编写的中国史好得多，比如范文澜的《中国通史》。不久前写有关唐玄宗的电影剧本，我首先看的就是《剑桥中国史》的唐代部分。美籍华人黄仁宇的《万历十五年》也是一本好书，在我能买得起书送朋友以后，这本书就曾是我送朋友的礼品。他的自传《黄河青山》也是值得一看的好书。马克思·韦伯的《新教伦理与资本主义精神》，萨义德的《东方学》、罗素的《西方哲学史》都给我留下了美好的阅读印痕。

实用性阅读与“充电”

就阅读来说，我属于先天不足发育不良的一类。参加工作以后，我的阅读逐渐和工作相关起来，带上了一定的实用性。我在政协做过文史资料工作。我很喜欢阅读全国政协编辑的《文史资料》。就因为这样的阅读，辛亥革命以后几十年的中国历史在我的印象里是鲜活的、立体的。这样的文史资料汇编，应该进入大众阅读的领域。

实用性更强的阅读是因为写作，比如要改编《水浒传》，就得细读原著，要写刘邦项羽，就必须细读《史记》中有关的篇章，要写唐玄宗，就得阅读和唐玄宗有关的历史和专著，实用的同时，也是一种补充。

当然，实用性阅读并不是我阅读生活的全部，我依然给经典阅读留有空间。我很怀念八十年代我富有激情的经典阅读。那些经过时间过滤以后，能够常读常新的文字，是我思想、精神和情感的资源。

我的“两本中国书”和“一个中国人”

阅读是一种交谈。一个人一生中真正能够交谈、喜欢交谈，且能常“谈”常新的书，就像一生中真正的朋友一样，并不多的，有三五个就不错了。在中国作家作品里，我愿意选择司马迁的《史记》，曹雪芹的《红楼梦》，还有鲁迅。

不管从历史，还是叙述文学的角度说，《史记》都是前无古人后无来者的“绝唱”。在它之前之后，中国都没有过如此宏大的叙事，没有人能像司马迁那样，把中国的历史叙写得如此庞杂丰富，且血肉饱满，精力充沛，气韵生动。它像中国历史著述和叙事文学长河中的怪胎，孤峰，前后没有呼应，没有承继。

曹雪芹的《红楼梦》是又一个怪胎，孤峰。它可以和我读到的任何一部外国叙事文学作品比肩媲美。单就其中金陵十二钗的凄美的生命故事，已足以让它之前之后的作家作品绝望。它和《史记》一样，已经成为中国文学和艺术创造的资源，还使许多研究者有了饭碗和浮名。

鲁迅也是一个孤独的存在，而且不仅在于文学的意义。他以他全部的作品创造了中国现代文学史、思想史、文化史上的奇观。他是孤独的反叛者，是绝望的战斗者，是现存秩序的对抗者，至死不回，至死不悔。他分清了奴隶和奴才。他希望自己的作品速朽，实际的情形是，把他所有的作品在当下发表几乎都像新作一样有力。就因为有鲁迅，中国现代文学史、思想史、文化史才有了它应该有的重量。我喜欢他的作品，他的书一直是我的床头书。

也正是《史记》《红楼梦》和鲁迅，我才更深切地感受到了不同时代的汉语富有的表现力和经久耐嚼的美感。

附录：我的30年30本书

1.《中华活页文选》，中华书局，1960年至1966年，1973年至1976年

2.《歌德谈话录》，歌德口述，艾克曼辑录，朱光潜译，人民文学出版社，1978年

3.《草叶集》，惠特曼著，楚图南译，人民文学出版社，1978年

4.《莎士比亚戏剧集》，朱生豪译，人民文学出版社，1962年

5.《1844年经济学哲学手稿》，（德）马克思著，中共中央马克思恩格斯列宁斯大林著作编译局编译，人民出版社，1978年

6.《家庭、私有制和国家的起源》，恩格斯著，人民出版社，1972年

7.《老妇还乡》，（瑞士）迪伦马特著，叶廷芳、韩瑞祥译，外国文学出版社，2002年

8.《契诃夫短篇小说选》，汪守本译注，商务印书馆，1983年

9.《中国近代思想史论》，李泽厚著，人民出版社，1979年

10.《批判哲学的批判——康德述评》，李泽厚著，人民出版社，1979年

11.《康德传》，（苏联）阿尔森·古留加著，贾泽林、侯鸿勋译，商务印书馆，1981年

12.《美国与中国》，（美）费正清著，孙瑞芹、陈泽宪译，商务印书馆，1971年

13.《剑桥中国史》（全11册），（美）费正清等编，中国社会科学出版社，1991年

14.《万历十五年》，黄仁宇著，中华书局，1982年

15.《堂吉诃德》，塞万提斯著，杨绛译，人民文学出版社，1978年

16.《全国政协文史资料汇编》，全国政协文史资料研究委员会主编，1960年至1990年

17.《人论》，（德）恩斯特·卡西尔著，甘阳译，上海译文出版社，1985年

18.《艺术哲学》，丹纳著，人民文学出版社，1982年

19.《罗丹艺术论》，（法）罗丹口述，葛赛尔著，傅雷译，人民美术出版社，1978年

20.《新教伦理与资本主义精神》，（德）马克斯·韦伯著，黄晓京、彭强译，四川人民出版社，1986年

21.《资本主义文化矛盾》，（美）丹尼尔·贝尔著，赵一凡等译，三联书店，1989年

22.《西方哲学史》，罗素著，何兆武、李约瑟、马元德译，商务印书馆，1981年

23.《史记》，司马迁著，上海书店，1988年

24.《红楼梦》，曹雪芹著，人民文学出版社，1964年

25.《鲁迅全集》，人民文学出版，1980年

26.《安娜·卡列尼娜》，（俄）列夫·托尔斯泰著，草婴译，上海译文出版社，1982年

27.《悲惨世界》，（法）雨果著，李丹译，人民文学出版社，1980年

28.《老人与海》，（美）海明威著，董衡巽、冯亦代等译，漓江出版社，1987年

29.《天边外》，（美）尤金·奥尼尔著，荒芜等译，漓江出版社，1986年

30.《百年孤独》，马尔克斯著，黄锦炎译，上海译文出版社，1984年

2008年10月

我也恍惚了……

我朋友的朋友M约我喝茶，地点离我不远，是个专门喝茶的地方。从装修到茶具都很讲究。没喝茶一看就知道，来此喝茶的大多都是有身份的人。我肚子饿了，急需一碗面。M让服务员在外面要了一碗扯面，因为此等食品该茶社不提供。M和我一样，都是从小地方走出来的，对我小地方的胃不觉得奇怪。

见面前，我的朋友已对我说过这位M君。大学毕业后，在一个小县城工作。走路脚底生风，喝酒杯中有激情，瞄上了县城的一位才女，凭着他的死缠烂打，终于把漂亮的才女变成了他的妻子。才女愿当他的妻子，绝不是因为他的死缠烂打，而是因为他的“有风”和“激情”。他发誓要让才女过上幸福的生活。又凭着他的“有风”和“激情”，东打西拼，南征北战，成了。身价近亿。才女居家写作，两个孩子都在贵族学校读书。曾经想拥有的全都拥有了，甚至拥有的比曾经想拥有的还要多。他约我喝茶，我想，是因为曾经有过的文学梦吧，也许他想做影视？我不知道他会和我说些什么，但我想我们一定会说些什么的。

几道茶后，直到我们告别，离开茶馆，我才想起，我们什么也没说。我有的是，吃了一碗面，喝了几道茶。他有的是，时不时抖着脚，接打了几个电话，喝茶时意不在茶，手指以轻敲的方式抚摸着茶杯，眼睛似乎看着窗外——事后想起来，那看着窗外的眼睛其实是有些空洞的。

我不怀疑他约我喝茶的真诚，但我想，恐怕他也不知道为什么要约我喝茶，就和他现在拥有了他想拥有的一切以后不知道再去做点什么一样。

我问我的朋友：M经常这样吗？

答曰：经常。

我说：噢。

我的朋友Y先是我朋友的朋友，后来成了我的朋友。出身世家，富贵和书香二合一的。他曾经是一家大报的总编，现在是一家大集团公司的副老总，儿子在英国读书。他拥有了许多人日思夜想千方百计想拥有而无法拥有的东西。他不喜欢喝茶，他喜欢喝酒，尤其喜欢和一堆朋友喝酒，尤其喜欢喝醉。陪酒的除朋友以外，还有许多靓女。靓女们大多来自于高尔夫球场。Y是经常去高尔夫球场打球的。他喝酒，意不在酒而在喝。意在和朋友喝而不是和哪一位朋友喝。每次喝醉后，他都能把车开回家，第二天早上满车库找车，这种本事真让我惊叹。

我不用问任何人，这样的生活，在Y是常态的。

M和Y出身不同，行业不同，情趣不同，但有一样是共同的，那就是在拥有一切的同时也拥有了恍惚。

不是所有的人都有资格拥有恍惚的。人们所说的成功，是拥有恍惚的资格之一。

回老家，听到一个段子：两个朋友长时间没有见面，在县城街道相遇，他们都脚步匆匆。

A：好长时间不见忙啥呢？

B：忙得很。

A：忙啥吗？

B：告状呢。

A：告谁呢？

B：还没想好呢。

A：想吧，想好了把我也添上。

这段子里的A和B都应该是丰衣足食的人，他们似乎不恍惚，但都感到了无聊，都想把无聊变成有聊。

无聊也是要有资格的，至少得衣食无虑，而衣食无虑也是一种成功。

我看过一部电影叫《肖申克的救赎》。罪犯老布是监狱里的图书管理员，出狱后自杀了，死前留下一行字：老布到此一游。幽默而辛酸。另一位是故事的讲述者也是罪犯，经过无数次的努力想出狱而未得，直到不想出狱的时候却意外地获准假释，几乎要走上和老布同样的路。他有一句台词：生活在恍惚中是可怕的……

监狱中的每个罪犯都渴望出狱，出狱以后怎样呢？他们在拥有自由的同时，也拥有了恍惚和无聊。老布自杀，不是因为监狱好，而是在监狱之外他没有了生活的能力。在他们，拥有自由的生活竟然是恍惚的无聊的，没有自由的监狱里的生活竟然是有生气，有激情的！

人到底应该拥有什么呢？克服障碍的激情还是成功之后的恍惚？

成功和恍惚以及无聊，真是连体的吗？

我也恍惚了……

2009年6月14日

致山东大学师兄贺立华的一封信

立华大兄：

回忆稿已拜读，很佩服您的勇气。当年您经历的一切，我竟然所知甚少。把这些写下来，对我们是个纪念，对看到的年轻人，也会有益处。

我“挨整”是因为云帆诗社，我当时已接替耿建华兄为诗社社长，就是您的回忆文章中提到“一夜间被覆盖了的一期诗刊壁报”引起的。我的档案中鉴定一栏写得和您一样，辅导员老师说不写不行的。董老师和吴老师做系上领导之后，所谓的“反资产阶级自由化”的风潮已经过去，中文系专门给我做了平反。我没有您那么大的胸怀，我至今对“马列主义老太太”耿耿于怀。我们的文化善于制造这样的人物，是根上的，现在依然枝繁叶茂，这也就是你写这篇文章的意义之所在。中国现代史上两次启蒙的夭折，确有非常重大的历史原因，但被很多人冠冕堂皇地说成理所当然的。我觉得，中国所谓的知识分子的群体性集体性堕落与此有关。这也是我后来愿意改编《水浒传》的一个重要的原因，我会继续的，和您遥相呼应。

许多老师是我经常感念的，记得我流泪离开“山大”时，怀里揣着三位老师的推荐信（其中就有曾繁仁老师的），正是这些老师的信，还有好心的校友的帮助，我才有了一个较好的安身立命之处。真是不堪回首，可堪回首……

向老师们问好！同学好！校友好！

争光

2009年10月10日

乡村人物小传（十二则）

解放

1949年生人。与中华人民共和国同年同月同日生，人称“出生也会挑拣日子的人”，自诩“在共和国的礼炮声中诞生的人”。爱读书，高中毕业被招为公办教师后，即成为“吃皇粮的人”。近年，喜欢于早晨和傍晚在村外的水渠岸上散步，时而抬头望远，时而低眉微笑，望见了什么？为什么微笑？无人知晓。“解放”为其乳名。

志愿

1951年生人。是年，西藏和平解放，土改正热闹。年少时掏鸟窝灌黄鼠；成人后挣工分娶老婆养一堆孩子。改革开放后在城里干过几年事，挣过小钱，没发大财。50岁后精气神渐衰，遂经常打盹。人究其因，答曰：“时代有劲了，咱没劲了，早折腾完了。”

建设

1953年生人。小学肄业。改革开放后厌恶了土地，进城谋生。辗转几年，瞄上了捡破烂的营生。人呼建设“捡破烂的”时，他会怒目而视，曰：“我是环卫工作者，再叫我捡破烂的，我连你当破烂一起捡走。”

改造

1954年生人。祖上有小生意。公私合营后父母欣然弃商回村，生下改造。改造上学至高中毕业。劳动之余，喜读各类报纸及《三国演义》。关心古今天下事。2000年后主读《论语》，兼读其他。常为村人说是了非。出口成章，皆有出处。褒者说他满腹经纶不出门也论天下事，贬者说他满嘴歪理把白猫也能说成黑猫。

光荣

1955年生人。个子高，力气大，生性老实。记得最牢的毛主席语录是“卑贱者最聪明，高贵者最愚蠢”，并身体力行，主动辍学回乡务农，要一辈子做“最聪明”的“卑贱者”。改革开放后，提一棒大锤，只身踏入县城做了“天天工”。干活时对活不对人，歇息时闭目不看人。卑贱者？高贵者？愚蠢乎？聪明乎？光荣不屑一答。

文化

1956年生人。历任生产队记工员、生产队出纳，现任村民委员会文化站副站长，县楹联学会会员。红事写对联，白事写挽联，过年写春联。有人逗他："你学问比不过解放，道理讲不过改造，叫文化其实不文化。"文化撇嘴对曰："我看重的是才气。"

兴国

1957年生人。土命，天性爱土。常言爸妈是生身的父母，土地是养命的父母，都要尽心服侍，尽心伺候。小学三年级辍学。人说"书中自有黄金屋你该念书"，他说"我看见课本就头疼我爱土地"。人说"你用了一辈子脸盆一辈子脸没干净过"，他说"人一辈子都想把世事认清到死也认不清和我洗脸洗不干净一样"。上初中的儿子给他念课文："为什么我的眼里常含泪水因为我对这土地爱得深沉。"他说"胡吹胡吹说这话的人和土地没打过交道眼泪水太多"，遂端来一盆清水开始洗脸。

红梅

1959年生人。8岁上学，18岁订婚，20岁嫁人，8年生了4个女儿，还要生，罚款拉牛在所不惜。第九年生了一个儿子，红梅笑成了一朵红梅，唱了一句"红梅花儿开"，从此结束生育。有作为女人的自豪，也有作为母亲的挂累。

水利

1960年生人。名水利，也修过水利，然后享受水利。修水利时闪过腰，阴雨天时腰痛难耐，水利自我宽解：“不闪腰就没有现在的水利，有得必有失，扯平了。”

农业

1961年生人。起名农业不喜欢农业。想当兵怕打仗，想进大学没考上，想去城里没胆量。屈居乡里，务农兼做小生意。先挑葱卖蒜，后倒贩苹果，有得意也有失意，怀里揣的不是钱，是讨价还价的心眼环环。

向阳

1963年生人。“文革”中长大成人。改革开放后招干，官至镇长。再升官已无希望，有其自我总结为证：“权力不大不小，生活不坏不好。给县长送礼没法大方，因为收的礼都是烟酒不是伟人头像。”

红旗

1969年生人。信奉“一技在手，吃穿不愁”。自学成才，成为木匠。手艺精良，做工细致，方圆十里闻名。三十五岁时开门授徒，开场白是：“师傅领进门修行在个人。”现有徒弟九人。红旗野心陡起，要办木器工厂。厂址：红旗家。资金：正筹措。

附记：此组人物小传，属急就章。受著名雕塑家李小超先生之约而作。李小超系列人物雕塑共六十尊，已在北京、深圳、台湾等地巡展。

2009年10月

我的话

1992年岁末，《文艺争鸣》组编了一个评论小辑，几位批评家对我此前约六年间的小说创作发表了他们的评析。18年后的现在，又是《文艺争鸣》，又有了一个关于我的小说的评论小辑。同一个刊物，两个评论小辑，十八年的间距，这真要让我有一种宿命之感了。但我更愿意把它看成一个不曾言说的允诺。所以，我要向《文艺争鸣》送上我真诚的感谢。

真是十八年么？

“逝者如斯夫，不舍昼夜。”这是孔夫子的话，在川上说的，说得深奥而又幽远。

“三十八年过去，弹指一挥间。”这是毛泽东的话，在他的词里说的，说得轻松而又洒脱。

我没法深奥幽远，也没法轻松洒脱。孔夫子是圣人，圣人和凡人对时间的感受是不一样的；毛泽东是大人物，制造并控制秩序的大人物和秩序中的小人物对时间的感受也是不一样的——要走过多少个日子，才能走过一个十八年呢？

但我还是要为自己说几句好听的话，以增加我继续走下去的信心和勇气。那就是，在这十八年里，在和许多东西遭遇纠缠的困境中，我没有离开过小说艺术，以后也不准备离开。就因为这“没有离开”，我才不会轻薄我这十八年的生命行走。如果我还有过所谓的幸福感，有过精神愉悦的话，大多是和小说在一起的日子里。这是小说艺术给我的馈赠。

当然，也有挫败和沮丧，那是在我想写好而没有写好的时候。但没有强迫，没有绑架，没有背叛——和这些我深恶痛绝却无力逃避，在每一个日子里几乎都要和我遭遇的东西相比，我更乐意接受这样的挫败和沮丧，它是我主动的选择。

言过其实了么？不的。就因为小说的写作，我思想了许多我过去不曾思想的东西。就有了忽略，有了不屑和鄙弃，有了背向，有了决绝和坚守，大概还要至死不悔的。所有的这些，有的已写在了我的小说里，有的还有待于写——其所以要写，是想给人看，也相信有人愿意看的。还有一些，是要留给自己的，不想示人的。

因为“以后也不准备离开”，关于小说，我还得给自己有所告诫。

“我没有文思泉涌的时候，我写得很苦。”这是我十八年前说的，就发表在那一期的《文艺争鸣》里。现在还要加上一句：写作的过程可以是苦涩的，但阅读的过程必须愉悦——事实上，在我写《从两个蛋开始》的时候，我就给自己这么说了，也尽了我的努力。

我以为，说人说事的小说艺术，也可以不把自己高深到艰涩难懂的高地里去。深刻高雅的小说必然艰涩难读，要硬着头皮读是对小说艺术的误判。这曾经是一种时尚。我们把许多貌似高深实为乏味的小说塞给了读者。能塞出去，因为读艰涩难读的小说也是一种时尚。现在不行了。连幼儿园的小朋友也在举着小拳头要求快乐学习了，还有多少读者愿意被名为艰深实为乏味的小说唬倒蒙晕呢？

不是所有艰深的小说都是乏味的，但艰深的小说堆里有一大半是乏味的小说。

写作者应该清楚自己要写的是什么。自己未必清楚要写什么的写作，比写出一本乏味的小说更乏味。

小说确实有深浅之分，雅俗之别，但分别绝不在是否好读和难读。

如果高深的哲学命题和数理论证能有白描式的表述，小说艺术更应该“有话好好说”。当然，“好好说”的前提是“有话”。只要“有话”，“好好说”的路径总是可以找到的。

我记得鲁迅关于小说创作有过一句话：“用白描，有真意。”我所理解的白描，不是“描”到直白，“白”到乏味。其实，“乏味”是小说的一个好题目，如果能有意思地写出“乏味”来，那一定是小说的高手。但我没有看到这样的小说。我看到的大多是把乏味的东西写得很乏味。

“优秀的小说是由优秀的作家和优秀的评论家、优秀的读者共同创造出来的，所以，从某种意义上说，小说的钥匙不一定在小说家的手里。”这也是我十八年前说过的话，也在那一期的《文艺争鸣》里。现在，我要给这里的几位批评家说的是：不管你们拿的是什么样的钥匙，我都要向你们表达我的敬重，你们没有敷衍。

2010年5月8日

《国家级非物质文化遗产——弦板腔》序

我几乎翻看了这本书稿的每一页文字，包括其中的曲谱。这是一本大书，是一个不容轻视和怠慢的戏曲剧种——弦板腔，最全面也最权威的历史记录和资料档案。把这些东西汇集到一起的目的，不是为了炫耀弦板腔的魅力和辉煌——它确实有魅力，也有曾经的辉煌——而是为了“抢救”。甚至，说它的魅力和辉煌，也仅只是强调它应该被“抢救”，应该存活下去的理由。

因为我生长在乾县——弦板腔的起根发苗之地，我对戏曲艺术的最初感受，就首先来自弦板腔。在中学读书的时候，在中学毕业后回乡务农的时候，我都参与排演过弦板腔独幕剧，唱腔曲谱是从县剧团抄来的。我也看过丁碧霞和强淑霞的戏，在一个乡村中学生和青年农民的心目中，丁碧霞就是天下最靓的靓“男”，强淑霞就是天下最美的美女——还不仅此，她们能诉说、吟唱和演绎人间所有的喜怒哀乐、悲欢离合。她们的笑声就是人间的喜乐，她们的泪珠就是人间的悲苦……

现在才知道，就在那时候，我被弦板腔感染和激动的时候，它已处在了兴盛期的最后一站。短短二十多年后，它被列入了国家第一批非物质文化遗产的名单。曾经口齿伶俐的弦板腔，可铿锵激越亦可柔软如丝的念白，似乎变得结结巴巴有上句没下句了；婉约优美绕梁不绝的唱腔，似乎变得有气无力或者有力无气了。它成了一个进入绝境的生命——这就是非物质文化遗产的现实含义么？

在我看来，弦板腔从民间皮影到堂皇的舞台，历史虽短，却已经发展成为可以表现人类所有的复杂情感，完成宏大叙事的大剧种。它应该有更为辉煌的建树的，为什么在转眼间就成了濒危的生命，被列入抢救和保护的名单？原因也许很综合，有外部大环境的压迫，也有自我更新和创造力的局限。事实上，这也是大多数非物质文化遗产其所以成为非物质文化遗产需要抢救和保护的共因。

一个剧种和人的生命一样，到了需要抢救和保护的境地，就已经显出了它的无力和无奈。但我要说的是，人类可以用繁衍后代来对抗生命的有限，继续生命的伟大长征，创造更为辉煌的历史，一个剧种也可以有它的“生育”，它的传承，以待合适的气候和土壤，就地崛起，再造风光。这也是非物质文化遗产的现实含义！在这里，它是积极的，尽管严酷；它是面向未来的，尽管渺茫。而抢救和保护的努力，正是立足于这严酷却积极、渺茫却要尽力争取未来的基点之上的。

如果抢救不过来呢？注定要消亡呢？那么，这本经过诸多先生努力编纂而成的大书，就是当事者和过来人以及有心人的珍贵的纪念，也是给子孙后代庄重的遗赠。我们的后代将从这庄重的遗赠中获得一种文化记忆——曾经有过一种艺术，和他们的先人血脉相融。它是我们民族文化的组成部分。至少，他们可以得到这样的提醒：曾有过许多东西，被有意或无意、应该或不应该地丢弃了。也许他们和我们一样，会为这种丢弃感到疼痛。

当然，这是最坏的预测，正因为有最坏的预测，我还想说，舞台艺术的精神和魅力，非文字所能表达。如果再有音像记录的话，不管是作为一个纪念，还是一种遗赠，就会更完整，更有质感。

如果说抢救的目的在于再生和发展，这本书就应该是再生和发展的第一步。如果没有再生能力，抢救下来的这些东西，就是消亡前的遗嘱。真不希望它是最后的遗嘱。抢救者们已尽了力，弦板腔能否在绝境中突围，就要看它的自我造化了。我是悲观的，但我不想对希望者传布我的悲观，并愿意和希望者一起希望，为弦板腔的复兴祝福。

2010年10月24日

推介短片《大明宫》解说词及部分参考性画面提示

我们要讲述的不是东方帝国的一段历史传奇——

随着画外音，大明宫复原图或模型入画，像一座规模宏大的历史典藏。

我们要讲述的是一段历史记忆。

它和这座伟大的建筑有关。

公元755年以前，它是中国大唐帝国的皇宫——

复原图或模型的局部。每一个部位都似乎蕴含着丰富的记忆。

规模宏大，气度非凡，无与伦比。

是东方建筑的杰作和典范。

是东方智慧和创造力的象形表达。

是帝国权威的象征。

皇宫大殿中的“龙椅”。

大唐帝国的许多重大事件就发生在这座伟大的建筑里。

政治决策、外交事务、庆典礼仪、奏事议事、上朝退朝、还有，皇位的更替——事实上，每一次皇位的更替几乎都伴随着流血和牺牲。

龙椅、玉玺……唐太宗、唐高宗、武则天等玄宗之前的皇帝画像或出行仪仗图。

风吹草动，浪推船行——皇宫的秩序也是帝国的秩序，皇宫的震荡也是帝国的震荡……

能够表现皇宫秩序的影像。

公元712年，在一场流血的宫廷政变之后，29岁的李隆基执掌了大唐帝国的权柄，是为玄宗皇帝。

唐玄宗画像。

他是幸运的，也是成功的。他继承了帝国的全部遗产，励精图治，使他的时代成为中国历史上公认的盛世时代。

有关影像素材。

有效的政治管理，繁荣的经济和文化艺术，稳固的国防，各民族和谐共处……这就是中国观念的“盛世”。

有关影像素材。

他是自信的。他的自信让人惊讶：几乎所有的边防军司令都由外族将领担任，掌握着帝国的军事力量。没有一个皇帝和他的王朝拥有这样的胸怀和气度。

有关影像素材。

他也是一位超凡出众的艺术天才。可以演奏鼓乐，可以抚琴作曲，著名的《霓裳羽衣曲》就出自他天才的奇思妙想。

音乐资料。

他爱上了一位同样杰出的女性——杨玉环。她是中国历史上公认的四大美女之一，也是一位天才的舞蹈艺术家。

杨玉环画像。

他们共同创造了中国艺术史上的杰作：《霓裳羽衣舞》。

舞蹈资料。

她是他的儿媳。他成功地使她成了他的贵妃，并创造了他们的旷世绝恋。

他们的恋情美丽真挚、朴素优雅、放而不荡、离而不散。也许是中国历史上有文字记载的最为动人、最为悲怆、最具挑战性、最具个性精神、也最具生命力的爱情经典。

《贵妃醉酒》等戏曲资料。

帝国的历史和个体生命在一点上是相同的：一个偶然的事件可以使历史拐弯，生命改道。

公元755年，玄宗皇帝钟爱的一位将军与帝国反目，使这座伟大的建筑遭到浩劫，被付之一炬。

铁骑的声响，起火的大明宫复原图和模型。

被付之一炬的不仅是一座伟大的建筑，也有帝国的气度和胸怀——李杨的恋情被认为是这一事变的主因。

几乎在大明宫被付之一炬的同时，李杨的恋情也走到了它的终点——帝国需要秩序，需要重整它的权威。富有个性精神的恋情与帝国的秩序和权威无法相容，它必须走向终点。

玄宗皇帝迫于帝国的压力，杀死了他的知音和恋人。或者说，为了帝国，他杀死了自己的爱情。

贵妃墓。

帝国陷入了长久的内战，从此走向衰落。

有关影像资料。

……

大明宫成了历史的废墟。

大明宫遗址，废墟。

李杨的旷世绝恋成了历史的记忆。

他们的毁灭同在一个重大的历史节点上，共同构成了一个象征，意味深长。

帝国的权威可以重整，然而，这个国家再也没有出现过可以和“大唐盛世”比肩的历史时期。

“天长地久有时尽，此恨绵绵无绝期……”

书法《长恨歌》。

因为李杨之恋自身具有的魅力，也因为它发生和毁灭在一个重大的历史节点，就更有理由成为中国历史上的爱情经典，蕴藏着强大的再生力。历经一千多年，至今依然是各种艺术形式再现和诠释的蓝本，不仅在中国家喻户晓、历久弥新，也著称于日本、韩国、东南亚乃至欧美。

中外有关李杨之恋或杨贵妃的书籍版本、皮影杨贵妃造像、连环画、有关戏曲资料等。

它是中国的，也是世界的。

历史不可复制，记忆可以复活。

我们相信，我们有足够的勇气和智慧，让复活的记忆穿透历史，照亮现实。

《欲望大明宫》值得世界的期待。

谁将是这部情感大片的玄宗皇帝？谁将是倾城倾国、名闻天下的杨贵妃呢？我们已有些急不可待了。

2011年4月29日

我从小学到初中的阅读等式

1964年秋天，我背着小书包，跟在母亲身后，穿过村庄的马道，走进了我们村小学的大门。学校在村子北街的最西头。也许母亲拉着我的手，我不记得了。就是拉着我的手，我也是在她的屁股后边。走进老师的房间以后，我就到了母亲的前边。母亲把我交给了小学校唯一的老师——我上小学了。

那唯一的老师姓韩，我们叫他韩老师。

我学的第一课是“日、月、水、火”。第二课是“山、石、田、土”。然后依次是“人、手、足”“口、耳、目”“丈、尺、寸”“元、角、分”……均带有图画。

一年多以后，在我的记忆里，课本的内容变了。小学一年级语文课的第一篇课文是“毛主席万岁”；第二课：“中国共产党万岁”；第三课：“中华人民共和国万岁”。然后不“万岁”了，改“敬礼”了：“国旗，五星红旗，我们爱你向你敬礼。”那时候我已经是三年级了。之所以记得这样的课文，是因为老师忙不过来，让我代他给一年级的同学上过语文课。这时候，韩老师换成了王老师，王老师依然是唯一的老师。再后来，老师就换成了我们本村的一位中学毕业生，挣工分不拿工资的那种，叫“民办教师”，属于新生事物。

几位老师都很喜欢我，可能是因为我学习好。每天早读的时候，同学们坐着小板凳，围成一圈，我拿着课本，挨个拍他们的头。没有哪个同学觉得这样不好，被“拍”得很顺从，如果漏掉一个，其他同学会停止朗读，嚷嚷着让我补上。当然，我会补上的。

我给王老师贴过一张“大字报”，不是标准的“大字报”。因为“大字报”都是用毛笔写在纸上的，我的那张“大字报”是用粉笔画的，画在老师的门上：一个笔画拙劣的大人里边套了一个小人，“大人”是王老师，“小人”是我们班上的一位同学——我有些讨厌他。意思很明确，王老师包庇坏学生，应该批判。我还在王老师的自行车上动过心思——我趁老师不在的时候，偷偷解开他缠护自行车的画报，看看里边有没有毛主席像，没有。如果有的话，我一定会用那个时候流行的方式揭发王老师的。我清楚地记得，我在做这些的时候，很忐忑，很不安，因为王老师那么喜欢我；但我觉得我应该这么做，因为那时全中国的人都在造反，都在写大字报，都在批判老师，批判各种权威。在小学校里，王老师就是权威，而且是唯一的。许多年以后，每想起这件事，我都会感到后怕，后怕到战栗——“恶”是可以学习的，人心向“恶”倾斜要比向“善”容易得多。

我们经常唱的歌是：“天大地大不如毛主席的恩情大，爹亲娘亲不如毛主席亲。”我和全中国的人一起，学会了只向一个人感恩。

我在同一时间拥有了两本连环画书，是我姑父去县城替我家卖菜以后，用卖菜的钱给我买的。一本是《平原游击队》，另一本是《十八亩地》。我喜欢双枪李向阳的潇洒和勇敢，至今还记得小豆子被日本鬼子打死后，小手里攥着的那颗子弹。我知道了，日本鬼子是全世界最坏的人。《十八亩地》讲的是地主剥削贫雇农的血泪故事。这样的连环画书和我学习的课文一起，使我知道全世界只有两种人，一种是剥削的和压迫人的人，另一种是被剥削的和被压迫的人，剥削和压迫人的人跟日本鬼子一样坏。我很庆幸，我们家是贫农，属于被剥削和被压迫的人，而被剥削和被压迫的人是光荣的。许多年以后，我才知道，这只是对人分类的一种。人的分类，可以有许多许多的分类法，比如，人也可以分为：人民、公民、臣民……

每年农忙时节，我和我的同学拿着红缨枪，站在村口，让收工回来的村民——那时候叫“社员”，即“人民公社社员”——给我们背诵毛主席语录，不背不让过去。那时候，我已经熟读了人手一册的《毛主席语录》，红色塑料皮包装的。我到现在还记得，它的第一页有两段毛主席的语录，第一段是“领导我们事业的核心力量是中国共产党，指导我们思想的理论基础是马克思列宁主义”。第二段是“既要革命，就要有一个革命的党……”这一段比较长，要转到第二页。

我记忆最深刻的一篇课文是《年四旺狠斗私字一闪念》。年四旺是一位革命军人，他经常和他思想里闪过的私心杂念做斗争。全中国人民都应该向他学习。这篇课文留给我的印象不亚于我最害怕的一种动物——蛇。我一直怀疑，我至今没有安全感，也许与这篇课文有关。我心里闪过的任何念头，都有可能被人看见，被人发现，被人误解，一直误解到犯罪，而犯罪是会和警察、和监狱发生关系的。

我喜欢看课外书籍。我从三年级开始，就不看连环画了——我有一个存放连环画的小匣子，我把小匣子里边的连环画都送给了喜欢的同学——我开始读长篇小说。我几乎读遍了附近几个村庄能搜寻到的所有小说书。许多年以后，我才知道，我喜欢看的那些小说书，大都是一些不入流的货色。我和真正的好书相遇，并且能知道它们是好书，要在七八年以后。

从小学到初中毕业，我的阅读可以用一个等式表示：小学到初中的阅读≈课本+连环画+不入流的小说书。这就是我在最初的心智塑造过程中所能吃到的精神食粮，它们参与了我最初的生命塑造，并对我产生了一生都拂之不去的影响。后来，我阅读了“文革”之前的初高中语文课本。前年，又因为写作《少年张冲六章》的需要，我阅读了现在通行的从小学到高中的语文课本。这样的阅读使我知道了，一代人在他们生命塑造的最初阶段，会和什么样的精神食粮相遇，似乎是一种宿命。在特殊的历史时期，供给孩子们什么样的精神食粮，是可以由几个人，甚至是一个人说了算的。

从小学到初中毕业，一共七年时间，比现在的九年义务教育少了两年——可以了，我像弹拨弹球一样，从这七年里，弹拨出了一串“弹球”，大体可以反射出我那一段生命塑造的光和色。也可以看成一串葡萄，可以品咂出它的些许滋味。

2012年1月

“微小说丛书”序

趁势而起、应运而生的微小说，实在已经成为一个不容忽视的文学存在。

微小说的生成与网络和手机有关，应该是“网络文学”和“拇指文学”的组成部分。

网络文学不仅撕破了文人写作的一统天下，也使得作家的桂冠不再那么堂皇亮丽，成了一顶极其平常的“草帽”了。只要想，谁都可以写，可以发表，就已经是作家了——仅凭这一点就该为网络文学喝一声彩。

要分高下么？可以的。在我看来，作家的“作”经常的情形是挖空心思，为作而作，苦了自己，也苦了读者。网络写手们的“写”，首先是为自己，为同好，没有那一顶桂冠的负累。这写作的初衷和心态就先比所谓的作家们要来得自然，自由，自在。有写的乐趣，就易出智趣、意趣。不信么？中国每天都有精彩的手机“段子”，在几亿读者中间传阅，有内涵、有智慧、有手段，短小灵动，读有所得，而且——爽！把这样的手机“段子”和作家们的“大作”比一下，高下是可以立判的。

事实上，近十年中国文学的高度，正是由这些带着“草帽”的写手们创造出来的，要让桂冠作家们汗颜的。

有故事、有人物的手机段子，就是微小说的一种。

泥与沙俱下，鱼与龙混杂。这倒是事实。但我要说的是，中国几万名戴着桂冠的各级作家们的作品不也是泥与沙俱下，鱼与龙混杂的么？同样的泥沙鱼龙杂生，高度却不在桂冠作家们的家族里——这也是事实。

而且，读者是在网络和拇指文学这一面的。也对这样的文学寄存着厚望。这里不仅有适合他们的阅读方式，也有他们愿意阅读的文学。机场待机，车站等人，劳作间隙……一两则有趣的微小说就会把无聊变成惬意和享受的。

有责任的、真正关怀着中国文学的现在和将来的编辑家，也在网络和拇指文学里看到了新的生机，是要为他们做点什么的——未来出版社的“微小说丛书”和“微阅读”图书系列，就已经在“做”了。不但做了，而且做得实在，做得及时，也显示了他们的远见。

正因为泥沙鱼龙杂生，所以要选。选而推介，意在与鼓与呼：为精彩的写家开辟生存和壮大的田地，为有心和怀有期待的读者提供便捷的“美食”。

把微小说单拎出来，也证明着随心所欲的自然写作，已经有了“文的自觉”。是要自觉地检讨自己，提升自己的。

以上，就是我非常乐意为未来出版社的“微小说丛书”说几句话的原因。

临末的几句，是要说给有心做微小说的朋友们的：

在中国，凡新生的、正在成长的东西，总会收到各式各样的非议和排挤。这非议和排挤，来自无赖的，可以不理。但在正经的君子们，非议和排挤往往是以新生者的不成熟来作为其“正当”的理由的。前述的“泥沙鱼龙”说，即其一。要把这些君子们行色各异的“正当”推倒，却是要靠我们的壮大和实绩的。

微小说可谓短章中的短章。而短章短制正是中国文学特出的一个传统。

还有，微小说大概要有故事和人物。中国说故事的高手，不在所谓的作家里，而在民间，一两句话，有人有事，听着有趣，嚼来有味。

要给人看的微小说，无论怎样的随心所欲，说到底还是“做”出来的。保持自然、自由、自在的心态固然紧要，但“做”也是马虎不得的。鲁迅先生在《做文章》里有几句话是这么说的：

“太做不行，但不做，却又不行。用一段大树和四枝小树做一只凳，在现在，未免太毛糙，总得刨光它一下才好。但如全体雕花，中间挖空，却又坐不来，也不成其为凳子了。”①

我以为他的话对微小说的“做”，也是适用的。

2012年6月19日

①鲁迅：《花边文学》，《鲁迅全集》第五卷，第528、529页，人民文学出版社，1982年。

微杂感

被开了“微博”，偶尔会上去看看，忍不住的时候也会写几句，东拉西扯，随心而出。挪几条过来，名之曰：微杂感。

——题记

1

人生不过一碗面。我的微博开通了！

2011.10.23

2

年初写了个小说，《驴队来到奉先畤》，这一期的《收获》（2011年第6期）发出来了，有兴趣的朋友可以看两眼。第一眼不顺眼，第二眼就免了，以免眼睛受困！幸甚幸甚！

2011.11.20

3

昨天和苗教授润才先生吹牛，吹到“人”了，觉得人越来越把自己活成了生物世界中的“怪物”，唯一的——欺世、互欺、自欺……

2011.12.21

4

刚看了陈丹青讲民国的一段视频，其中有几句话，推荐给朋友们：

“现实害怕历史。”

“三十年前邓小平说体育要从娃娃抓起，我认为历史也要从娃娃抓起，而且更重要。”

“民国既不是历史，也不是现实。”

陈的这后一句大概还有一层意思：“民国”有许多已经成为历史，有许多依然是现实——凭记忆，大体无误。

2012.1.5

5

已经很晚了，没睡，索性再发一条：

读高尔泰先生的文章，摘一句话出来和朋友们分享：“接受市场的要求，为经济动物制造精神快餐，也如同当年接受权利意志，为政治动物复制膜拜的偶像，都是一种屈服，一种自我否定……”

这是艺术在中国的一种宿命吗?

2012.1.9

6

过去，狗遇见猫会变色的，而且还有声音，敌手一样，现在同为宠物，与人一起，同居一室，和谐相处，可谓“和谐社会”。人和人可不一样，即使同居一室，也往往不能和谐，咋回事呢?敬请有心的朋友指点指点。

对“评论”的回复：我是“普遍”而论的。人和宠物一般不会吵架，即使吵架，也很容易过去。人和人不一样，吵架了，往往会搁在心上的，尤其是一个屋里的。

2012.1.11

7

转发@三联生活周刊：在一个自由国家，作家有义务不去关注义务。只有在专制政体下，人们才指望文学展现和谐构思，高调鼓动众人。专制君主不惧怕作家鼓吹自由，他怕的是诗人爆出一则笑话，旋即深入人心。他最大的忧虑是欢乐，是人们情不自禁地表达的不可遏制的欣喜。——E.B.怀特《咸水农场》。

评论：怀特这段话的后两句似乎和事实有悖。看看朝鲜啊，还有曾经的我们啊——人民和领袖的欣喜是一致的，很“由衷”的。

2012.1.11

8

有句陕北民歌："面对面坐着还想你"——唱着好，听着好，看着好，越想越好。把这句歌词拿过来献给"三八节"吧。

2012.3.8

9

转发@油画丹青：五星上将、美国总统艾森豪威尔年轻时，有次和家人玩牌，连续几次都拿到很糟糕的牌，情绪很差，态度也恶劣起来。母亲见状，说了段令他刻骨铭心的话："你必须用你手中的牌玩下去，这就好比人生，发牌的是上帝，不管是怎样的牌，你都必须拿着，你要做的就是尽你全力，求得最好的结果。"

评论：挺好的一个故事。我想说的是，发牌的不只是上帝，还有撒旦。如果艾森豪威尔拿到的是撒旦发的牌，他母亲会给他什么样的忠告呢？也一定会铭心刻骨吧。

2012.3.22

10

这个世界，唯一不变的就是，什么都在变。但是——这里必须要有一个但是，我们得时时处处提醒自己，可不能把这一条作为向恶、为恶的借口呢。

2012.3.23

11

在宝鸡，听了一个朋友怀孕保胎的事情，精心与小心，可感可佩。忽然就想了一下：如果我们能像这位朋友保胎一样，保护我们精神与灵魂的洁净，这个世界会不会变得美好一些呢？

2012.3.23

12

转发@油画丹青：林散之“不俗真君子，多情是女郎”。

评论：上联靠谱，下联未必吧？

2012.3.27

13

转发@人民文学出版社：《鲁迅全集》图片。

评论：中国不缺少孔夫子，几乎每一个村里都有的，言语行为做派都能感到他的存在；缺的倒是这套书的作者——鲁迅，千百年来，再精确一点说，百年来，中国唯此一人。也许是我的偏见吧。

2012.3.27

14

转发@三联生活周刊：“我和这个世界有过情人般的争吵。”（美国诗人：罗伯特·弗罗斯特之墓志铭）晚安。

评论：这样的争吵者，多幸福，多幸运啊。羡慕羡慕。

2012. 3. 29

15

（在微博上看了“文革”中红卫兵批斗彭德怀等人的一段视频之后）没有敬畏就一定没有底线。在这样的民族和国家里，疯狂者和疯狂的受害者会在另一个时空中互换角色的——我们差不多就是这么一路走来的。

2012. 3. 29

16

历史没有如果，只有如此——不管是个人的，还是民族的、国家的……

2012. 4. 3

17

一个谎言需要无数个谎言来支持，它会使我们穷于应付，还是大实话好，自足、简洁、简单。

2012. 4. 15

18

转发@金陵江錞：【反右运动档案解密：实划右派×××多万】1957年反右运动划的右派分子，不是50万，而是×××万人，还有×××万人被划为“中右”。反右运动档案近期解密，原来当年划的“右派分子”不是50万，而是50万的×倍以上！毛泽东：阶级斗争要持续一百年。评：林昭、顾准、朱镕基等人都是！

评论：记住“反右”的那一段历史，也要搜索一下右派分子们各不相同的“后来”——在经历了那段历史之后，他们是怎样塑造自己的形象的——或许能嗅出一点中国何以会有反右，历史会不会重演的气息。

我们的历史经常是复制式的。

2012年4月21日

为朋友写的文字

绍武其人其诗

那是1986年的冬天，我从陕北蹲点回来，人事处的小崔告诉我：新调来的一位，和你是同行，写诗的，去聊聊吧。他就是绍武，简单、结实、饱满、对我诡秘地笑着，大概笑我看他腿上那条肥大的警裤时疑惑的模样。我当过九年警察，他说。几个月后，我们为一张报纸的创刊共同奔波了一阵，然后面对面在一间办公室，操起了编辑兼记者的行当，一坐就是几年。那条肥大的警裤不大穿了，但那种与人为善，与己则透出几分自得的诡笑还时不时会浮现在他的脸上。

这便是我和绍武君的交往，先读其诗，再读其人，然后是同事，终于成了朋友。大千世界，芸芸众生，人可谓多矣，但仔细想想，走到街道，和我们打招呼的也实在没有几个。相识已是很大的缘分，相知就该是生命的一种稀罕的馈赠了。有几个相知的朋友结伴而行，实在是一种幸运。

我和绍武君同姓，同年生，属鸡。两只鸡相聚一室，谈天论地，抽烟喝茶，彼此欣赏，处得很好。我常常为两只鸡在一个“窝”里竟没发生过争食啄斗而惊异，即使在我们在报社的地位发生了某种倾斜之后，也依然如初。这大概是相知与宽容的缘故吧。

我很欣赏绍武多方面的生活技能。比如，他能做一手好菜，且常乐于此道。偶尔有兴，便在我家捉刀掌勺，露一手。两家人共一桌而餐，听他悠悠然侃吃，平添一种情致。还有，他会修理自行车。

在朋友中，绍武也可能是最讲究的一个，穿着总在不经意中让你觉出些许用心。他好烟而不嗜，喝茶而不贪，且都有相当的档次。每一次出差，都是他管钱，看房子，联系饭菜，因为他细心，周到。正因了这种近乎于琐碎的细心和周到，他很得一些女孩子的赞赏。

我其所以欣赏，是因为我觉得，在他的讲究和近于琐碎的细心与周到中，体现出了一种健全的生命意境：热爱生活，又能享受、体味和把玩生活。

在陕西诗坛上，无论作品的数量还是质量，绍武君都是较显眼的一位。但我以为，就绍武而言，这都不是最重要的。我更欣赏他作诗以及做诗人的态度。在诗坛闯浪多年，耳闻目睹，也算经历了一些事情。大红大紫者有之，沽名钓誉者有之，或以诗而显，或因诗而亡，无一而足。绍武似乎不在此列。他写诗而不为诗痴，为诗人而不为诗人迷，不管诗坛潮涨潮落，从宝鸡市一间斗室作诗起，十几个年头，或为一段情缘所动，或因一件小事而感，林林总总，竟发表了几百首作品。“大人者，不失其赤子之心也。”如果说基督徒对上帝，商人对金钱也怀有一种赤子之心的话，绍武之于诗，则属于另一类：爱而无所求。正因为如此，绍武为诗，没有基督徒面对上帝时的沉重，也没有商人面对金钱时的燥热。他总像做一道心之所想的菜，或者品一杯意味深长的茶一样作诗，即使面对重大的题材，也很少大起大落，大喜大悲。所以，在绍武笔下，养育了五千年华夏文明的黄河，才可能是一种“静谧的蠕动”，是一种“博大而言的温情”（《一月黄河》）；而陕北剪纸的老女人，在他的眼中，是一个好奇的孩子：“那地方没有水/那地方却有鱼/在你张合的剪刀下/喘出鱼的气息”（《剪纸的人》）。诗的魅力不在于宣泄，也不在于倾诉，而在于诗人与对象之间的一种微妙的距离，是热的，又是冷的，是动的，又是静的，是沉重的，又是轻松的。

“相看两不厌，只有敬亭山。”互相把玩，互无所累，其间，是一种悠长而隽永的关系。这也许是绍武之于生活，之于诗的奥妙之所在吧。

1991年9月8日

友朝的第一脚

看完《黄沙青草红太阳》完成片，我给友朝说：比你们说的好。他们太谨慎，事先给我吹过凉风。作为编剧，我当然关心这部片子的成败与否，进放映室的时候，多少有些不安。现在放心了。这并不全因为这部片子拍得不错，更重要的是友朝的第一脚没有踢歪，虽然响动不大——在目前的景况下，也很难有大的响动——但作为导演的友朝却是实实在在的了，而且是有力的一个。

我对友朝的关心，胜于这个剧本。我曾对友朝说过这样的话：友朝，你要是拍不成电影，这个世界就没有道理了。在西影的朋友和同仁中，我和友朝的接触比较多，也比较深入，常有“臭”气相投之感。友朝也是我所喜欢、所信任的一位。他有较深厚的艺术修养和艺术实践，对电影怀有近于执拗的热爱，更有他的作为人的品格在，我一直固执地认为，他应该是一位出色的导演，就其潜在的品质，他应该在西影已经成名和正在成名的许多导演之上。

他终于踢出了第一脚。

可以说，我和电影结缘，是从友朝这里开始的。那时候，他正给张艺谋做副导演，那部片子就是后来红遍海内外的《菊豆》。我们合作过几个剧本，均因为各种原因没有拍成。在这几个剧本中，《黄沙青草红太阳》（原名《赌徒》）是友朝不甚喜欢的，却几经周折，由他拍了它。这大概也是一种宿命。在这个世界上，阴差阳错的事是常有的，电影行业中就更多了。不甚满意的都拍了，这该是友朝的不幸，可到底是拍了，又该是幸运。只有几经煎熬并企望成功的电影人才能知道踢这第一脚是多么艰难。友朝很看重责任，他没有在得到机会之后而忘记责任。他对这部片子的投资者以及帮助过这部片子的朋友们满怀感激，他要对他们负责。为了这责任，他甚至牺牲了许多本不该牺牲的东西。

他到底踢出了这一脚，而且踢得颇有风度。

著名编剧张子良先生跟我们一起看了这部片子。子良说：友朝成了。

可友朝似乎没有“成了”的兴奋和喜悦。他明白，第一脚虽然踢出去了，但毕竟是第一脚，有些地方并不尽人意，或是先天的，比如剧本；或是虽有其力却不能不屈就的，比如剧本；或是眼看着掉分却无力不让掉分的，比如影片的规模，等等。我是很看过几位踢出一二脚并踢出一二分成色来的朋友的得意的脸色的，说实在的，我感到悲哀，为朋友，也为自己。我很敬重友朝的明白。这种态度也并非友朝独有。真有些力量的艺人们在大成功之后，大都有这种明白的态度，不只是因为性格，更因为对艺术的真诚。其实，说得自私一点，也是真诚地面对自己。

由于我对电影不懂(电影是导演的艺术，据说)，所以才说了以上的话。由于我是本片的编剧，也才有了在这里说话的机会。更因为我是友朝的朋友，我愿意说几句，以表示对友朝的祝贺。他还会踢第二脚第三脚的，但愿他一脚比一脚踢得漂亮。

1994年

没走红的迟子建

1986年，我作为扶贫工作队的一员，住在陕北一个偏僻的山沟里，一边和那里的农民修梯田栽苹果树，一边学着写小说。我知道我将参加一个笔会。我的一位朋友在《中国》编辑部做编辑，他“勒令”我放下诗，写几篇小说带到他们要举办的笔会上去。夏天，笔会如期举行，地点在青岛。

于是，便认识了迟子建。

参加笔会的大多是已有些实绩的青年作家。有几位已很走红，如徐星。还有几位在后来也走红了，如格非。迟子建大概是既不属前者，也不属后者的一类，虽然她当时就已写出了许多足以证明其创造实力的作品。在我的印象中，她是笔会上年龄最小的一位，衣着朴素，好像扎着小辫，谈吐不多，平淡而温和。

两年后，她到西北大学读作家班，我在西安一家小报做编辑，我们便有了更多的接触。她依然朴素，平淡中透着温和。她说想读点书。在那个时候，作家们的所谓读书已近于时髦的宣言，效果多不在读而在说。但子建似乎是真读的。也在有条不紊不惊不诧地作着她的小说，像在做一样平常的事情。在她那里，读与作，并不是一件经天纬地辉煌灿烂的伟业，而作品，也看不出那种要惊天地泣鬼神的企图，一如她的人一样，朴素，平淡中渗透出温和的性情，让人心动。

以后，她去了北京，依然是读书，作小说。之后，回到了哈尔滨，谋到了一份工作，做编辑，并继续读书，作小说。短篇，中篇，继而长篇，不惊不诧，有条不紊地作着，以至于让人疑心，她真要以平常心对待她的作小说了。这期间，有许多不曾红过的作家红了起来，曾经红过的又不红了或者不那么红了，不红了又红了，让人眼花。

迟子建没红。也似乎不准备红。甚至对这缭乱的战场有些冷淡。平常心依旧，读书依旧，作小说依旧。她一篇一篇地作着，一本一本地出着，朴素、平淡中透露出温和的性情，让人心动。

她大概不会富裕，因为她没作电影和电视剧，也没作出那种轰动的畅销书以版税计算并领取稿酬。这是目前中国作家获取经济和社会的较高效益的两条途径。她一条也没走。也无意去走。“和电影电视剧相比，我更愿意在小说上看到你的名字。”她这么给我说。话虽委婉，却不隐晦。这大概可算作一个证据。

我并非有意对作电影电视和作轰动的畅销书的朋友们表示不敬。我自己就作电影电视，现在还在作。我想，子建也没有不敬的意思。她只是以为，就小说作家来说，还是作小说更贴切罢了。而我要说的是，作为作家，迟子建是有其常性的。世事纷纭，她依然故我，不以物喜，不以己悲，什么时候都是一个平淡的子建，认真的子建，以她的平常心，在属于她的那一方土地上耕种着，渗透出那种温和的性情来，让你心动。她不红火，大约也不会红火，但她是值得敬重和注目的。中国文学要有真的品格，作家的常性该是不可或缺的。

迟子建首先属于她自己，属于她赖以生存的那一块叫做漠河的地方。据说，那里能看见北极光。我没看见过北极光，那该是很诱人的。

这就是我印象中的迟子建，读到的迟子建，也是我想说的迟子建。

1995年4月1日于北京某招待所

追悼胡宽及为胡宽诗集出版捐款

我是在电话里得知胡宽的死讯的。

噢，我说。

还说了些什么，已记不得了，大概是想消释传讯的朋友对我对胡宽的死的漠然的误解吧。

再见到胡宽，是在他的追悼会上，他已被装进了一个方正的小木盒子，追悼会是朋友们组织的，参加者自然都是胡宽的朋友，在偏僻的街道上几间连通的房子里。东间是胡宽的灵堂，除了那只装着胡宽的盒子，还有胡宽的两张遗像，一张彩色，一张黑白。他看着我。我怀疑他在窃笑我的滑稽。那时，我正在给他烧香。烧香之后是鞠躬。然后，一位朋友把一朵小白花别在了我的衣胸上。我看了胡宽一眼，便从灵堂里逃离出去，因为他确实在笑我。

似乎还有几束花，不太能看得清楚。

中间的屋里坐满了人，都是先我而到的，有的熟悉，有的陌生，但表情却一样的沉重。有人在流泪，有人哭出了声。我又逃了出去。这回是因为压抑，还因我突然生出的几分荒诞的感觉。

第三间屋里有一张木桌，为胡宽诗集出版募捐的登记簿便放在木桌上，翻开着。

胡宽是写诗的。

胡宽出过一本诗集，是自费，不知他从哪儿弄的钱，以他的财力，是做不了这件事的。无论从哪一方面，在朋友中，他都是最潦倒的一个。他没有谋生的能力。他只爱诗，而诗却是不挣钱的，尤其是现在，尤其是胡宽的诗。他的诗作几乎都没有发表出来，大概是因为难懂吧？难懂不是不能懂啊。然而，他没有发表出来。大概还不会有人愿意冒风险出版他的诗，所以，才有了那本募捐的登记簿。

胡宽是死于外出的途中的，因哮喘引起的心脏疾病突发而死。扶上病床时，胡宽还谈笑风生，就因了这谈笑风生，医生以为他感冒了，等发现不是感冒的时候，胡宽已跨进了死亡的门槛。潦倒的胡宽总是谈笑风生。谈笑风生结束了他潦倒的旅行。

收尸的朋友在他的行囊里找出了一把刀子，当然不是杀人的，他没有杀人的心肠。还有三本诗集，油印的自己的诗集。现在，这些油印的诗作连同没有油印的，要由朋友们出资编辑成册，变成铅印的，所谓正式发行的诗集，以示对胡宽的纪念。

还有什么能纪念他呢？他没有留下其他的东西。比如家庭，他没有家庭。比如后代，他没有后代。人类为了和死亡抗争，便繁衍后代，可悲却也动人，但胡宽没有后代。

胡宽不是伟人，当然没有树碑立传的资格。

他只是一个可悲的诗歌艺术殉道者。只有那几本诗集了。这是他能证明自己曾经存活过，在生命世界中走过一趟的唯一的东西。

其实，纪念碑尚不可靠，铅印的几本小书就可靠么？

可是，就是几本不甚可靠的小书，还需朋友们捐款，而且是在死后。

我们的诗树曾经是多么的繁盛啊！

死的无常使人悲凉而无奈。四十岁刚过，是早了点儿，可活着，就会死，只是个迟早罢了。在胡宽之前，已送走过几位朋友，都是早了点儿的，所以，胡宽的死，并不令我震惊。讨厌的倒是那种无聊的感觉，挥之不去，吐之不出，总堵在一个地方，制造着不适。

胡宽是不知道这些的，他看着我，似在窃笑。

胡宽，闭上你的眼吧，别这么看着我，让我难受。

1995年11月28日夜于礼泉袁家村

陈益发诗集序

多年筑路人的生活，使益发拥有了一座高原。这是一个宿命，也是一个幸运。即使离开了高原，高原依然是他的精神守望，也几乎是他诗性诗情世界的全部。所以，益发有“今生，我注定要守望一座高原”的诗句。

许多年前，我看到过一位诗人写高原的长诗。开首第一句是“高原如猛虎”，曾被认为是绝美的诗句，神来之笔，但我至今无法为这样的诗句恭维。因为，在我的感受里，即使是上万只猛虎堆积在一起，哪怕卧着，哪怕奔跑，哪怕咆哮，都无以与高原的卧着，高原的奔跑，高原的咆哮同日而语。也许，猛虎不管卧着不管奔跑还是咆哮，在显示自己的同时，也显出了高原的博大和深邃。猛虎只是高原的一部分，高原有的还要更多。看来，不同的人对同一事物的感受和发现是很不同的。

所以我可以感受益发，却无力评判他的诗。

我想说的只是，益发以他的诗，以他的精神和情感触角，在大胆又小心地触摸和试探着这座高原——它的泥土，它的水草，它的云霓和风动；它的体温，它的骨骼，它的血脉和心跳；它的过去，它的现在，它拥有并养育着的一切生命。在那里，每一块石头都是有生命的。就因为益发的高原具有的这种生命意识，这高原不但是诗性的，也是神性的。

我相信，益发愿意以他虔诚的守望和他的诗融入这座高原。我更相信，高原是博大的，它会接纳这位本不属于高原却在高原找到了精神家园的闯入者。

对一部诗集来说，诗之外的文字是多余的。我实在拗不过益发的热心，写了上边的这些多余的文字，权以为对益发和他的诗集的祝福。

是为序。

2005年

水果……

王樽出版第一本电影随笔的时候，我曾有过一句发言：“王樽是弹弓，电影是石子，想打哪儿就瞄哪儿。”——我欣赏他作文时那种自由放任的状态。

在这一本书中，王樽瞄的是水果。

就目前来说，我指的是在人类还没有发现比其更高级的存在物之前，人类依然是这个世界上最活跃的物种。因为人，世界才显出它不同寻常的意义。就说水果吧，人和它们最初的关系是纯自然的：吃与被吃。水果只是无数吃物中的一种。但现在，它还可以是装点，是念想，是象征，是暗示，是隐喻……说得学问一点，是符号。人对它们的迷恋，不仅在于味美可口，更在于它们富含的意味。

我们可以说，这与水果无关，这只是人的自作多情，甚或是自恋。就算是吧，那我还是要说，这是一种伟大的自恋。在茫茫的宇宙中，人一定感到了他的孤独，所以才千方百计地证明自己，表现自己，玩味自己，也发现和丰富着自己。倘没有这种自恋，人也许会在某一刻丢失，要不，就变成一副副干瘪的皮囊。水果之所以各各成为神奇的存在，是不是与此有关呢？

把水果摄入镜头，是人类让水果符号化以后自我证明自我玩味的继续。在电影里，它们是艺术的元素。艺术需要发现，也需要经营。正因为如此，在王樽看来，镜头里的水果不容忽略。非但不容忽略，还需特别凝视，那里有解读艺术，开启记忆和欲望的钥匙。就是带着这把钥匙，王樽走进了水果，走进了电影，也走进了他自己久久潜藏着的地域，感受到精神的颤动，灵魂的低语，情与欲的跳跃……

是的，王樽在凝视并品味水果的同时，也泄露了他私密的春光。它们和电影，和迷人的水果重叠，构成了我们阅读的风景。

如果有足够的耐心，合适的心境，谁都可以像王樽一样，去凝视水果，品味水果，比如樱桃，比如草莓，比如，哪怕看似不起眼的木瓜，没准也会像王樽一样，在凝视和品味中，让心化变成迎风的旗帜。但我要说的是，如果想把你的凝视和品味诉说给同类，那你还得有如王樽一样灵动的指头，把你凝视和品味过的水果们摘下来，放在篮子里，让它们开口说话。

现在，该是品味王樽的时候了。他提着一篮水果。

2005年

以敏感的神经，以庄重的态度

我不知道有没有“出租爸爸”或“出租父亲”这样一种职业，大概是有的，邓燕婷的长篇小说新作中的主角方原正是一位“出租爸爸”。

方原是从监狱中走出来的，他不愿在湘西古镇面对虽然有限却显得沉重的过去，要寻找另一种人生。海城（分明就是深圳）给他提供了可能。海城不就是寻梦者的天堂么？在经历诸多艰辛的努力和碰撞之后，在和另一个与他经历虽异却一样落魄的倒霉蛋斗嘴的时候，他突发奇想：做“出租爸爸”！于是，他不但开始了自己的人生传奇，也创造了“出租爸爸”这样一种特别的职业，而五年狱中的苦读和钻研给了他足够的知识准备。

但请不要误会，“出租爸爸”是不可以和“出租老公”相混淆的。他的工作对象是孩子而不是孩子的母亲。是以父亲的形象出现，专门给失去父亲的孩子填补缺失的父爱，而不是给失去老公的女人输送快乐。当然，更不是学雷锋做好事，雷锋做好事是无私的奉献，而“出租爸爸”是要收费的，它首先是一种谋生的职业。

“出租爸爸”的雇主是孩子的母亲，方原不能不和她们发生联系，甚至不可避免地有意无意地要进入她们的生活。于是，几个职业、经历和心性各不相同的女人，都因为她们的孩子没有爸爸而和方原组成了一种特别的关系。几个年轻的女人——高傲的舒儿，善良的王靓，表里反差巨大的高雅文……又因为方原，就演绎出一幕幕五味俱陈的都市传奇，在城市的隐蔽处，透显出一个又一个现代都市生活的景观。她们和方原都受过损伤，都感受着疼痛，还有那些无辜的孩子……但死水有了微澜，活水起了波涛，霓虹灯不再光怪陆离，水泥建筑的组合也不再冰冷漠然，因为其间有了人的呻吟、人的低语，有了呼唤和回应。这不正是一座城市最生动的声响么?哪怕是一声叹息，摔碎了，散发出的也是人的气味……

许多年前，邓燕婷还在她的少女时代，就有了许多精致的小说短章和几本长篇风行于世，尤其是那一本近二十万字的《请你抚摸我》，它曾给过我很多感叹。在读过她的这些极富才华的作品之后，我很诧异她为什么不作小说而做了记者——这大概是我的偏见，以为她做记者是一种浪费。事实上，她做记者也做得游刃有余，成绩骄人，且衣食无虑，为什么非要选择小说呢？在一个崇尚物质追求享乐的时代，做小说是很难养家糊口的，要冒饿肚子的风险。

但燕婷还是没有掐断她和小说的系连。她也是一个寻梦者。在目下，小说艺术似乎只能是寻梦者的所为，做梦，享受梦，并和同类分享。当然，这只是我对燕婷的猜想，也许她还有更大的野心。

而记者生涯无疑给了她直面现实的机会。她有敏感的神经，有发现的眼力，有庄重的态度，她了解她要写的东西，她知道怎么表述和叙说。她的梦是瑰丽的，绝不浮华；是珍贵的，绝不邀宠。它是一个时代的记录的组成部分。

2006年8月24日

诗和刘鹏的诗

文学被边缘化，不是一个事件，而是一个事实。你可以对一个事实寻找出许多原因，但不可以因为找到了原因而改变事实。所以，人经常处于无奈与尴尬的境地。

文坛里的诗坛当然不能例外。以诗吃饭的人觉得难过难受，但也只能难过难受，这是没办法的事情。难过也得过，难受也得受。

诗在什么时候成了一部分人的饭碗了呢?

我怀疑，对诗的被冷落投以关注的是那些以诗吃饭的人。那些不以诗吃饭却爱诗的人，是不顾这些的，也不关心有没有一个诗坛。比如刘鹏。

只有被冷落的诗坛，没有被冷落的诗。诗一直都是一个美丽的存在，比如刘鹏和他的诗。

刘鹏不是诗坛中的人，但和诗在一起。诗是他显示自我存在的一个部分，疼了痛了，可能会有一首诗；快了乐了，也会有一首诗，当然也可能没有。所以，诗在刘鹏是自然的，和惊叹时的一声“啊！”和疑问时的又一声“啊？”一样。

但诗毕竟不是“啊”，是精心经营出来的。经营需要积累，诗内诗外的积累。刘鹏有这样的积累，也有精心的经营。经过精心的经营，诗似乎回到了它的自然状态，朴素得就像那一声“啊”。是

“像”而不是“是”，看他的《秦腔》，看他的《关中》，就可以有这样的感受。

诗是不能拿来说的，应该看、读，最好念出声来。所以，还是去读去念的好。说出来的都可能是废话。所以，再来一个所以，我不能多说了。反正刘鹏不指望写诗吃饭，也没想混进诗坛做著名诗人。就此打住。

2006年10月16日

阅读安鸿翔

1994，也许是1993年的夏秋之交，我在泾河岸边一个叫张家山的地方，和张子良（电影《黄土地》《一个和八个》的编剧）、高建群（长篇小说《最后一个匈奴》的作者）为一部电视系列剧费心劳神。有一天，已经忘记了时辰，一个小朋友领着一个大朋友来到了我们费心劳神作业的院子里。这位大朋友就是安鸿翔。在我囫囵的印象里，他好像是从泾河的那一边像影子一样飘浮过来的。到我们跟前的时候，又分明是一个实在的血肉之躯。不土不洋，不胖不瘦，个子似乎比我高，突出的是他的眼睛，布满阴郁，在看我，看我们，看它看到的一切。就在这浓重的阴郁深处，又分明有一种坚硬的光亮在穿透这浓重的阴郁。他给我画了一头小毛驴，张子良说这毛驴是关中驴，可爱，会尥蹶子伤人。我知道张子良说的是我，我也知道他更想说的是尥蹶子而不是可爱。但那头小毛驴是可爱的。是驴就会尥蹶子，尥蹶子和可爱并不矛盾。也许安鸿翔是在用他那双有坚硬的光亮穿透浓重阴郁的眼睛看过我之后给我画的。我认可这头小毛驴。这头小毛驴在我简陋的办公室里挂了多年。我没把它作为一幅绘画作品，而是作为一份感情的礼物挂在墙上的。事实上，那个时候，我对中国画存有很深的偏见。在我的眼里，安鸿翔比他的画重要。我就是在那个时候知道他的。他在乾县文化馆工作，年长我十几岁，我该称他为老师，我还没有准备阅读他，更没想到十多年之后的今天，我会有为他写一些文字的欲望。

为一个书画家作文是很危险的。认知一位画家最可靠的是阅读他的作品，即使画家自己用言语和文字在说他自己的时候也未必能说得清楚，何况一个旁观者。我一直固执地认为，生活中的艺术家在表达自己的时候都会变形，最精确的表达只有作品。构成艺术家精神的肠肠肚肚鼻涕屎尿，大与小粗与细高与低雅与俗贵与贱在作品中想掩藏也是掩藏不住的。安鸿翔也不能例外。那么我要写的文字就是多余的了，因为有他的作品在。但我实在又管不住自己犯贱的毛病，偏偏要写一点文字作为我阅读和认知安鸿翔的记录。

我阅读他的欲望首先来自于他的几个册页和一本画册，册页画册和其他画家的册页画册没有什么大不同。先是作者简介和一长串的头衔、奖项，还有自封的和他封的艺术成就等等，然后是画。我越过了前边的那一长串，因为我不信任这些东西，尤其是中国的书画家。

我以为中国的书画是很容易制造假象的。把小技以为作画的秘籍，把小聪明认为大智慧是中国书画的组成部分。比如：一张白纸上画一只小船，空白处全是水，神吧？妙吧？只画一只小船，就画出了大世界！比如：一张白纸上画一条牛绳，牛呢？在绳的那一头，拉牛的人呢？在另一头。一条牛绳就有了牛和人，神吧？妙吧？画一条牛绳，就画出了生活！中国艺术理论中有“不著一字，尽得风流”一说，改一下放在这里，可以称为“不画人牛，尽得人牛”；比如：以“山中有古寺”为题作画，据说最神最妙的是画了一个挑水的和尚！类似以为中国画神奇的趣谈还可以举出很多，以此证明中国绘画的表现力，我以为这就是把小技以为作画的秘籍，把小聪明认为大智慧的证据。用这样的小技是可以制造出无数所谓神妙的中国画的：一张白纸上可以画一条抛物线，可把这幅画叫做“垂钓”；一张白纸上画一条钢丝，可以把这幅画题为“工业革命”；“山中有古寺”也可以制作出许多所谓神奇的画的，把和尚去掉，画一只绣花鞋呢？我不以为画一只绣花鞋比担水的和尚差多少。

就因为这些，画了一辈子小情趣，耍了一辈子小聪明的画家赢得了大家和大智慧的名声。这样的书画大家在中国的绘画史上可以列出一串。现在呢？得到头衔、名份、奖项和声誉的路数就更多了，如果阅读画家，把这些东西也作为阅读的内容，很可能会上当受骗的，也许还会被吓着。

所以，在阅读安鸿翔的时候，我把这些东西越过去了。我更想看的是他的画。

然后，我又阅读了安鸿翔的多幅原作。

也许是想找回十多年前安鸿翔送给我的那头毛驴的感觉，我首先阅读的是他的驴，然后是他的牛，他的马，再到那一幅我以为是艺术杰作的猫头鹰。安鸿翔在他几十年的绘画生涯中，画过无数的牛马驴羊，它们时而是表现的主体，时而是主体表现的背景支持。他的驴虽然形态各异但大都可爱可亲甚至有些驯顺，尤其是小毛驴。它们让我读到了安鸿翔深藏的孤独和对人的绝望。他的牛让我读到了安鸿翔盘桓在精神深处蛮缠到要憋破躯体至死不休的牛力。就因为这一点，和他那些短笛横吹牧歌式的绘画里的牛相比，我更喜欢他绘画中作为表现主体的牛。

安鸿翔的马没有一幅是静态的，它们都是安鸿翔孤独到绝望的精神释放，狂野不羁。我很喜欢他《朝天阙》中的马，太阳躁动不安的光晕呼应着向天冲腾的群马，写意的太阳使冲腾的马和躁动不安的光晕有了定力，中国的笔墨精神和西方印象派的表现意识携手，使这幅画作在安鸿翔的众多表现马的作品中显得别具风采。也就是在这里，我为十几年前安鸿翔给我的那种不土不洋的印象找到了依据。

西方绘画意识对安鸿翔的意义更多地体现在他题名为《天职》的那只猫头鹰上，中国的笔墨是怎么画出这只猫头鹰的我不得而知，但我知道，传统的水墨方法是无法完成这幅写意与写实相融的作品的。写意的月亮不是摆设，它的辉光和猫头鹰有着某种精神（而不是情趣）的联系。正因为猫头鹰是有精神的，有思想的，它才能显出它的自信，它的定力，它的眼睛也在写实和写意之间，它似乎戴着眼镜，像一团凝滞的阴郁，穿透这凝滞的阴郁的是从精神深处放射出的坚硬而犀利的光亮，逼视着世界，逼视着我们。中国绘画中的所谓大画经常是靠长度和面积来显示它的大的，大倒是大了，就是少有精神。中国绘画从上世纪初就开始了中西融合的探索和实践，它改变了中国绘画以小情趣为主调的风貌，但成功的艺术杰作并不多。梵·高的几朵向日葵面积并不大，而且是静物，却成了中西画界几乎尽人皆知的大画。安鸿翔的猫头鹰可以是一幅用小画画出大气象的杰作。

许多的中国画家是以专画某种动物、花鸟、山水或人物而获得大名声的，安鸿翔不是这样的画家。他的精神世界是多层次的，他绘画的武库是丰富的。在他的许多作品里，他能娴熟地在一幅画里使用众多不同的武器。壁画和岩画与水墨精神的融合成就了他的《唐风》。表现唐代打马球运动的《唐风》是安鸿翔绘画作品中极为抢眼的一幅杰作。如果没有对壁画的临摹，对唐三彩和浮雕《昭陵六骏》的悉心揣摩，是画不出《唐风》中的这几匹马的。它是唐代的马，这样的马在临摹作品中可以见到，在艺术创作中只此一家。《唐风》的构图和水墨色彩的运用，我怀疑还有对纸的处理，都是费过大心思的。运动中的人马都在状态之中，并不起眼的一枚小球把运动中的人马拢成了一个有机的整体，可谓“一球定乾坤”。

《补天》是他的另一幅杰作。整个构图呈S形，飞动的女人身体是写实的，在这里，中国的水墨有了近似油画的质感。女人着彩的衣裙的动感得力于披麻皴，岩石的重量感得力于斧劈皴，女人举起的岩石和女人的头发都是浓墨大写意，互相呼应。轻重虚实，动静刚柔，坚实而沉重的压力不但没有阻止飞翔，而且使女人的飞翔显出优美、悲情和崇高。类似的题材有许多画家尝试过，像安鸿翔这样兼容中西，以现代意识处理古老的神话题材且达到如此高度的并不多见。

山水一直是中国绘画的重要主题。在我的印象里，南方的山水多性情，北方的山石显精神。性情的山水是悦目的景观，观赏者多在山水之外；精神的山石给人以依靠感，观赏者多有精神层面的认同。安鸿翔画山的作品似乎不多，却也有我非常喜欢的作品，尤其是他的《西岳摩天》，一笔而下，意在整体，干墨淡彩，不做细处，险峻坚硬，极显精神。

和山有关的还有他的《老井》。干笔破墨皴擦的山崖和石阶占据了画面的绝大部分，井边取水的女人只是一个背影，却在看似封闭的空间里支撑且平衡着巨大的压力。也就因为有了这美丽的背影，封闭的空间有了时间感。这实在是一幅具有巨大想象空间的“山中有故事”。时间在封闭的空间中似乎是静止的停滞的，但因为有优美，甚至有青春和爱情的存在，空间就有了过去和将来。

他的《牧羊人》也应该是和山有关的一幅画，但没有山。人占据了画面的绝大部分，写实的脸部写满了岁月和沧桑。写意的衣服和群羊的用笔着墨是大胆的，果断的。没有山，却有山的感觉。给我同样感觉的还有他另外一幅代表作——《张大千》。人物的面部和胡子也是写实的，人物的背景是张大千的绘画作品《人字瀑》，人山一体，手和拐杖给写意的人体以支撑力，使人物具有丰碑一样的雕塑感。《牧羊人》和《张大千》同样都有沧桑感，但《牧羊人》的沧桑里有经受苦难的耐力，《张大千》的沧桑里具有引人仰视的风采。

在我阅读的过程中，安鸿翔的多变令我惊异。中国画是很容易不断复制的，安鸿翔没有复制自己。

他的许多画是有大气象的。他经历过苦难，在绘画实践中，他用笔的胆量和果断就来自于这苦难对他精神的塑造，还有他几十年与笔墨的苦苦纠缠。

他作画，但不会炒画。他是孤独的，但不畏惧这孤独，面对绘画市场，面对所谓的画坛，连蔑视都可以没有。在他的生命世界中，只有他饱含精神和想象力的笔墨，就凭这，他在创造他的绘画世界。

当然，上述种种只是我的阅读。

我又想起了十几年前的那头小毛驴，现在，小毛驴已经快要成一头老驴了。我在试图把我的阅读写成这篇文字的过程中，也许在不知不觉中尥了几下蹶子，没办法，小驴变成老驴，依然是驴，老驴小驴都会尥蹶子的。

2008年10月19日

我的口味和张魁的毛笔字

我不懂书法，却喜欢看字。看到喜欢看的字我就说好，看到不喜欢看的字我就摇头，说好和摇头的标准全依自己的口味。这正是我不懂书法却喜欢看字的一个证据。

我以为，不管什么样的字，首先得让我认识。一幅书法作品里，如果有几个字应是我认识的，却写得不让我认识，要我费力猜测，就如同满盘珠玑中突然蹦出几块肮脏的石头，会砸得我眼疼的；如果满篇认不出几个，我就会有一种误入瓦砾场的感受，左一个绊子右一个跟头，然后就会丧气以至于灰心，只好溜走。你说是满地珍珠，我只认它作一堆瓦渣。这该是我不懂书法却喜欢看字的又一个证据。

当然，我喜欢看的字也不仅以能认识为限，还得好看。我已说过，这好看和不好看全在我的口味。比如，同样是古人，我就喜欢看王羲之而不喜欢看颜真卿。喜欢王羲之的神气和自在，不喜欢颜真卿的肥腻。我咋看颜真卿的字都像安排妥当的条子肉。

走在街道上，我爱看出于各色书家之手的那些招牌，摇头的居多。串亲访友，我也会在挂悬于厅堂的一溜流行的名家的手笔上流连注目，也是摇头的居多。我想，除了我单调的口味外，还有一个原因，那就是，这些流行的名家的字，大多数写得很匆忙，漫不经心。对那些画出来的字，抹出来的字，还有提着笔抖出来的字，我会多摇几下头，不但不觉得其好，还从那不伦不类的字里看出了书家在画或抹以至于抖出这些字时的作态，似乎不是一个写家，倒是表演气功术的气功师。现代的书家的字，我喜欢启功的，我没看到启功的任何一幅字是用了这样的笔法和章法。现代的书家的字，我也喜欢赵朴初的，赵朴初也不用这样的笔法和章法。启功和赵朴初不是流行的书法家，不以书法为业，更不以书法为生，所以无须画字、抹字、抖字，也不显匆忙。他们的字是认真地写出来的。

这就在我的喜欢里，又加了一个标准：好的字是认真写出来的，是经心的作品。随意，不随便；用心，不敷衍。

我倒愿意相信，好的书家也许不在那些流行着的书家里，而在草野民间。他们爱字，所以写字。他们有切实的生活，同时也热爱着他们切实的活泼的人生，写出的字也就带进了这切实的活泼的人味。他们会为生活所累，却不会为字所累。写字是他们生活之余偷闲自娱的一种方式，无须匆忙应付，也不会随便敷衍。正是这样的书家，才是中国书法生力所在，也是它拥有将来的希望。

张魁正是这一类书家中的一个。他搏击生活，也热爱写字。他是认真的，且认真地学习过那些写出了好字的古人和今人，也揣摩着自己的笔法和章法。他是清楚的，不画不抹不抖，不让他的字显出怪相以唬人，一如他的生活。

读张珂的字

开始的时候——我说的这个开始的时候，是我认识张珂的时候，他是山东大学中文系的才子、诗人兼文学社社长，诗写得很漂亮。后来，他到了中国新闻社，再后来，又成了中国新闻社陕西分社的社长。诗，似乎不写了。他为什么就不写诗了呢？我闹不懂。他不会把那么多的才情捂在酱缸里腌菜偷偷给自己吃吧？

去年，我看见了张珂的几幅字，漂亮，比他当年的诗还要漂亮。我想，一个人如果真有才情也有性情，他想捂也捂不住，不在这儿发散，就会在那儿发散的。

但张珂的这一次发散，和写诗不同。写诗的时候，张珂想当诗人，写字的时候，却没想当书法家。他只是想找一方水土来安置自己的才情和性情，所以，张珂的字和我见过的许多所谓名流的字是不一样的，它不疾、不躁、不浮、不抹、不抖、不画，它清楚、明白、合适，清清楚楚的笔墨点划出的明明白白的象形文字，合合适适地安置着书家的才情、性情和学养。

是人，就会有性情，才情也会有，只是多少罢了，而学养却不是每个人都有的。没有学养的滋养，性情和才情就有可能枯萎、干瘪，不枯萎干瘪就会显出怪相，这很可能就是我们许多所谓的书法名流一提笔就写怪字的一个原因。这就叫“丑人多作怪”。如果书法还能比较的话，最终比的一定是书家的品质。品质是综合的，也包括性情、才情和学养。张珂拥有这些东西，他是饱满的，用不着作怪，他写得自信、写得纯粹、写得自在。好字，还有另外一种写法吗？我不信。

我可以说，张珂的字写得好，是因为他临池不辍，我还可以说，他师法了某某大家，最终写出了自己的风格，等等等等，但我觉得这几近于废话。王羲之的字好，是因为他没有死乞白赖地想当书法家，用他的字去取悦别人，以换得虚名。他写请帖，是邀朋友聚会，他写《兰亭序》，是为了留文，他在写字上没有更多的想法。没错，要把字写好，必须常写，但更应该有王羲之一样的态度，千万别胡思乱想，让字乱了人心。张珂是知道艺术的，他知道该怎么对待，他心不乱，手不乱，他要是把字写不好，那才叫怪呢。

2008年12月

陈云岗及其雕塑之我说

我可以自然随意地面对陈云岗，因为我们是朋友。一个电话、一顿饭、一次聊天、或者交谈——我们有时也会有一些话题，把聊天变成交谈，就算是严肃的话题吧，我也可以随意应对的。但现在，我要以我的文字面对陈云岗和他的雕塑，我感到我似乎陷入了一种困境。我原以为我也可以自然随意应对的，我错了。这几天，我在我和我的文字与他和他的雕塑之间作困兽斗。不是我无话可说，而是不知怎么说，从何说起。我甚至对文字本身的表意功能发生了怀疑。也许文字本来就无法说清楚一个雕塑家，尤其是他杰出的雕塑作品。如果能说清楚，雕塑家和他的雕塑也许会失去艺术存在的合法性。或者，他和他的雕塑本就与伟大的艺术分居两个世界。

但我实在想以我的文字与陈云岗和他的雕塑有一次严肃的面对。起因还在五年以前。那时候，我正在北京独居的一所租屋里调养生病之后的心病，和陈云岗不期而遇。聊天之后，又和他去了一趟中国美术馆。愿意去，完全是因为那里正在展出的雕塑中有陈云岗的作品。

实话说，对于中国雕塑，我是有点厚今薄古，重外轻内的。我以为，每一种艺术形式，都有凝聚民族文化风貌和时代精神内质，显示时代的精神高度和审美趣向的可能。比如，霍去病墓前的几块石头之于汉之中国。比如，昭陵六骏之于唐之中国。那时候，中国雕塑并不是严格意义上的自觉的艺术。雕塑作为自觉的艺术，在中国是近现代的事情，此后可称为艺术杰作的雕塑也实在不多。是自觉的艺术家缺少神工天造般的手指头，还是时代和艺术之外的因素限制了他们的手指头？我不得而知。总之，在我的印象里，近现代的中国雕塑，数量不少，品质却很难恭维。尤其是“人定胜天”的那几十年里，领袖和英雄人物的塑像几乎成了中国雕塑艺术的主体。近三十年，中国雕塑和其他艺术在新的历史境遇中，都适时地打开了自己封闭已久的胸腔，开始急切地大幅度地吐纳，中西执手，古今交合，抽象具象并行，写实写意共舞，五花纷呈，各显其欲。多方位的实践不可谓不热闹，可惜，真正杰出的雕塑家似乎还未现身行世。名家多而杰作少是中国艺术世界的常相，雕塑艺术也未能例外。

所以，那一次去美术馆，完全是因为陈云岗，不是为了看中国的雕塑艺术，而是看我朋友的作品。

这就看到了他的《中国老子》。

它占据着整个展览最显要的位置。整个展厅里似乎只有这一位中国老子。是因为这尊青铜造像是这一届美展的头奖作品，还是因为这尊造像只有占据这样的位置和空间，才能比较完整地呈现这尊造像的表现力？我不懂雕塑，但对雕塑作品和它所在空间的共生关系，还是有感受的。但这已不重要。重要的是，当我走进展厅，目光和这尊造像相遇的那一刻，就受到了一种强有力的刺激。这刺激是隐秘的，在我精神深处的某个部位，推一下，拿一下的，打太极拳一样。我正对着它，在一个合适的距离，看了很长时间。它似乎来自虚空而又实在的穹苍，一种流体金属一样的东西，随意堆积着，缓缓凝固着，堆积凝固成一尊精神造型，保持着它自然流动、自然固化过程中的线条和纹理。主体造型完成之后，还有一部分仍然在流动、蔓延、然后固化，成为凝固的火的团块、水的团块、金属的团块。这一切都发生在一种自然的状态之中。这蔓延出去的大小不一、形态不同的团块，也就自然地成为整个造型的组成部分。也许不是来自天上，而是大地的造化，是水与火，是液态的金属的隆起，不急切，不焦躁，自然而从容，然后，又自然从容地把自己凝结成一尊精神的造型。这就是陈云岗的《中国老子》。它没有眉目，在天地之间。

我的感受力使我有了一个连我也感到有些不敢相信的判断：这是一件非凡的艺术杰作。在中国文化史、思想史、艺术史上具有原型意义的标志性人物——老子，终于有了一尊精准的造像，精准的形象表述。

它的作者就在我的旁边，是我的朋友，很熟悉的朋友。如果在城市的街道，你会以为他是一个在找活干的抽油烟机修理工。蹲在地头，那就一定和我一样，像个种地的，充其量，高不过村级干部。但我知道，他是搞雕塑的。不管是批评还是实践，都是有量级的人物。可是，我还是没法相信，他怎么会弄出这么一件东西，让我对自己的判断力也失去了自信?

我从各个角度感受了这尊造像。我说了几句我的感受，他以为是朋友的溢美。过誉朋友的作品不是我的脾气，更不齿于无耻的吹捧。我的朋友中也没有这样的人。我常以为这是我的幸运。对于朋友的陈云岗，我是知道的。对于雕塑家的陈云岗，我知之甚少，只是个轮廓。这一次的美术馆之行，使我更深切地感到了这一点。我有了认知雕塑家陈云岗的欲望。这欲望的缘起就在《中国老子》对我的刺激。

很快，也许就在第二天，我看到了那届美展的获奖作品集，并知道这一届和上一届都空缺了金奖，陈云岗是这两届的银奖得主。

已经写到这儿了，不妨再写几句，也许并不多余。看了那本获奖集后，我实在觉得金奖空缺得有些莫名其妙。我曾在别的作品集里见过曾经的金奖作品，真不怎么样。还有，就在我正看的这本集子里，也有评委的作品。不客气地说，以我对那些作品的感受，我对他们作为评委的资质都有些怀疑。也许集子里的作品选得有些过于随意，说服力不够。可是，为什么在这样的集子里要这样随意呢？是雕塑艺术要在这不经意中表现一次它的幽默吗？

然后，我又得到了一本《陈云岗雕塑艺术》，钱绍武先生题字并序，邹文先生作跋。就是这本作品专集，使我对作为雕塑家的陈云岗有了一个较为清晰的认知，也感到了他的重量，甚至影响到了我对当下中国雕塑艺术的整体印象。

看作品集是不够的，我还想看作品原件。他满足了我的要求。他并不知道我的心思。这一次的看，可不是随便看看了事，而是带着认知的欲望，并且，不全是因为朋友。

还和他有过一次简短的交谈。

1986年，陈云岗作出了他的《知交零落——弘一与丰子恺》。

1999年，陈云岗作出了他的《大江东去》。九届美展金奖空缺的银奖作品。

2002年，陈云岗作出了他的《中国老子》。十届美展同样金奖空缺的银奖作品。也就是在中国美术馆给了我刺激的那一尊造像。

我特意把这几件作品从陈云岗众多的作品中拎出来列在这儿，不仅因为我对这几件作品的偏爱，更与我对陈云岗的认知有关。

当你熟悉的人做出的东西超出了你的意料，你已经感到了他的价值和意义，但你宁愿怀疑你的感受力，也不愿检讨你对他是否真的熟悉，有多少认知，以及认知的程度。这东西真有我感受到的那么好么？它真有我感受到的那种高度么？这种情形在艺术世界里极为常见。它会营造出一种恶劣的现实，那就是，应有的判断和认可被淹死在这游动的怀疑里，任由它和时间去做顽强的抗争。当然，时间是公正的，真正的艺术杰作也能经得起时间的磨洗。但我要说的是，我们为什么要把应有的判断权交给时间呢？

严肃的判断权是不能完全交给时间的。更不能以各种各样的原因做借口放弃判断。说得极端一点，放弃应有的判断和不负责任的应景都是可耻的。

所以，我横竖都要"判断"一下陈云岗和他的雕塑。

先说他的《中国老子》。

现在我可以说，它不仅是我迄今为止见到的我以为唯一的精准的中国老子的造像，也是一件非凡的雕塑杰作。它不仅是陈云岗的个人创造，也可以是中国雕塑作为自觉的艺术以来长时间的积淀和摸索，艰辛攀援的一个标志性成果。它的品质可以显示中国当代艺术的高度。也许还会有中国老子的造像，但陈云岗的这一件，以其成熟的陈氏雕塑语言，凝聚着陈云岗对老子——具有原型意义的中国文化历史源头的标志性人物及其思想，以及对中国文化历史意义的精神体认，化人造为天工的完美创造。它是不可替代的。不仅在当下，也许还有将来，它是创作者饱满的精神、坚实的思想、富有而活跃的才情，以及超常的想象力和艺术表现力达到和谐时才有可能完成的艺术创造。陈云岗拥有这一切。这有他对中国文化不移的情感和认知作证，有他五花八门的阅读和经常的奇思异想作证，有他对中西文化历史、艺术哲学和艺术实践的考量作证，有他对雕塑艺术的长久思考和清醒自觉的艺术实践作证。《中国老子》诞生自他的手指头，实在不是什么奇迹，而是极其自然的艺术劳动的结晶。

就艺术创作而言，表现什么和怎么表现，永远是最初的也是最终的问题。表现对象的选择，可以见出创作者的眼光、气度和野心的大小，也关乎作品将有的品质。没有内涵的对象，很可能使富有的表现力陷入尴尬的境地。《中国老子》是陈云岗主动清醒的选择。此前，他已经完成了他的《大江东去》和《高山流水》——

“我用泥在手上随便捏，当时想做一个更博大更混沌更有张力的形象……应该是谁呢？”

他选择了老子。

“我考虑怎么把一堆泥疙瘩变得混沌、古朴、充满内张力，但又不张扬，所以就做了一块像原始石头一样的东西。处理的过程中，雕塑很少，在一个主体的周围还有许多东西。老子有一生二，二生三，三生万物，做成的老子，上半部是光光的，几乎什么都没有，感觉是一块天然的顽石，除了表示面部的一点纹饰之外，他的肩部、背部几乎没有什么东西，从胸部往下纹饰逐渐繁多。处理完造型主体后，感觉还不够，感觉涟漪的起伏对中国文化的推展远不足以尽兴，又不能做一个完整的很大很大的盘子，就把它分开，这边加一下，那边加一下，每边加到九、十条，在中国美术馆中厅展览时，占了很大面积。尤其以低视角看，感觉群山起伏，中间拱起了一座大山。”

上边的一段文字，是陈云岗和我交谈时对《中国老子》创作初衷和过程的述说，很随意，未必是精确的表达。把他的诉说挪在这儿，是想印证，《中国老子》对表现对象的选择及其表现并非一时冲动，而是有充足的精神和艺术准备的。他知道他要表现的对象博大精深的内涵和久远的辐射力。他已经拥有独特的成熟的表现语言。经过他的手指头的捏弄，《中国老子》还能是一个奇迹吗？奇迹是不可能发生的事情发生了。《中国老子》之于2002年的陈云岗，我已说过，实在是一个极其自然的艺术结晶。

选择老子，也与陈云岗对中国文化的价值取向和艺术趣向的认知有关。在中国思想、文化、艺术历史的长河里，老子一脉与艺术更为亲近。诸如天地自然，阴阳五行这些思想史上重要的概念，像血液一样至今在我们的血管里涌动着，绵延和建构着民族精神，更影响着中国艺术的生命。在中国文化艺术史上，许多个性张扬才情独具的标志性人物造型几乎是陈云岗雕塑艺术的主体。这也是我想说的一个话题，下边也许还会说到。

陈云岗拥有独特的成熟的雕塑语言的标志性作品，是他作于1999年的《大江东去》。有人称之为“水波纹”或“陈氏衣纹”。怎么称呼并不重要，我更看重的是，当陈云岗在创造《中国老子》的时候，他以他独特的雕塑语言和自然有度的表现，使“水火不相容”的自然常理变成了水火相容的艺术现实。也证明着陈氏语言所具有的再生能力。

关于《中国老子》，我不知道我把我想说的说清了没有，但也只能这样了。偏执与否我是不管的。所谓的“仁者见仁智者见智”经常只是一个想把什么都说成虚无的借口。非仁不智之见又如何？我在乎的是真言真见。

生命的历史不是事先的预设，而是一个又一个偶然的生命事件的构成。不同的生命可能遭遇相同或类似的生命事件，最终显现的生命品相取决于生命主体面对生命事件的个性化应对。同样，一个艺术家的自我塑造也不是预先的设计，而是个性精神和一个又一个艺术事件、甚至是几个重大创作的机缘巧合。艺术事件带有很大的偶然性，就因为有个性化应对，所谓的自我塑造才成为可能。“什么藤结什么瓜，什么树开什么花”，我把这句通俗的顺口溜写在这里，并不是因为它的正确。正确的话常常也是废话。但这一句不是，也不是我顺口溜出来的。它所道出的树花藤瓜关系，让此刻的我又一次相信了艺术家和他的作品之间那种偶然而又自然的构成。从花是可以认知树的，从瓜是可以认知藤的。认知艺术家的代表作品的意义就在于，它们不仅能见出艺术家创造的历史轨迹，也能见出其艺术品质的独特价值，甚至可以见出，它们是不是一个艺术家的作品，或者干脆可以见出，创造这些作品的是不是一个真的艺术家。

在我看来，陈云岗的《大江东去》是一件自塑式的，在当代中国雕塑艺术中独领风骚的标志性作品。他已经拥有了一个杰出的艺术家应该拥有的一切。他需要一次足以能表现这一切的创造。是创造也是证实。他做到了。

“在做《大江东去》时，我的第一个动作就是信手拿来一张纸，在上面勾勒出线条。第一笔在白纸上就如同人类在地球捡起了第一块石头，在这个石头上刻出来第一个动作，它有一种生发关系。就等于给这个造型种下了一颗种子。有了第一就有了第二，有了第二就有了第三，一笔两笔三笔无限笔，这就形成了笔笔之间的关系。哪一块密，哪一块疏，这时，形式的法则就开始起作用了。用量化来说，当勾到二十笔不够，勾到三十笔还不够，勾到三十五笔刚好，就像山水画里的笔笔相续、相互生发的关系。最后就勾出了一个人坐在这个地方的一个状态。是谁，我还不知道。应该是谁呢？不是先想好的要做苏东坡，是文化积淀的一种冲动。中国传统文化从老庄、魏晋到隋唐整个一条线，给我的印象就是一种激荡澎湃的大江东去的感觉。这就是这个形象的内核。我觉得很好，像一种生生不息流淌的水。这个时候水的意象才出来了，才想到了苏东坡。第二天我就去放大室，垒了一堆泥，在激情不可遏的创作状态下，很快就把大衣纹摆了上去。然后看哪个地方需要毛笔式的大笔渲染，哪个地方需要细笔勾画，作品的线条疏密关系就调整出来了。就这样搞出来了。后来铸铜也挺好。

“我的雕塑，每一条衣纹的起伏、粗细、转向，从起点到终点的技巧，都是很讲究的。就如同水墨饱满的毛笔在宣纸上书写。手力的大小决定着线条的粗细，运笔的急徐决定着线条的软硬。看上去，我的线条粗细不一，却是经过认真推敲的。推敲的依据就是内容和形式高度结合下的视觉舒适度，视觉的和谐感。所谓的起伏，就类似中国艺术讲究的气韵。气韵生动地体现了回环贯通。静止的雕塑充盈着回环贯通的气韵。”

上面的两段话，也是陈云岗和我交谈时的自说。他与他的《大江东去》把一个可能的杰出的雕塑家变成了现实。他上述的两段话，也为我的判断做了佐证，包括我把《大江东去》当做他的自塑式的作品在内。陈云岗赋有重量的精神，激越流充的气韵，澎湃的才情以及陈氏雕塑语言的张弛有度、收放自如的形象表述在先，然后才有和苏东坡的相互认同。是的，这是陈云岗和苏东坡穿透时空的一次相互认同。

事实上，这种穿越文化历史时空的相互认同在《大江东去》之前早已开始。作于1986年的《知交零落——弘一与丰子恺》就是证明。我喜欢它。我喜欢它的朴素和圆润，喜欢它冷清中的温热，喜欢它洗尽铅华，深藏于平凡中的超尘拔俗。我以为，它也是陈云岗艺术历程中具有标志性意义的作品。只是在那时候，作为雕塑家的陈云岗还处于自我塑造的起始阶段。陈氏雕塑语言在这件作品上仅是一个悠远的显现。但我所说的那种自觉地穿越时空的相互认同在陈云岗却是贯穿于他的整个艺术实践的。到《大江东去》他收获了历史性的艺术成果。其后是《高山流水》，是《中国老子》，是《竹林七贤》，是《扬州八怪》……这些中国几千年文化历史上的标志性人物各具风采。相通的是，他们都有独立精神的瞬间闪现。不羁的个性，横溢的才情。陈云岗在中国文化历史中寻找相互认同的艺术实践还在继续。

对于中国文化历史的认知，我和陈云岗不尽一致。我更愿意把他选择中国文化历史长河中的那些或圣或贤的人物作为艺术表现对象，看做一种招魂。因为少有，或者缺失，所以招魂。我当然希望他正在进行的创造，不仅是量的丰富，还有质的蜕变。

我的这篇文字该到收尾的时候了。我在想，作为雕塑家的陈云岗是否也可以是一个历史性的标志呢？历史和人物的选择是相互的。历史不可能没有标志性的人物。选择谁呢？他们可能不是唯一的，但各种条件的集合使他们成为唯一。他们是当之无愧的，也是幸运的。

我还想，如果艺术和艺术家真有一个宿命的预约，正像文学艺术把大观园预约给了曹雪芹，把我们民族根性的表现预约给了鲁迅，雕塑艺术会把中国文化历史的长廊预约给陈云岗么？让他用泥，用青铜，用重量，用团块，用线条，用他赋有诗性的手指头塑造出一个又一个精神的造像，盘踞，雄起，飞扬，去穿越历史，穿越时间……

2009年3月3日

关于《大美中国》

受陈寅、胡洪侠强力推荐，我阅读了刘海星先生《大美中国》中的五十幅作品，我阅读到的是：

唯美的刘海星。即使沧桑，即使岁月，也是仪表华丽，情态优美。苦难呢？沉重呢？也许刘海星正想告诉我们，苦难和沉重也是可以有华丽的仪表，优美的情态的。

奇绝的刘海星。同样的自然风光，不一样的艺术呈现。元阳梯田，戈壁胡杨，草原奔马，苍山翠柏，壶口飞虹——这些自然景观许多人都拍过的，并不为刘海星独设，但刘海星有他精心的构图，有他经意的取舍，有他独到的发现，既摄取自然，又创造自然，是镜之能，也是心之工。是谓“境由心造”。

绚丽的刘海星。他的《大美中国》是摄影，也是绘画。他对色彩的感受和摄取是大胆的，即使几幅水墨效果的作品也能见出绚丽。少见的大胆创造出了少见的绚丽。

也许，刘海星先生的《大美中国》对于已近乏力麻木的风光摄影作品，甚至对于同样乏力麻木的中国水墨，中国山水画，能推开一扇窗户，吸一口新鲜的空气。

“镜”无止境。我是摄影的门外汉，但愿与刘海星先生共勉。

祝刘海星先生《大美中国》影展圆满成功！

2009年5月23日

文字，生命的另一种形式

我有几位报社的朋友，既是编辑，也是专栏作家。我喜欢看他们的文字。

他们的文字好么？好。是情感因素吧？可能。

同样是几句俏皮话，如果在某一大作家的文字里，我就挑剔了，也许会觉得他在卖俏；在朋友的文字里，我就以为是才气，是智慧，是真俏皮。同样是专栏，如果是某位大作家的，看过几次，我就会生厌：他怎么那么能说啊随便抓个东西都能说成一篇文章！如果是朋友的，只要看到，那一定是要读的，不管他说什么怎么说，不但不会生厌还会赞叹：这就是能耐，不管他说什么怎么说，都能说出一篇好文章！

真好么？真好！是情感因素？不全是。

我的朋友们没有戴作家的冠冕，不端作家的架子。看他们的文字是听他们说话——我不在场的说话。他们的关注和不关注，他们的开心和不开心，忧愁思虑，点点滴滴，这些是我在场时的交谈所看不到的和说不到的。

黄啸就是他们中的一位。

何况，黄啸说了："写作着的女人，文字就像生命的另外一个呼吸，次呼吸。文字和呼吸一起延续着生命。"不看黄啸的文字——我不在场的说话，就无法了解她“和呼吸一起延续着”的生命。

她说刘嘉玲了，说章子怡了，说张艺谋陈凯歌冯小刚了，说王朔石康孟京辉了，在说他们的同时，也摊开她的赞赏和挑剔。

她说深圳的男人和女人了，有她的梳理和判断理解和不解，在理解和不解中解读着一座城市也解读着自己。

她“人到中间”了，有无奈的退让，有苦涩的坚守，有欣然的面对，有耐心的拒绝……

《只等那一天》也许是她短章中的长吟。她一边阅读着龙应台给安德烈的信，一边掂量着她该怎样面对成长中的鸭子。她面对的不仅是自己的女儿，还有以十三亿为分母做基础的教育体制和青少年的成长模式。作为母亲的黄啸把煎熬留给了自己。她是小心的，甚至是无助地处在两难的境地。煎熬着，企盼着，更显她的真切，更显她的性情，更显她精神与情感世界的轻与重。

黄啸和她的文字一路走来。文字是她表达自己塑造自己的另一种方式，她是经意的，也是经心的。这也是我喜欢读她的文字的原因。她给读者推荐过《瓦尔登湖》，这本书里有一句话曾触动过我，大意是：谨慎写出来的书需要谨慎阅读。我要说的是：谨慎塑造的生命以文字的形式表达时也应该是谨慎的。黄啸做到了。

而且，她虽“人到中间”，却并没有拒绝成长。

仅以这篇短文，祝贺黄啸新作出版。

2009年7月26日

我说王炎林

六十年前，王炎林由于“父母溺爱”，“怕他夭折”，就成了这样的形象：“男孩女养。胖乎乎的。着红衣红裤红鞋。戴银手镯银耳坠银项圈长命锁。蓄刘海，扎小辫”，这是王炎林的儿童时期，是父母打造出来的一件艺术品。满身鲜活的披挂，像农村社火中的一头小狮子。但骨子是个儿童。如果这个儿童活蹦乱跳起来的话，就可以用王炎林的说法，可以耍成“活脱一个小把戏”。

三十多年前，王炎林披挂上了西方印象派表现主义立体主义五花八门的艺术武器，但没有挂在身上，而是挂在了精神的墙壁，随时取用，东杀西剿，成为誉满长安的画界精神领袖。他面对的都是画界的权威。这个时候的王炎林是一头意气饱满、年轻漂亮的公狮子。围在他屁股后面的是一群形形色色的崇拜者，让人羡慕招人恨。每一次出征归来，王炎林都有一脸得意的微笑。就是这一脸微笑，让狮子露出了他的孩子气。他画油画，画水粉。他热爱色彩，对色彩有超出常人的敏感。他看世界用的是一张玻璃糖纸。一头狮子拿着一张玻璃糖纸在看世界，看出的世界是狮子的，也是孩子的。在画布上，是亮丽的，奔放的，自由的，率性的。王炎林有武器，也了解他的武器，也会用自己的方式使用他自己的武器。在王炎林的艺术视域和艺术实践中，没有权威，没有什么是不可能的。

二十多年前，一部叫做《残酷大世纪》的电视片，让这头狮子瞠目结舌。狮子本来就和小动物，和花鸟虫鱼，和一切有生命有性灵的生物天性相通。大人类主义的狰狞、恐怖，强势生命对弱势生命的残暴和滥杀，使这头狮子失去了作为人的荣誉感。狮子从风光无限的山顶跌进了谷底。他是愤怒的、狂乱的、压抑的、焦虑的，在崩溃的边缘挣扎。

他家有一只猫，据贾平凹说，这只猫知道毕加索。很不幸，它死了。王炎林率领妻女，流着眼泪，为这只知道毕加索的猫送葬。这时候的王炎林是一头哀伤的、无助的狮子，也是一个需要安慰的孩子。

他居住的西影厂，为建宿舍楼，要砍掉一排树。狮子愤怒了，像一个执拗的孩子，去质问厂长。在一些人看来，这样的愤怒和执拗是讨厌的，无事生非的。在另一些人看来，是可笑的、幼稚的。王炎林在任何时候都能表现出狮子和孩子的品性。

这时，作为画家的王炎林，已经弄水墨了。在他的水墨世界中，焦虑狂躁的狮子，在与人类的丑恶对峙，也在与自己的不能自控搏斗。他绷得太紧了，随时都可能绷断。朋友担心，妻子忧虑，自我恐惧。这有他的水墨作证。

他的夫人皇甫大姐，美丽善良贤惠。常常是王炎林“胡搅蛮缠不讲理”的承受者。大姐常常为此委屈流泪。我跟大姐说：当王炎林和你“胡搅蛮缠”的时候，也是在给你撒娇的时候，就像想引起大人关爱的孩子。世界上所有的艺术家，都打不过世界。怎么办呢？只能和他爱的人爱他的人“胡搅蛮缠不讲理”。

狮子也需要喘气。在和丑恶绝望的对峙中，他经常抽空钻进观看社火的人群，似乎想回到童年，欣赏那只既在眼前又很遥远的披红挂绿乖巧伶俐的小狮子。这也有他的水墨作证。

还有美女。王炎林是喜欢美女的。在西安的街道上，在大雁塔广场，如有美女走过，王炎林必定驻足。我怀疑，王炎林看电视，也是为了看美女，看漂亮的主持人。王炎林对美女的喜欢，也是孩子气的。没有占有的欲望，更多的是怜惜。狮子露出了大观园里宝玉的情怀。大观园中的宝玉好像说过，女人是水做的骨肉，男人是泥做的骨肉。泥遇到水就化了。面对女人，狮子的心也化了。水墨世界中的女人，连线条也没有了，可真是水做的骨肉。我喜欢王炎林的这些水做的骨肉。我实在找不出合适的语言来赞美她们，只能说可好可好。用同样画法画女人的画家很多，没有人比过王炎林。

作为王炎林的朋友，我得说，感谢社火，感谢女人。因为我实在不想让王炎林崩溃。我实在不希望这头狮子在愤怒中“愤”裂了心肺，“愤”倒了精神。

现在，看王炎林的头发，看王炎林的面目，看王炎林的体格，依然是一头狮子。但和他聊天，和他谈画，狮子分明变得平和了。西方的武器，和本土草根的骨肉精神，正在王炎林的艺术世界里融合。他又能画些什么呢?

我想，王炎林不管怎么画，也是狮子的，孩子的。中国水墨很难有大气象，但我相信，王炎林有这种可能。他不但拥有头顶上深邃高远的星空，也有他心中的“道德律”。

苗润才诗集序

我很乐意为润才的诗集说话，一是因为情感，二是因为惊异。能说得好么？那可是不一定的，尤其是面对一本诗集。

我们不同村也不同校，却是少年时的朋友。怎么成的朋友，已忘了开头。记得起的是，已到了他家，和他滚一块土炕，看他抽报纸卷成的烟卷，和他说三道四了。所谓的“说三道四”，不过是些无助少年的好梦，无奈之徒的狂想吧。那时候，我们已离开学校回乡务农了。无学可上、无书可读的乡村少年有的也只能是无助的好梦和无奈的狂想。

两村相距3.5公里。我总觉得他比我优越，因为他们村不叫村，而叫镇——王乐镇。我一直怀疑，也许在很久很久的什么时候，有一位什么王或者什么皇，曾到过他们村，吃了一顿好吃的，乐了，村庄就有了这个名字，并提升了级别，由村而镇了。我们是忠君爱王的人民，很乐意以王之乐而乐，也乐意接受赐名的恩惠和光荣。

镇有集市，每隔三天一次，十里八村的乡民来镇上赶集，或买或卖，或不买不卖而专为闲逛看热闹，顺便吃一碗红肉煮馍，让他们的胃享受一下油水滋润的快乐。我虽然无钱享受红肉煮馍，但镇上有润才，而且，润才母亲的粗茶淡饭比红肉煮馍更让我惬意，使我能和润才在一起“说三道四”，看他抽报纸卷成的烟卷——他的烟卷足有40厘米长短，烟叶是自产的，叫旱烟。

就这么，相距约3.5公里的路程，长短约40厘米的旱烟卷，少年的好梦和狂想，他家的土炕和门道，在我的情感世界里，缠绵而悠长，缭绕了三十多年，还要缭绕下去的……

几年后，高考恢复，他依然比我优越，先我一年走进了大学的校门。他学理，我修文，他在定量描述和逻辑推理中体察自然科学的美感，我在胡思乱想和信笔涂抹中搜寻文字世界的乐趣。

再一些年，他成教授、博导、学科带头人、校长了。

几年前去榆林，和他偶遇，他把我像作家一样请到他掌门的学校，安排了一次讲座，我也就像作家一样煞有介事地给他的学生们乱说了两个小时。就在那一次，闲聊时，他说他有时候会写点诗。我说是不是？其实是有些不在意也有些不信的。

现在，一本诗稿竟真真切切地放在我的案头了，他写的！

他不但比我优越，又让我惊异了。

我不怀疑润才的诗情与才思，少年时就知道的。是我以为，写诗作文都是闲淡人的闲淡事，润才是闲淡的人么？教授、博导、学科带头人、校长？

我读过了润才诗集的每一首诗作。润才并不闲的，蓬勃的生力、充盈的情怀、敏捷的感应，总能使他从繁杂的事物以及定量描述和逻辑推理中抽离出来，以另一种方式，发现精密科学之外的人文意象；以另一种描述，表达他精神和情感的悸动。

两种思维，两种书写，是可以互补互衬的。生命的丰富和张力，生活的多彩和趣味，往往不是作家和诗人，而是由优秀的科学家来表现和彰显的——润才又一次显示了他的优越。

因为不为诗而诗，就绝少刻意遣词，苦心谋篇，无论新体旧体，皆随情而动，从心而发，落在纸上，便成佳构，并常有大胆泼辣之笔，信手拎来，脱笔而出，让阅者意外而又会心。

举两个例吧——

他的《母亲》，没有故做深意的拔升，也没有辞大意虚的抽象，不看诗题，或以为是一组浪漫的狂想，直到最后几行，才收住狂奔的蹄脚，卧在母亲的手掌之下。一个“手”和“守”，实在是显出了母亲之所以为母亲，儿子之所以为儿子的意蕴和重量。舐犊之情，对母亲，对儿子，也实在是一种天然的需要和给予。

在古人的诗里，田园与农舍是常见的主题，或情趣悠远，或恬然淡然，如茶如酒。润才也有的，让我意外的是，润才在农家的情趣中，竟窥见了乡村年轻夫妇的爱情——“忽见银月攀树梢，齐眉对视语呢喃”。这在古体诗中是难得一见的。乐府诗中或有，却也不过是路人谐趣的调情，不一样的。

润才有言：这个时代的胸怀十分宽阔，它会给各种群体生存的空间，当然也包括我这种“先天营养不良”的人。如果与真正的诗相比，我的作品显得十分稚嫩，甚至不伦不类——这实在是润才的自谦。润才又言：物以类聚，人以群分，大千世界中肯定有和我类似的群体——这倒说得很实在。好作家不在文坛，大诗人多隐民间，这才是诗与文的真实的生态，我以为。

衷心地为润才的诗喝彩，为润才诗集的出版祝贺！

2011年12月16日

孙夜诗集序

在一个没有诗意的时代，诗何以自处？
在一个没有诗性的国度，人何以为诗？
孙夜有这样的诗句：

我在葡萄架下
默默地想那些被噬咬的事
现在的土地上
盛长着抽象的麦子
那些麦田之外的守望者
在认真地破坏诗歌
以一种忧伤的调子
呼喊死得很远的祖父
希望亲爱的祖父们
再有个像他们一样的好表情
我们无法理解主义的意义
我被动而茫然

“被动而茫然”的孙夜并没有放弃，他选择了坚持，甚至坚守，有他之前的诗集作证。现在，又有了这一本诗集，似乎不但要证明他的坚持和坚守，还要呈现他坚持和坚守的固执。

孙夜是我的同事，也是朋友。相处几年，我竟不知道他爱诗并且写诗，是一个身在俗世而又固守距离，以诗和支离破碎的世界、和支离破碎的自我对决的人。从上世纪八十年代，直到现在。

我也曾写过诗，但逃离了。面对孙夜，我要献上我的敬重。这可不仅仅因为是朋友，还有诗。我逃离了诗的写作，并没有逃离对诗的不绝如缕的眷恋。

孙夜几乎经历了中国从“朦胧诗”到其后诸多“主义”和“山头”不断流变的全过程。他保持了“朦胧诗”时代的自我觉醒和责任意识，也吸收和拓展了诗的观念意识、表现意识和重塑自我意识形态的意识。他是和中国诗一起前行的。即使身处没有诗意的时代和没有诗性的国度，他以诗的形式，表达着诗意的被迫消解、诗性的自我抽离；他是无奈的，甚至是无助的，但没有愤怒。所以也是自然的、从容的。从容的无奈，自然的无助。我以为，这也是没有诗意的时代的诗该有的一种样子，是没有诗性的国度的诗该有的一种状态。

孙夜有这样的诗句：

> 你让我怎么收拾

还有：

> 我放弃所有的战斗，你还要怎么样

然而，孙夜还有：

我就不交给你心里的那点理想

这也应该是现在的诗人该有的一种样子，该有的一种状态吧？

至少，孙夜是这样的。

就这样，孙夜以他的诗和他的坚守，在支离破碎的时代里，证明着他和诗的关系，证明着他的存在，他的诗的存在。

给诗集写序，分明是一个陷阱，我知道的。

我陷进了么？那就赶紧跳出来，腾出时间，腾出地方，让喜欢诗的人读这本诗集吧！

2011年12月10日

拟古之文四篇

远行山人

有先生者，古秦国奉天人，其父为西北大儒，家学博厚，先生三岁读经，五岁习书，遂临池不辍。十岁有二，即开情窦，好美色，会靓女者再三，再七再八，若非神赐慧根者，而不能为也。

及至而立，先生结庐娶妻，期间从戎、从商、从官，至八品而止，非先生无青云之梯也，先生不好此道也。五十，先生语其妻，曰“吾观百草而独怜幽兰，尝百味而唯好自在。世间自在者多矣，吾之自在，仅在管毫，非江河为墨，山川作纸而无能尽兴也。今子女成人，家责已尽，吾从山川游。遂揣一管秃笔，南北化缘，东西讨酒，纳天之灵气，采地之精华，随行随书，点画之间，无论草行隶楷，皆如神行灵走。若有美酒润喉，美女抻纸，必有神品现世，何也？酒色才气集于一也，王颜赵柳复活，亦当竖指称奇。

今先生已过花甲，然仙风正健，道骨弥坚，黑发童颜，斯文依旧，盖人书互益互补之故耳。先生何人，远行山人张重庆也。

吾爱先生书，故撰小文，四方识之，幸甚幸甚。

乙酉年夏日于鹏城莲花山麓

晨光中学十年庆

岁逢庚寅·时在金秋·晨光十载·学府华诞·是日·青天高远·云影悠然如鹤·紫气东来·百木悦而和风·佳宾列座·感创业之维艰·高朋盈杯·叙果实之丰硕·良师虚怀·不胜漫天飞花·学子弹冠·应和锣鼓雀跃·良辰好景·盛筵庆典·抚今追昔·慨以为文·

顺天承运·破晓云而出·晨光兴焉·应时借势·依宝地而起·学府立焉·门临北塬·五凤带祥云·通周秦意气·楼望南岭·盘龙吟长风·接汉唐文脉·三千丈渭水飞流·可放舟竞帆·八百里晴川沃土·尽护花春泥·非教之胜地·学之乐土者何·

倾心于苑圃·树佳木也·会神于文理·成才俊也·树佳木而育才俊·学府之本也·是故·三尺讲台·师者循循善诱·秉蜡炬明懵懂之心·万卷诗书·学子晨诵夜读·如宿鸟怀凌云之志·师与生·教与学·情志于一而无旁骛者也·

然叶秀而繁荫·根正而质直者·方为佳木·德智体能兼备者·乃真才俊·行有方圆·怀仁人之心·不因善小而不为者·德也·思无禁锢·不拘成见而敢为天下先者·智也·静以蓄力·动如龙虎腾跃者·体也·修身立德·益智启慧·强骨健体·合一而为兴邦济世之能者·大器成矣·晨光立校·虽春秋交替·四时有变而大

道不移·十年勤勉·硕果怡人·缘由自在此矣·

噫·一介书生·干州草民·积抔土寸步·不舍昼夜·以成事功·今学府堂堂·晨光正好·坐平川心怀高远·枕丘山意在八极·学子抱璞玉·良师皆鸿儒·应天时·尽地利·得人和·又十年·百年·聚以为庆·非两汉高才·唐宋妙笔·能尽书其气象者乎·

庚寅年秋记于晨光中学十年校庆日

乾县晨光中学，张晨苏平夫妇创办，属民办完全中学，现已成为陕西省标准化中学

乾州艺术馆开馆记

岁在辛卯之年。序列春秋之间。乾州人张劲开馆于咸阳之沣禾苑。杨柳飞花。随天风招先贤之遗响。桃李盈枝。集地气奉今人之新果。沣水吟翠。古原迭绿。天光清明。云影散淡。良辰胜景。举额同庆。

乾州者。古之奉天。再古之好畤也。青牛西向。老子聃仙游问食之地。铁骑问鼎。韩将军扬威显名之所。龙辇驻足。武皇帝长眠永乐之宫。纳周秦意气。怀汉唐魂魄。天赐水土。人地通灵。而先取名好畤再奉天者。必此地高人所为。虚怀虔诚之心。鞠躬敬畏之德。不待言彰。张劲开馆于沣禾苑之一隅。秉承古先人之心德者。为其一也。

唐以降。古风渐微。目短而心小。手敛而脚缩。艺次而为技。精细有余。蓬勃放达缺遗而显生命失血之态。张劲开馆于沣禾苑之一隅。是以继古风立新意而充沛于艺苑者。又为其一也。

何以敢为。或曰。天下有才一石。乾州独占一斗。犹海之有水无量。而沣渭自成一脉也。寸心拳拳乎。野心勃勃乎。乾州遗民。今之来者。留足馆舍。琴棋怡性。茶酒美情。依古原而迎风。观朝云与落霞交迭。傍沣渭而临池。悟日光与月辉更替。诗赋文章。笔墨丹青。放任自流。尽显气象。或如先人留遗响于后世者。揽者自可拭目以待。

辛卯四月

书法点评本《灵魂的行走姿态》序

奉天白君如冰。居山阴而不彰。就陋室而不弃。怡然安然。有经史。有文章。会心于方寸之间。玄骛在八极之外。吟哦如鹤音。闲笔欲点金。

岐山胡君宝岐。隐大都而不显。处宦海而不官。乐哉悠哉。有笔墨。有纸砚。聚神于点化之间。巧工在字阵之外。浓淡成气象。枯润皆春秋。

山阴大都。白君胡君。本为殊途。一部《老子》。并成同道。胡君挥毫。抱朴追拙。融魏碑之意蕴。示力功于笔墨。白君为文。任情随意。拎老聃之玄言。释感悟于旁侧。天道人道书道。遂合而为一。亦可谓造化之一者也。

“不出户。知天下。不窥牖。见天道。其出弥远。其知弥少。是以圣人。不行而知。不见而明。不为而成。”白君胡君。珠联璧合。敢问老聃。为者乎。不为者乎。

辛卯冬记于长安杜陵塬

作品之外

关于《赌徒》

1989年11月，我作为编剧，随影片《双旗镇》（影片完成后改名为《双旗镇刀客》）主创人员去甘肃采景。我们从兰州出发，一直到敦煌，几乎摸遍了其间遗存的历代古代城堡遗址。戈壁滩和古城的残垣断壁逗得我神情亢奋。我至今也不清楚我为什么偏偏喜爱那些陈旧的，残破的东西和荒凉得一塌糊涂的野地方。这是一种病。得这种病的人不止是我一个，其实，我从来没有勇气，也没想过到那种地方去生活。但我相信，那种地方有动人的故事，不管是美丽的还是丑陋的，都一样动人。

吉普车像一只迷路的兔子，在戈壁滩上蹦着、跳着。我坐在车里胡思乱想，不知怎么就想出了一匹马一个赌徒、骆驼和一个女人的故事。一个男人一辈子想着一个女人，女人一辈子想着另一个男人，而另一个男人一辈子想赢一回。他们被一个“想头”勾引着，最终在自己的“想头”上吊死了。这似乎很陈旧，残破又荒凉。却勾引着我也吊在了一个“想头”上——这就是《赌徒》。

我写小说时间不长，准确地说是从1986年开始。这之前我主要写诗，小说偶尔为之。现在刚好反过来了。写诗与写小说完全是两回事，但这两种文学形式我都喜欢。从去年以来，我主要写中篇小说，也因为调至电影厂工作，因此在写作中也受到电影的某些影响。比如说，人物对话，事件冲突，以及场景安排等。我总以为小说无“法”，怎么写都可以，只要人和事有意思。

如果不是《收获》编辑部的朋友提醒我，《赌徒》要比现在的样子更为粗糙。《中篇小说选刊》竟有意选它，意外之余，真有些脸红。

但愿下一篇能写得好些。

1991年4月8日于太原

陷进去，或者落荒而逃

我对诗有过十年的迷恋。那时候，我对故土的人事深怀同情，调子是伤感的。后来，我终于发现，同情者比被同情者更为尴尬。一个作家的同情心到底能给他的作品带来多少有价值的东西？我甚至怀疑，那种伤感的情调在调和着什么，它很可能使一些更为重要的东西变得模糊不清了。当我渐渐地用另一种态度去审视我所熟悉的那一切时，情况就发生了一些变化。这种变化在我后来的诗作中已显露出来。但真正的变化应该在我的小说中。面对我的人物，我似乎有些冷酷。我不想放过他们身上的一条纹理，一根鼻毛，我要让它们按照自己的方式动弹起来。我不否认温情，但很少有温情的东西让我感动。奇怪的是，在电影院黑暗的环境里，我却常为一些做作的人情流泪。我不知道这两者之间有没有一种什么联系。

对我来说，1986年也许有着特别的意义。那一年，我作为蹲点干部，住在陕北的一个极其偏僻的村庄里。正经的小说创作是从那里开始的。我一连写出了七八个短篇，其中的几篇至今依然是我重要的作品之一。那种平静的心态在以后的写作中很少有过。两年前，我与电影的接触，给我的小说创作带来了又一次机运。我写出了《黑风景》《赌徒》《棺材铺》等几个中篇。

我的兴奋点在农村。在我看来，中国的城市是都市村庄。农民的行为方式和价值观念渗透在我们的各个方面。当然，更重要的是我熟悉他们。

我不太喜欢形容词。我总认为它们带有很大的欺骗性。

我相信我的人物。面对他们，我常常无话可说。我总是尽可能地让他们去做一切事情。我更相信读者能懂得他们。人心都是肉长的，都在同一个太阳底下。

几乎每开始一篇小说的写作，我都会产生一种恐惧感。我不知道我能不能想写好它。我能说清楚我要说的东西吗？甚至，我是否清楚我想要说的东西？我可以选择任何方式，这本身就让人绝望。没有救命的稻草。经验是靠不住的。太阳每天都必须是新的。你无法求助于任何一位大师，大师们的眼睛比你更为孤独。所以，我常常怀疑我掉进去的是一个陷阱，即使在写完一篇东西的时候，我也是茫然不知所措，茫然得近于麻木。

我担心哪一天我会支持不住，便落荒而逃。

可是，总有一些什么东西会刺激你，让你心甘情愿地陷进去，陷入那种绝望的境地。

许多朋友给了我无私的帮助，他们以各种方式鼓励我，使我能一篇一篇地写下去，而且，总希望能写得更好一些。

原载于《文汇报》1992年5月13日

关于《流放》

写《流放》是因为电影。

屠城之后，十几名清兵押送一群被流放的老弱病残去新疆伊犁，景色越走越美，故事越来越惨烈。这就是《流放》的基本构想。大纲是和西影的两位导演朋友一起商定的。最初想法也是他们提出来的。剧本写出之后，因种种原因未能投拍。我感到有些可惜，便想把这些素材写成小说。这也是我近年来写小说经常用的伎俩。

我写了两次，未能写成，又写第三次。写到三万字，我写不下去了，又撕了。剧本和小说之间，有一些很难逾越的障碍。另外，总觉得原来的构想中缺乏一些主要的东西，这也是未能写下去的一个原因。但已有此心，不能不做，加之《收获》几次催稿，我开始预谋写第四次。我摒弃了剧本中原有的那种浪漫而疲软的结局。我找到了另外一种。新的想法使我有些心血来潮了，我又一次动笔写这篇东西。这回，我写完了它，就是现在这种样子。从去年5月写完小说稿，整整一年的时间，这种纠缠是很难受的。我已没有力气把它再读一遍，就寄给了《收获》。

现在，这篇东西已到了滕文骥导演的手中。他决定投拍这个东西。

这不是创作谈，就小说而言，我也谈不出什么。要说的都在小说里了。如果没有西影的两位导演，就不会有这篇东西，这都是我要特别说明的。

1993年12月6日

狗嘴与象牙及地域文化小说

本书中所收列的是编者从我创作小说以来的作品中筛选出来的，以为它们多少和地域文化有关吧。能挑出这些，一定费了不少踌躇，因为我的作品实在是很有限的。

名不正则言不顺，中国人是讲这个的。为人为事，总要有个说法，按“地域文化小说”编一套丛书，亦属此列。也许还有另外的深意，已有编者言在。我要说的是，我的这些所谓的小说，果真和“地域文化”有关吗?

我以为，所谓“地域文化”，其核心应是某一地域的人类群落在其生存过程中积淀并显示出的有别于其他人类群落的生命气质。果真如此，面对我的这些作品，面对“地域文化小说丛书”，我就只有汗颜了。我实在没有这个勇气，而且，写它们的时候，我也从未想把它们和“地域文化”连在一起，也不敢。

可还是和“地域文化小说”有了联系，尽管责任不在我，但毕竟列入了这套丛书。列入了，就必须言顺，以便让读音，尤其让自己感到还能说得过去。

那就找个说法吧。

“狗嘴里吐不出象牙”这本是用来骂人的，我把它拿过来，以此把我的这些小说和“地域文化”连在一起，因为实在觉得把它用在这里还算贴切。这些小说中的人事，都和我生存过的那一方水土有关。不管写它们的本意在不在水土，但人事中总带有那一方水土的气味。原因就在于我无法和那一方水土脱开干系，至少，我在写这些作品的时候没有脱开。狗嘴是没有象牙可吐的。

福克纳毕其一生的智慧，写了一块邮票大的地方，使他成为全世界最伟大的作家之一，令人望而生畏。他的小说是地域文化小说吗？大概不敢说不是，可也不敢说一定就是。我以为，福克纳的伟大，不仅是因为他写了那块邮票大小的地方，更因为他以那块邮票大小的地方，写出了整个人类的精神。看来，不留神的话，狗嘴里又是能吐出象牙来的。

我无意和福克纳拉扯关系。我想说的是，作家虽有大小，作品也有高下，却都是作家作品，是可以一理而论的。如此，仅以“地域文化”冠之，可能没错，但也许不够。对小说的欣赏和研究，应该有一把钥匙，但也不敢只有一把，因为小说的脖子上可能挂满了锁。

至此，我总算把我在这里要说的说完了。

北京出版社“地域文化小说丛书”之《赌徒》跋

并非“创作谈”

——关于《对一个符驮村人的部分追忆》

《北京文学》的朋友要转载这篇小说，我当然是高兴的，也应该表达我的谢意。他们要求我写一篇创作谈，这却让我很费踌躇。小说是说人说事的，为什么要说？怎么说的？说了些什么？都已在小说里了，还能谈什么呢？要说，也大都是多余的废话。好在“创作谈”是在小说之外的，即使是多余的废话，说说也无妨。世界上的话大多都是废话，多我这么几句，不会显得很拥挤的。

写这篇小说的起因，已在小说文本里有了，只是比实际的情形简单了一些，缩短了作这篇小说的时间。本应该早写的，却一直装在肚子里没写。在这篇小说的初稿里，开篇一章是“声明”，发表时我做了调整，去掉了开篇一章，把其中的一部分内容放在了小说的最后，变成了“结语”的一部分。为什么要这样做呢？是想让读到这篇小说的朋友进入得快一些。被删掉的，有下面的几段，也可以算作作这篇小说的过程的一部分：

> 但终于没有就写。也不妨说说原因，那就是，我在将写未写的时候，又不情愿作小说了。
>
> 其一，小说是闲人的差事。我过去是闲人，当然可以作小说，现在固然还是闲人，却带着病了。会不会病及小

说呢？

其二，小说不仅是闲人的差事。比如，已经“被故”的萨达姆·侯赛因，就做总统也作小说。也有闲人作小说而变为忙人的，比如做官或做教授学者，变而为忙人后不再作小说或兼作小说。也有作小说不做官不做教授而来钱的，也无须做官做学者教授。我作小说是什么都不来的。如果说我不眼馋前两类的话，但作小说不来钱实在给了我不小的刺激。不来钱是无法继续做闲人的，做不了闲人，在我，也就没法继续作小说。前景如此明了，何必要做钟红明肖元敏以为“可以”的这一篇呢？可见，我的不情愿作，也不单是怕“病及小说”，也有实惠的一面。

该不作了吧？却偏偏要作了，正应了一句俗话：人都有犯贱的时候。

写完《从两个蛋开始》以后，我一直没作小说。这一篇是另一个开始。我想有点变化，想自由一些，但在作的过程中，并没有自由的快感。可见，想自由并不就能拥有自由。

有人以为，中国文化是一种礼教文化。如果没错，那我就以为，这种礼教文化在生活中是以“纠缠”的形态呈现的，也可以称为“纠缠文化”。我们自酿了一杯酒，自己喝，其中的滋味只有自己知道。

好像超过五百字了，不说了。

2007年12月5日

我的写小说和我的第一本小说集

《黄尘》是我的第一本小说集。书中所收的作品是我从1986年到出这本书之前所写的小说的一本选集。

我是从1986年开始写我自己以为是小说的小说的。此前，我也写过所谓的小说，但我更多的是写诗，那时候我想当诗人。1986年的一个事件，使我和小说结下了不解之缘。那一年，我作为陕西省扶贫工作队的一员，在陕北的一个梢沟里住了整整一年。所谓梢沟，就是大沟的尽头，好像一棵大树离树身最远的那根树枝一样。我跟那里的老乡修梯田，栽苹果树。在那里碰到的人还有看到的那块地方，给我的触动是我事先没有想到的。有触动就有想法，我想把这些想法写成文字，但诗面对我的这些想法，显得很无力。也就在这个时候，丁玲先生主编的《中国》要开一个笔会。我在大学的朋友吴滨是这个编辑部的编辑，我估计他给我走了后门，使我参加了这次笔会。那时候丁玲先生已经去世，主持这个编辑部工作的是牛汉先生，他是诗人，也是我敬重的前辈。我想带着我的几首诗去，但不行，因为吴滨有交代：如果你愿意参加这个笔会，你就必须拿小说来。可是我没有小说。吴滨说写呀！因为想写，但写诗又很无力，就用了和诗不一样的一种形式，写出了收在这本书里的第一篇作品《从沙坪镇到顶天峁》。

然后又写了几篇。

我不知道我写的那些文字算不算小说，就把它们带去了。我记得有七篇，其中的三篇发在了《中国》上，另外的四篇发在了和《中国》联办这次笔会的《海鸥》上。

我写小说是吴滨逼出来的。

就在这年年底，人民文学编辑部正在组织1987年的一、二期合刊。我接到了朱伟先生的约稿邀请，他让我写几篇小说，他以为我行。我很忐忑，我就试着再写，就写出了发在《人民文学》一、二期合刊上的三篇小说。我本来准备写五篇让他们挑的，写完三篇之后，我发烧了。他们催稿很急，并说已给我预留了版面，那就只能这三篇了。不到十天的时间，我在电话中得到了朱伟先生的回音。他说，我们编辑部这两天说话的时候，经常用你小说里边的“噢么”。这期刊物后来被查封了，查封反而使这期刊物得到了最广泛的反响。这样的事情依然还在发生。刊物是可以查封的，但封不住写作者的笔。在中国最黑暗的十年“文革”时期，都没有做到，何况是改革开放之后。尽管类似的事件还在发生，写作者的笔依然是有欲望的。我在写诗之余，就继续写着我以为是小说的文字。

朱伟先生是我遇到的最优秀的编辑之一。我至今对他满怀感激，还有敬重。我敬重他的勇气，敬重他对小说艺术的热情和责任，还有他的高度。我和他已经多年不联系了，但这份敬重和感激依然存放在我身体的一个角落里——我没有用情感、精神、灵魂这样的词，是因为这些东西是没法和身体分离的。我后来的几篇小说，都是经由他推荐给《收获》等杂志的。

然后就是这本书。这本书出版的先一年，作家出版社的潘婧来西安约稿，当然不是我，是贾平凹。我只是作为朋友，并受朋友的嘱托尽了一份地主之谊。我们说了很多话，当然也说到了小说。她让我把我的小说归拢一下寄给她，企图把我的这些小说编入“新星从书”。我当然很高兴，但我实在没觉得我是一个作家，也觉得潘婧的这种企图对我来说遥远而又虚空。我说你回出版社先提一下，如果有可能，我再归拢，免得让我出丑丢人。几个月以后，潘婧给了我一个电话说赶紧赶紧你被通过了，我说是不是是不是奇怪，潘婧说我也觉得奇怪你是一致通过的。就在我归拢我的这些作品的第二年，这本书出版了。它是我的第一本小说集。在我身体的一个角落里，也存放着我对作家出版社和潘婧的感激和敬重。

我喜欢这本书，尽管是一本小书。对一个写作的人来说，书的重量和意义不在大小和厚薄。

现在距离这本书的出版已经几十年了。我已经活过了半个世纪，回头看过去，这本书里边的许多文字和篇章依然是我最喜欢的。我很怀恋我写这些文字时的状态。类似的话我曾经说过，现在又说一次是想提醒我自己，如果我还要写，就应该有那样的状态。我有很多欲望，对文字的欲望是最能给我带来愉快的。

2008年10月7日

深圳八大家 后记和感谢

上世纪八十年代中期以后，我写了一批短篇小说。那时候，我希望我的短篇小说不要超过五千字。我关心的是“生存状态”，包裹在自然环境中的人类族群的生存状态，当自然人和社会人聚集在一个躯壳里的时候，会发生些什么。

上世纪九十年代初期，我写了一批中篇小说。那时候，我希望我的中篇小说不要超过五万字。我关心的是乡村暴力——事实上，这样的主题在我的短篇小说里也常有显现——我以为，乡村暴力至少、但不仅仅是集权与专制的民间基础，它与我们生存的自然地理、人文地理、甚至有或者没有宗教的宗教地理有关。也就是说，与我们的心理、情感、精神有关。

上世纪九十年代末期，我写了一些自以为是实验性的作品：专制与集权到底有多大的能耐；遗忘与记忆会给我们带来什么；一个人的性高潮也可以与一个民族的政治历史有关等等。

两千年以后，我又写了一批小说，我希望我能把小说触角伸及到我们文化根系的源头。困境中的我们何以如此无奈、无助、无力、无聊、无味……我们上飘却无精无彩，我们下坠却无轻无重——如此之“乏”的我们，在什么样的境况，才能点亮精神的灯盏！

但小说不是论文，我也没想把它们写成论文。我曾经说过：小说的身上挂满了锁，它需要不同的钥匙……

这本小书能够编辑出版，我要感谢海天出版社和这本书的编辑，也要感谢邓一光先生，还要感谢马聪敏老师和我的学生霍鑫。谢谢你们。

2011年7月22日 于乾县

关于《驴队来到奉先畤》

我经常耽于胡思乱想的乐趣，写出来的却很少，倒不完全因为懒惰，而是小心，而且越来越小心，总怕写歪了，坏了我的那些胡思乱想。写出来的那些，也大多是因为朋友的催和促，这一个《驴队》也一样，是被朋友催促出来的。

“驴队”早就有了，在十几年前，并写在了纸上。那时是想弄一个电影的，没弄成，放下了。但“驴队”并没因此离开我，偶尔会想起其中的一些我觉得有意思的一枝一节。五六年前去上海，和钟红明聊天，怎么就说到了“驴队”，此后，她对“驴队”似乎比我还要关切，一提到写东西，她就会说：“驴队呀！”“你的驴队呢？写么写么。”

去年的这个时候，我无事可做，又有了钟红明的催促，就坐下来写“驴队”了。一写才知道，“驴队”没我想的那么容易摆弄。十几年前潦草的构想，似乎帮不了我什么，写了四个月，中途险些逃离，但终于没有——这也是我写作的常态。我说过，我没有文思泉涌的时候，不但没有，还始终对文思泉涌保持着足够的警惕。我曾上过它的当。

比预想的篇幅长了，但也只能是这么长。我虽然很看重写前的预想，也包括篇幅的长短，但预想的完成，终究是不以长短论的，所以说，只能是这么长。这在我当然不是问题，却给发表和转载都带来了麻烦。这是要向发表和转载它的编辑朋友致歉并致谢的，当然也包括《小说选刊》的朋友。我理解他们，我曾经做过报纸的编辑，知道文章的长与短经常要给编辑添一些烦恼的。

要出单行本的朋友，却又分明在电话里流露过："《驴队》要再长一些就好了。"

写东西和刊载出版可真是愈显其难了。

就这么，我的"驴队"走了十几年，就走成了现在的这一个《驴队》，终于走到了读者的眼前——它实在不成队伍，当然更不是模特队，只是纸上走步，好看与否，得敬听读者朋友的评判。我先行鞠躬了。

2012年1月12日

笔记本里的交谈

本辑中的文字，都是从我的几个笔记本里挪移出来的，名之为《笔记本里的交谈》。

挪移的时候，做了些必要的修整。其所以要修整，在《“丧家狗”·孔子·“知识分子”》中有交代。

笔记本里的交谈（一）

1

当人类真的把自己的生存环境改造得像原始森林一样时，人类会不会重新“变”回去，变成猴子？

这并不是抬杠。

更不是反对环境保护。

人类把自己“弄”在了两难的境地里不能自拔。

2

培根说：知识就是力量。

可以是为善的力量，也可以是为恶的力量。

可以拯救自己，也可以毁灭世界。

这两样，人类都做了，还在继续做。

有没有穷尽呢？

有的——在人类毁灭了世界之时。

或者——在世界毁灭了人类之时。

3

有个词叫“扬长避短”。

我是主张扬长的——扬长自然避短，避短很难扬长。

没有完美的事物，也没有完美的生命。富有光彩与美感的事物和生命一定是长短俱在的事物和生命。

眼睛总盯着“短”，天天想着“避短”，甚至于“护短”，是连“长”也要丢掉的。

还是想着扬“长”的好。不“护短”，避不了“短”也不要紧。所谓“个性”和“性格”也许就在这不“护短”也不“避短”的“扬长”里。

还有个词叫“修正错误”。

我不反对修正错误。如果是机械的、重复性的劳动，修正错误就有实用的价值。

是创造性劳动呢?

是生命呢?生命也可以看作是一个创造性的劳动过程。

眼睛总盯着“错误”，天天把功夫用在“修正”和“怎么修正”上——我无法想象这样的劳动，更无法想象这样的人生。

这样的“修正式”的劳动一定是无趣的。

这样的“修正式”的人生不仅“悲情”，还要加上一个“无聊”的。

不做事才不会出“错”。一辈子不做事，却是一个错误的生命。

不活人就不会有“短”。不活人的人，大概只有死人。

但——还需再说一句：这可不能是“犯错”和“护短”的借

口。

4

写一部小说，登一座山，演一部戏，都可以看成是整个生命过程的浓缩。

过程是饱满的——你拥有的就是这个“过程”。

“谢幕”后呢？戏台下空无一人，你会有一种失落感，甚至虚无感。

是“过程”抛弃了你。

如果你想感到你是“实在”的，那就再去写一部小说，登一座山，演一部戏。

或者，哪怕是把一根弯曲的木棍弄直——有人闲得无聊，在院子里找了一根弯曲的木棍说：我想把它弄直。

5

情爱，几近美丽的死亡——这是我在克林姆特的《吻》里读到的。

在我目力所及的文学作品中，似乎还没见到有如克林姆特的画作表现得那么动人心魂的情爱。他的《吻》可以抵过一打小说。

是油彩比文学更具表现力么？

6

面对一座城市，关注它的街道，还是街上的一家店铺？

小中见大是不错的，就怕太小，见不出应见出的大来。

大人者，心大也。

7

完美只能在碎片中寻找。

完美当然不是完整。

8

“青天一鹤见精神”。

于是，有人顿悟了：原来，鹤的精神来自于蓝天啊。

顿悟者关注的是鹤，也以鹤自比。

也可以有另一种顿悟的：青天的精神是因鹤而见出的。因为鹤，见出了青天之青，之深，之邃，之大。

“鸟鸣山更幽”——是说鸟？还是说山？

9

你害怕坐飞机。因为你恐惧。

你眼看着自己离开大地和飞机一起爬高，在距地一万米的高空悬浮，你感到无依无靠——

飞机是靠不住的。

会掉下去，变成一声轰响。

会折断，成为两个部分。你在其中的一个部分里。

还是掉下去。还是一声轰响。

会被闪电击中。

会被一只飞鸟击中。

……

只有重回大地，你才会重感安全。可是——

你自以为可以终身依靠的大地，只不过是一个比飞机大一点的圆球，和飞机一样，也是一个悬浮物。在一个更大的空间里，行走的悬浮物。它怎么能给你安全的保证呢？

凭什么？

想想这个，你就会不寒而栗。

你看到过飞机掉下去，而地球没有。

你只相信你的经验世界。

在你经验的世界里，地球“应该是”安全的。

你所有的安全感，就在于这一个“应该是”么？

想想这个，你更会不寒而栗。

你全部的依靠，依靠的只是一个虚幻的理由。

10

你是一个悖论。

你永远都在困境中选择。
无论你选择什么，都会有重大的缺陷。
这是注定了的。

这还不是最惨的。
事实上，你最重大的选择，恰恰是你无法选择。
比如，你出生的时间和地点。

你不可能同时踩入两条河流。
你是“一过性”的。

你必须选择。
在选择的同时，
也接受缺陷。
也接受——我是“一过性”的。

11

你常常会被某一样东西打动。
比如，一篮水果。
比如，一汪清水。
比如，一块石头。
……
事实上，它们什么也不知道。
它们无动于衷。
打动你的只是你单方面赋予它们的那个“意义”。

你在用它们打动自己。

你在证明自己。

你无法和人类之外的任何物种交流。

你甚至无法和你的同类交流。

你是孤独的。

12

权力在凸显它的时候，也往往是它被滥用的时候。

正如我们的肌体。当某一个部位或器官在不时显示它的存在的时候，那里一定出了问题。

中医有“无痛则通”。

通则不显。

13

实在想不通，是否可以试着不再去想？

实在无力解决，是否可以试着不再徒劳？

想不通的问题，是否本来就不是问题？

或者，是你和他人为你虚拟的一个“伪问题”。

学会放弃。

是谓自救。

14

如果一切都是过程，为什么要追问意义？

如果过程没有意义，为什么要去经受过程？

对意义的追问，使追问成为过程。

对过程的肯定，使过程成为意义。

15

2005年7月7日，伦敦发生恐怖袭击，适逢与凤凰总裁刘长乐、台长王纪言在杭州，见他们用电话安排播报事宜，感慨：人类的灾难，是媒体的盛宴。

谈及：有人说，人类毁灭时也会有人去播报、去收看的。

想：在播报与收看的同时，也在迎接毁灭的到来。在最后的一刻，剩下的是一个播报者和一个收看者，会是什么样的景况？只剩下播报者自己呢？又会是什么景况？当他毁灭的时候，是一片黑暗么？或一片光明？

设计：人类在“播报”和“收看”自己的毁灭。

可以是一部作品。

也是人类正在行进中的“实况”。

16

爱是一个事实，不是一个问题。

爱是行动。

但不是寻找题解的行动。

爱无解。

夹着算盘将无法去爱。

所谓得与失，多与少，好与坏，都是算盘发出的声音，与爱无关。

爱者应该对被爱者报以感恩——正是因为它的存在，才使爱成为事实，并得以呈现。

也包括“单相思”。

17

自然从来都不是静态的。我们常常误读。

如果自然是美的，所有自然的过程也应该具有美的魅力。比如，生命的诞生，成长，壮大直至枯萎，凋谢，死亡……

事实上，我们容易感受诞生的喜悦和成长的壮观，而难于欣赏枯萎凋谢和死亡的美丽。“凄美”，我们用这样的词，听起来是多么的不情愿啊！

开始了，我们就不想结束。

自然却不是这样的。它是一个完整无尽的过程。死亡和诞生同样美丽，而且，其所以死亡，是因为新的诞生，更美丽的生长和壮大。

如此，死亡显出了它高尚的境界。

如此，死亡是雍容的，大度的，无私的。

18

天下文章多矣，动心者几何？

以智为文，不动心者，为小聪明；

所谓大智慧者，动心而善用智者矣。

19

掩盖事实是对事实的蔑视，

不仅是没有自信，更是对良知的拒绝。

不仅是堕落，更是沦丧！

害怕事实，比事实更可怕。

20

你极力逃避的，很可能正是你应该或必须面对的。

逃避只能加大面对的成本。

21

在爱人、亲人、朋友之间是不需要解释的，也无须解释。

解释发生的时候，也是爱人、亲人、朋友之所以成为爱人、亲人、朋友的那个最重要的东西开始变质的时候。

实际的情形却是，解释经常发生。

而且，解释不是解释而是辩解。或被以为是辩解。

22

幸福

“福”为偶得，所以为“幸福”。

幸福不是愉快，也不是愉悦。

幸福或与上帝有关。

幸福也是一种运气。

别把运气当本事。

23

把所有的原因归咎于某一个人、某一个集团或某一个事件，都是幼稚的——尽管不可笑。

24

我们已经习惯了使用“人民”这个词，并给它倾注了神圣和崇高的情感，以至于忽略了它的本质含义。

它不应该是一个抽象的名词。它是实有的存在。

只有在宣言中，这一抽象的名词才显示它“实有存在”的意义的一面——它是一个集群，有集群的力量，可以响应号召。

我怀疑，把这一“实有存在”抽象化，仅仅抽象为一个名词，是别有用心者所为。

所谓人民，应该是无数携带着复杂的社会关系、道德立场、价值标准、生活习性、利益诉求的个体的集合体。他们即使不是历史事件发生的直接原因，也是其得以发展延续的现实基础。

他们从来都是具体的，鲜活的，复杂的，多变的。

他们的合力会显出某种趋势。

权力和这种趋势合谋，使“历史”事件得以发生。

25

近看是打仗，远看是玩闹。

近看会看到流血，看到牺牲，看到抓脸抠眼，看到白刀子进红刀子出。远看就是玩血玩命……

近看看，远看看，如此反复多看看，可能会更接近真相。

如果把自己也摆进去，再看看，就可能看出人到底是一群什么样的虫虫。

26

中国的官方意识形态和民间意识形态从来都是“貌离神合”的，内质同一，表述各异。借用时下的一个说法，可以是：“一个中国，两种表述。”

民间意识形态是官方意识形态——或称国家意识形态——生长和赖以存在的土壤。

“国”是“家”的复制。

国家的秩序和管理模式也是中国的家庭秩序和管理模式。

如果有独立的意识形态，那就是怪胎。“全民共讨之，全党共诛之”——这是“文革”时的说法和做法。

国家的敌人，也就是“人民公敌”。

民众的“罚恶”之心也许比国家权力更露骨，更狰狞。国家有监狱，民众连监狱也不要的。他们给敌人设置的地方是“人间地狱”。

民众者，人民大众也。

所以，宋江是聪明的，“上梁山”有了资本后，便去招安。

李自成大概不服气，就造了一个政权，结果是一塌糊涂。原因可以列出很多，根本的原因则是“不得民心”。

懂得中国民众的，就我有限的目力所及，近现代唯鲁迅一人。

也许还有，但我不知道。

“民众的罚恶之心，并不下于学者和军阀”[①]，就是他说的。

鲁迅所有“战斗”的文字，对着的是：1. 现存秩序及其掌控者；2. 国民；3. “智识者”。

他也不放过自己。

他“哀其不幸，怒其不争”的是国民。

他冷嘲、讥刺的是“帮闲”或“帮忙”的“智识者”。

他“热骂”的是“同一营垒的战友”，也都是“智识者”。

所谓的“智识者”，是从民众中生产出来的“学者”和“文人”。

所谓的“学者”和“文人”，是“官方”的“中坚”，是“民间”与“官方”的桥梁。

桥梁者，路桥与梁柱是也。

---

①鲁迅：《而已集 · 答有恒先生》，《鲁迅全集》第三卷，第457页，人民文学出版社，1982年。

27

宁愿分享，也不愿失去。分享比独享更具美感。

面对爱情呢？

在电影《布达佩斯之恋》中是可以的——他们在分享；她也在分享。

把生命和死亡对接，就可以建立一个“坐标系”。

死亡是一个固定的“点”，生命则有无数个点。

就可以列出无数个不同的方程组。

有两个“解”：独享和分享。

你要哪一个？

28

对细节的关注程度，可以和人类文明的程度互为印证。

29

以流行的道德准则解读事件和人物是可疑的。

这就是许多曾经让人激动，让人流泪的东西，几十年后却让人发笑的原因。

30

爱情是，或者说可以是两个人的。是情感行为，情感关系。

但婚姻不是。

婚姻是社会行为，社会关系。

如果说婚姻是进行爱的另一种形式，也就是说，爱在婚姻之前的形式是有某种“缺陷”的。

这“缺陷”是“社会”强加给爱的，强迫两个人把爱进行到婚姻。

情感也接受这种强迫，也需要这种强迫。爱的行为和关系，就“顺理成章”地进入婚姻，进入“社会”。

爱的形式可以是多样的。婚姻有其固定的形式，是模式化的。

形式的变化必定改变结构，改变性质。这一普适的“理论”同样适用爱和婚姻。

所以，许多爱被婚姻埋葬了。埋葬也是一种改变。

所以，许多爱被婚姻更新了。更新也是一种改变。

所以，萨特一类的人，没有采用婚姻的形式更新或埋葬爱，而是在爱中不断更新。

爱的需要是爱的继续和更新，不一定“必然”进入婚姻。

需要婚姻，其本质是“社会”的需要。这种需要曾经是强制性的。“社会”需要爱进入婚姻，需要有规范地生育人口，需要有效的管理，需要稳定的秩序和“社会”的安全。

当这种双重的需要成为一种文化时，爱对婚姻的需要似乎比社会的需要还要迫切——爱需要证明，证明给社会，也证明给自己。

也需有安全感。

当社会需要不再是强制性的时候，婚姻很容易成为一个“借口”。

只有继续和更新爱的婚姻才是道德的，具有美感的。

仅仅只有安全感的婚姻是没有尊严的，也并不体面。

所谓的安全感，从本质上说，并不存在于婚姻之中，而是在爱里，不在别处。

笔记本里的交谈（二）

1

既然是创造性的劳动，它更看重的是：造一个新的。

而不是：又多了一个。

哪怕这“多了”的“一个”并不乏味。

2

战争与和平，暴政与民主——人类存在的两极，都是人类的杰作。

哪一个更真实？更符合人类的愿望？

如果不是人类的愿望，战争的理由何在？暴力与暴政的理由何在？

不断发生的战争与暴力使人类对和平的一切努力——游行、演讲、会议、协约、著书立说……，几近于作秀。

此一时要战争，彼一时要和平；这一伙要战争，另一伙要和平；曾经战争过的这会儿要和平，不曾战争过的也许又改变了主意，想战争，要战争了。如此循环，永无止境。

这就是人类——我们自己，是这么一群在地球上玩闹的物种。

凡是存在的，都有其存在的理由——我们给自己这么说。

3

施惠于人是一种美德——赈灾济穷是施惠中极端的一种。

施惠于朋友同样是一种美德。

施惠者应该戒记的是：在施惠时，除了希望接受者接受之外，不再有其他的希望，尤其是和自己有关的希望。

这在赈灾济穷时可以做到，在朋友中却会演绎出违背施惠初衷的各类稀奇的故事。

而且，这样的故事是普遍的，经常的。

施惠者成了“恩多怨多”的人。

受惠不是美德——这种说法有失公允。事实是，在许多境况中，接受也是一种美德——它让施惠的美德成为事实。

受惠者应该诫记的是：这“惠”不是一笔无法偿还的债务，否则，就应该避“惠”。

怎么才能知道呢?

很难。

“投之以木瓜，报之以琼瑶”——这在我们的文化中，是被标榜为至理至情的名言金律。

这金律不过是说，施惠是一种投资，木瓜换琼瑶；受惠是被强迫（或者不知不觉中接受）的一笔赔本的买卖。

施惠和受惠之间发生的悲剧故事多与这一金律有关。

把恶行恶德包装成善行美德，我们的文化里多有这种神奇的魔法。

4

上流社会的堕落，下层社会的不幸——这是文学曾经关注过的焦点之一。比如司汤达，比如托尔斯泰，比如雨果……

我想说的是：下层社会何曾没有堕落！

上层社会的堕落令人憎恶，不平，产生“颠覆”和“革命”的冲动——事实上，这也是革命者宣传鼓动革命的理由。

而下层的堕落呢？则让人绝望。

两种堕落，都有其堕落的理由。

5

聪明

有目的地使用智慧。

说得直白一些，所谓聪明，就是：用智慧拨“算珠”。

6

伟大的艺术家从来都是他们的时代，他们所归属的人类族群的精神和智慧的高度。

他们的局限也是他们的时代，他们所属的族群面对世界的局限。

毕加索发现并画出了现代人类的精神结构。在这一结构中，没有诸如关怀、悲悯、兴奋、激动，甚至痛苦。有的是支离的、拼接的、是非情感性的，甚至非理性的组合和重构。他彻底颠覆了“人”应有的精神和面目。

达利是二十世纪人类不安的精神梦魇。

在达利的艺术世界里，时间和金属是软化的。

7

陈丹青发现了一个高原。

发现也是发现者与被发现者的遭遇，碰撞，相互的认同和对抗。

他对高原的艺术表现，使他的发现成为群体性艺术事件。

罗中立发现了“父亲”的符号性意义。

超写实的“父亲”不仅是民族历史记忆的组成部分，也是生存以及生存延续的概念性形象。

皱纹、圆珠笔、豁边的碗，都使这一概念性形象具有了不可替代性。

也许，他后来的“碴碴”和“屋檐水”系列，比“父亲”更具有隐性的内敛和穿透力，让人想起米勒的《拾穗者》。

8

床上运动：

在床上发生的不仅仅是两个器官的摩擦和交欢。在其他场合能发生的一切在这里都可以发生，几乎！

比如：会场。市场。运动场。官场……

比如：车站。加油站。配种站……

比如：办公室。会客室。实验室……

两个身体，两个器官的交谈——会心的，冲突的，也可以是互不相干的，自言自语的……

也会有猜忌。报复。背叛……

也可以是：一次握手。

也可以像酗酒一样，是一次浪费——把酒当水喝。

身体是有欲望的。

身体上的每一个器官也是有欲望的。

人的身体和器官，就因为是人的身体、人的器官——

所以，运动着的也是精神，情趣，还有各自的习性和偏好。

两个人的床上运动，两个器官的摩擦交欢，完全可以演绎人类的所有故事。

床上，可以是社会的大舞台。

“上床”，作为一句台词，也可以是：“上台。”

9

一个离休多年并患病的老人，躺在病床上“突发奇想”，想从原单位——他在许多单位工作过——要回自己的档案。

没人敢做主把档案给他。也从未有过这样的先例。

老人开始了艰苦的努力。最终获准“翻阅”，或叫“查阅”。当然，有人在一旁“陪伴”，以防发生意外，比如“丢失”。

他一页一页翻看着，企图“还原”自己的过去。

他能面对那一页页表格中的文字，或没有表格的文字么？

能不能还原自己？

他会不会给“陪伴”者讲述和辩解？

有两个“自己”。一个是看档案的“自己”，携带着他生命的历史；一个档案中记载的“自己”，记录着他生命的历史。

同一个人的生命，咋就成了“两个”呢？

哪一个是真实的他？

面对档案里的“他”，他会不会茫然、恍惚、迷惑，甚至恐惧？

面对记忆中的“他”，他会不会也茫然、恍惚、迷惑，甚至恐惧？

抑或，两个“他”都真实，都不真实？

两个“他”合在一起呢？

老人遇到了一生中最难以面对的问题，真实的那个“他”有可能丢失了。

而他自己，正在面对着一沓档案………

10

街道办某书记说：

在基层工作十多年，有两点体会：一、最苦的是老百姓。二、在什么岗位上都不容易。

“文化”在人的心里，也写在人的脸上。

前面有多少阳光，后边就有多少阴影。

有没有“文化”，待人处事是不一样的。有“文化”就有定力，对“上”就不会狗一样摇尾巴，对“下”也不会狗一样又叫又咬。

我相信某书记的真诚。

但不相信“文化”有那么大的力量。他把我们的“文化”放大了。

11

在中国，做官是安全系数最高的职业。

这可以从“中纪委”的年度报告中看出。

贪污和受贿是没有风险的冒险。

所以，所谓“清官”，是官僚体制里的怪胎。

12

“那么大的天，一下就阴完了。”

一位种地的老汉站在地头——也许是他家的院子——看着天，这么感叹着，一脸不解的神情。

13

所谓看法，不过是一种揣测——也只能是揣测。

当你对一段历史、一个事件、一个人，发表看法的时候，你只是在发表一种揣测而已。

没有定论——不管是过去还是现在，是之前还是当下。

所谓的“盖棺论定”，不是欺人，就是自欺。即所谓“自欺欺人”。

14

野蛮的世界每天都有野蛮发生。比如，动物世界。

文明的国度许多年集中发生一次大的野蛮。比如，二战时的德国。比如，“文革”时的中国。

野蛮遵循的是自然的规律。文明是人类自觉的维系和创造。

每天都有野蛮发生的动物世界，野蛮是自然事件，野蛮是残忍的。野蛮的残忍是自然的残忍。

许多年集中发生一次大野蛮的人类世界，野蛮是人为的灾难。它灭绝人性，灭绝人寰，却常以“正义”为名。

文明国家发动战争的时候，“文明”已被剥离，尽管它可以有这样的借口：这是文明对野蛮的惩罚——事实上，它已相信了野蛮的力量，已经和野蛮“同流合污”。

当文明和野蛮遭遇，狭路相逢时，尴尬是文明的常态——中国的“秀才遇见兵，有理说不清”可以是一种描述。

以野蛮之道还治其野蛮之身，是文明的非常态，是文明化变为野蛮的时候——“文明”不再是文明，它是狰狞的。

人类的文明竟如此脆弱，甚至要“弱不禁风”了。

人类创造了文明，但还没有创造出与野蛮相处的文明。

也没有创造出以“文明”影响和改造野蛮的文明。

这就是人类历史不断发生野蛮战胜文明，甚至毁灭文明的原因。

再创造，再毁灭，至今还看不到穷尽的时日。

在毁灭中，有“文明”和野蛮的合作与共谋。

15

公元1883年，尼采的《查拉图斯特拉如是说》初版，就在这部书中，尼采公开了“上帝已死”的消息。从此，人类对自身处境的认识有了新的思想基础。

上帝与人类同在的意思是，人类相信有一条通往道德理想之路；相信希望和幸福之光；人类可以被救赎，可以叩开天堂之门。

上帝死了，没有了天堂，没有了道德理想，没有了希望和幸福之光，人类失去了被拯救的力量。人的存在成为彻底的悲剧性存在。

即使上帝活着，人和他遭遇的一切也是一种悲剧性存在。就因为人是人，而不是上帝，也不可能成为上帝。人在人间，不在天堂，也不可能步入天堂——如步入天堂，就“非人”了。

上帝死了，也就是说上帝曾经活过——还是相信上帝的。

压根就没有上帝呢?

天堂是最美好的去处，但活着的少有人立刻就去。

天堂只有对将死的、没法活的人，才有“现实”的意义。

16

鬼是死去的人。

人是活着的鬼。

民间有言：活鬼闹世事。

17

面对错误，“智慧”的选择一定是：让错误在“我”这里停止，“就此打住”。

而“聪明”的选择往往是“继续”错误——即所谓“错上加错”。

认识错误需要智慧。

承认错误需要道德勇气。

承认错误并不丢人。

有错而不知错，是糊涂。

知错而不认错，是虚弱。

并且，连尊严也一同丢掉。

18

痛快：

“痛”和“快”是一体的？

抑或本就是同一个东西的两种说法？

谁把这两个词（最先）连在了一起？

智者？不幸者？

19

如果以“奴才的情怀”为经，编一本中国诗史，可以“读”出中国几千年一以贯之的一种精神。

首选者该是屈原。

屈原以降，所谓的大诗人们，可分为两类：一类如屈原式的，是矢志不渝，至死不改的奴才；一类是做不成奴才的插科打诨，故作潇洒，怪话中夹着酸味的，已近于流氓才子了。

李白似可以入这后一类。

20

所谓“中庸”，是画出的一个饼。

几千年的一个“画饼”。

孔夫子以为是可以吃到的。

几千年的治人者也以为是可以吃到的。

几千年的中国人也以为是可以吃到的，都朝着那一个画饼奔，奔。

可惜，精诚所至，金石“不”开。人世间是没有这么一个饼的。大家吃的还是世间真有的饼。

吃世间的饼，中庸是不管用的，吃不到的。于是推、撞、抢、窃，无所不用其极。所谓中庸，依然是纸上的。

中庸和方士的求仙问药一样，成了一个骗局。

一边推撞抢劫着吃饼，一边念着纸上的中庸。二者并存，各得其所。

这倒是“中庸”了——现在叫“和谐”。

21

中国人论人生有这样的说法：

青年狂禅；中年习儒；老年修仙。

可改为：

青年“愤青”；中年吃苦；老年无耻。

这可以是中国读书人的“生命三段”。

“修仙”是正在学习无耻。

“成仙”是无耻而不自知。

22

没有鲲鹏，用纸折叠鲲鹏。

没有梦，在纸上画梦。

没有英雄，在发霉的写满字的纸里寻找英雄。

或者，把纸做成选票选举英雄……

四大发明之一，有了新的作用。

23

人类文明的脚步：

舍弃温暖的茅草，选择冰冷的水泥；

舍弃树木，选择钢筋；

然后，把自己圈进去。

舍弃和狮虎搏斗，驯化狮虎；

把鱼从水里捞进玻璃缸，装点屋宇——是谓“情趣”。

舍弃同类，选择畜生，和它们游玩；

让它们做儿子、孙子。

……

就这么，人类从野蛮和愚昧，走到了文明和智慧。

24

食与色的现代性：

食：吃能吃的，不能吃的想个办法吃。

色：在呼唤爱情的地方，男人用梦遗，女人用手淫，各自或互相解决问题。

25

没有永恒。

人类运用抽象，发明概念以后，似乎就有了永恒。

中国人叫“万岁”。

比如皇帝。抽象的皇帝是可以“万岁”，可以不朽，可以永恒的。具体的皇帝则不可以。秦始皇汉武帝都成了千年前的古人。现在的也会成为古人的。

比如人民。抽象的人民是可以“万岁”，可以不朽，可以永恒的。组成人民的分子们——人和民则不行，都已经或正在纷纷“速朽”。

比如青春。抽象的青春永远是青春。具体的青春则不能，不管是人是物，青春都已经或正在消逝。

比如时间。抽象的时间是永在的。具体的时间却在证明着时间的消逝，一个钟头，一分，一秒……

抽象和概念是人的创造，对人有用。创造了永恒，就以为有了永恒，速朽的生命似乎就有了希望。我们把这叫做理想主义。

这样的理想主义，是个体生命的精神兴奋剂。

但具体的个体生命实在还是无法永恒的，还是要消逝和腐烂。

科学家说物质是不灭的。科学家没说精神不灭。

说精神不灭的是神学家。

相信可以不朽的人就去做政治家，做学者和文人，在他们的抽象和概念中做永恒与不朽的梦。

具体的个体生命在分秒中耗尽着自己，也包括那些相信不朽的政治家，学者和文人，科学家和神学家。

永恒和不朽将在具体的个体生命全部死亡的时候死亡，所有的抽象和概念也不再存在。

但现在还没有。

所以，我们还在用抽象发明和创造着概念。做这种工作的人，是人类中活得好的人。是“雅人”。是人类的所谓“精华部分”。是被称为或自称为“精神贵族”的人。

这大概是抽象和概念带给人类最实惠的礼物。

笔记本里的交谈（三）

1

秩序和等级不是问题。问题是：

在这一处，它是摧残灵肉毒害灵肉的公器；在另一处，则是养育精神，推动进步的公约。

差别不是问题。问题是：

在这一处，它是变化的，并鼓励变化和变革；在另一处，则不允许变化和变革，变化和变革是一种罪过。

2

秦始皇，一个年轻的男人，纵马天下，以刀剑和弓箭为针，以鲜血和无数生命为线，把他以为零碎的大地缝合成一个完整的神州，成为太阳最先升起的地方——东方世界的现实存在。

秦始皇，一个充满恐惧，恐惧到病态的男人。因为对恐惧的面对和克服，使自己成为最有力量的人，并获得自信，自信到以为他可以长生不死，万世不朽。

他没有长生不死。

作为精神和意志的存在，他依然在我们的历史记忆和现实之中。

3

巴子说，某某某九十年代以后就没说过真话。

我说，没说过不等于没有。我不相信有血有肉的人会没有真话。而是他不给真话存放的空间。空间全让假话套话充满了，也就没真话了。

就如同每个人都有缺陷，如果不给缺陷表达的机会，缺陷就会永远沉默。永远沉默的缺陷相当于植物人。

在真话的世界里，某某某是“植物人”。在假话和套话的世界里则不是，假话和套话成了他全部的话语生命。

4

立场决定“视点”。没有立场就无所谓“视点”。

坚定不移的立场只有一个“360度的视点”，不断游移的立场则有无数个。

无数个立场的另一种表述就是：没有立场。

“见人说人话，见鬼说鬼话”可以是没有立场的一种描述。

“公说公有理，婆说婆有理”可以是没有立场的另一种描述。

立场的意义就在于：分清人与鬼，说清公与婆——不管从哪个“视点”切入。

5

即使把所有能够想到的原因集合起来，让它们开口说话，也无法说明生命的行为——正如同把每一个部分的肢体和器官组合，也无法组合成活的生命体。

生命的行为可以解析，但解析不能说明一切。生命的行为主要不是物理现象，也不是化学现象。生命行为的原因要复杂得多。

所以，理论是灰色的。它常常是一个借口，甚至是堂皇的借口。

所以，怀疑是必须的。

没有怀疑就没有相信。

在这里，“相信”的意义在于：尽最大的可能，去说明原因，揭示真相。

6

挥霍：

任性地、无节制地使用、超支，甚至虚掷物质和非物质财富——时间、青春、精力、精神、情感，均在其列。

谨慎地使用财富，尤其是谨慎地使用非物质财富，是人类的美德之一。

7

有两种伤害，一种是肢体，一种是精神。言语和情感伤害的是后一种。

精神并不比肢体更高贵，更优越。

两种伤害会互相殃及，就如同生理病痛会影响精神和情绪，精神病症也会殃及肢体行为一样。

所以，肢体伤害和精神伤害都是残暴的。两种残疾同样悲惨。

8

以《绿化树》《肖申克的救赎》和《古拉格群岛》为例。

《绿化树》中的章永璘经过牢狱之灾，最终在人民大会堂的红地毯上找到了感觉，找到了体面和尊严。他有一种抑制不住的沾沾自喜。还有一种“高居庙堂”的自豪。他没有也不可能想到，他正感受到的这一切——包括体面和尊严，也是他过去就梦寐以求的——所以被剥夺，也正与这“红地毯”有关。踏过这红地毯的“代表们”——现在的章永璘和非章永璘，以“国家”和“人民”的名义，翻手为云覆手为雨，可以剥夺任何一个人——也包括举手表决的代表们自己——的尊严和自由。

章永璘不可能这么想。因为这需要庄严的理性——是的，庄严的理性。

更具讽刺意味的是，这位章永璘在“牢狱”中反复阅读《资本论》，以经受理性的洗礼，但是没用。章永璘怎么阅读，怎么思考，也无法获得庄严的理性。因为章永璘血脉里涌动的是“中国文化”，有“庙堂”而没有反省和自省，更没有忏悔。有“自由”的概念，而没有“自由人”的概念。在中国，只有高居庙堂的人才能拥有自由——这还是他们的自以为是的“自由”。

这“自由”的前提是剥夺其他人的自由。

踏上红地毯的章永璘和牢狱中的、牢狱之前的章永璘，是中国读书人的标本，可怜、可鄙、可憎，他必然拥有永劫不复的命运。他的失去和获得，都系于所谓的“国家”。

他属于地狱中的族类。

同样经过牢狱之灾，《肖申克的救赎》中的主人公，依靠自己的智慧和勇气，重获自由之身，自由之心。他没有去申冤，更不会渴望走上“红地毯”——他不信任所谓的国家机器，也不想重做体面的银行家。他要去的是一个“没有记忆的地方”——太平洋的一个小岛。

他没有阅读《资本论》，鲨堡监狱和他经历的一切就是一本大书，就是“洗礼”，给了他庄严的理性。

正因为有庄严的理性，他有反省和自省，也有忏悔——妻子被杀与他无关，他却主动把妻子的被杀和自己的因素联系在一起。

正因为有庄严的理性，他饱满的情感是高尚的，甚至神圣的，神圣到朴素，因为他知道什么是“自由人”，什么是人的自由。

《肖申克的救赎》中的主人公不是中国人。更不是中国文化养育的中国的“读书人”。他不在地狱——即使把他关在地狱，他也有自我的天堂。

《古拉格群岛》的作者，其创作意识是斗士的，他的目标指向是人间牢狱的毁灭。其理性是“愤怒的理性”或“理性的愤怒”。

愤怒会消解理性。

人间牢狱是不可能毁灭的。不同利益、不同欲望、甚至偏见的存在，使有形的牢狱与人类同在。

况且，人本身就是自己的“牢狱”。

人不消失，牢狱即在。

庄严的理性是决绝的。

正因为它的决绝，它对牢狱和牢狱代表的一切，其蔑视也是彻底的，彻底到“连头也不转过去”。

于是，在《肖申克的救赎》中，美丽而又虚幻的太平洋显出了尖锐的悲情。

这是理性的人类面对现实的一种宿命。

是的，没有记忆的太平洋小岛是一个“乌托邦”，也正因为是一个“乌托邦”，“乌托邦”在这里才显出了它作为一个“虚无的存在”的价值和意义。

9

中国有“吾日三省吾身”[1]的训诫。

这里的“省”和西方文化中的“忏悔”是两回事，其内涵和外延都不相同。

中国的“省”是省不出“崇高”的。它面对的是人际社会，“省”出的依然是生存之技。

忏悔面对的是上帝和天堂，是精神和灵魂的整肃。

①《论语·学而》。

10

“好狗护三邻，好汉护三村”——这也是我们的文化。

这话是说给“好汉”听的。

在我们的文化里，说给“好汉”的这句话，看重的是“护”；是“邻”和“村”。是不论“护”的方式和手段的；与“理”和“正义”也很遥远。

不“护三邻”的狗，仅仅不是好狗。不“护三村”的好汉，就比狗要严重得多了。非但不是“好汉”，还要连“人”都不是呢！

世间一切好汉，须尽听此“言”，切莫“酒后上阵”。

11

人“言”：

A：书写的；

B：嘴说的——说出来的，不说出来的，想说出而没说出来的；

B：肢体；

C：表情。

12

选择一样意味着放弃更多。这可以视为选择的意义。

选择的价值在于，选择的是你想要的。否则，选择比放弃更可怕。

13

终于读完了李泽厚的新版《中国古代思想史论》。

一、春秋战国之后的中国思想史是不断发展的么？汉儒和宋明理学相对先秦的思想有新的重大的发现和建设么？

二、如果已经成为一堆垃圾，从垃圾中提取出营养，以营养现在和未来，这样的企图和努力是不是可疑的？也是徒劳的？

三、从垃圾中寻找精华，在珠玉中挑剔瑕疵，这就是智慧的用途么？智慧还可以用来发现垃圾其所以是垃圾，如何成为垃圾；珠玉其所以是珠玉，为何成为珠玉的秘密。许多洋人就是这么做的。中国人也这么做，但大多认垃圾为珠玉，认珠玉为垃圾。这种错认几乎是一贯的，我以为。

四、以西方的方法梳理中国思想史，必然使用西方的“概念”么？中国思想史中的“概念”，与西方的“概念”能否互置互换？

比如“法”的概念。就我的理解，在以礼仪为轴心的中国文化系统中，“礼”既有道德法的功能也有社会法的功能，二者是互相纠缠的、扭结的。还有，中国法家的“法”，其立法的基点和精神都和西方意义的“法”大相径庭；而中国的“礼”和西方意义上的“法”，从根基上则是互相排斥的。“礼”在中国深厚的土壤和牢固的根基，不但影响着中国思想史和政治史的内质和风貌，也是中国难于进入现代法治社会的根源。

五、李泽厚提出“社会性道德”与“宗教性道德”相互区分又互补互用的设想，以实现新一轮的“儒法互用，礼法交融”，勾画出人类通往幸福的途径，是一代学人的“好梦”。

六、曾经的启蒙者在这本书里看不到了。还是喜欢他的《中国近代思想史论》。

七、任何民族的思想史，不过在说：这个民族是这样的民族，也应该是这样的民族。

八、如果说还有启迪，仅在于：

A：我们很糟，我们不想糟下去。

B：我们还不够好，我们想更好。

14

你很难看到当下的中学生脸上灿烂的笑容。笑容对他们来说成了稀罕之物。

被谁掠夺去了？

是“考试”。是现行的教育体制——国家是制造者，教育机构（包括学校和老师）是执行者，他们的父母也是。

他们都各有其正当的理由。

他们和中学生们一起，进行的是一场残酷的战争。

在这样的战争中，什么事情都有可能发生。

15

我很怀疑我们现行的教育制度、模式以及教授的文化，教育出来的会不会是一群又一群的“病人”。

比如“德”。如果连“说真话”都成了全体人民和整个社会的奢望，我们的人民，不管作为个体还是作为群体，其行为还有没有底线？在这样的国家，还有什么样的事情不可能发生呢？

比如“智”。对智慧的开启，会不会是让所有的智慧，都用来为没有底线的行为寻找理由？

比如“体”。如果与乐趣无关，还会不会有活蹦乱跳的青少年？

有的只是妖怪一样，在公园、在广场、在城墙外，为了保命延年而发明的一种奇怪的舞蹈。我们的青少年是会“长”到这样的时候的。这就是我们所要的，所能拥有的“人性之美”么？

16

天地，自然，阴阳，有无，虚实，气，神，精，德，道……这是中国思想史和文化史上的一组“概念”，在中国思想文化史的源头，是中国思想文化历史的一脉，证明着中国曾经有过自己的世界观、宇宙观。

不仅在纯粹理性领域，也在实践理性领域，此一脉曾在中国思想文化和政治历史实践中占据过主导地位。

此后，这一脉蜕变为：

A. 方术，养生术，房中术。

B. 和佛教融合，构建为禅宗——严肃的玄思冥想和游戏式的思辨混杂，鱼龙泥沙，须细究方可辨认。

C. 成为艺术发展史的源泉，影响着每一个阶段的艺术实践。

礼、仁、义、信、忠、道、德、孝……这是中国思想史和文化史上的另一组“概念”，也在思想文化历史的源头，是中国思想文化历史的另一脉。

此一脉没有纯粹理性思辨，主要在实践理论的领域。它注重的是人与人、人与社会的现实关系，是中国社会等级秩序的理性建构。

后来，它取代了前述的一脉，成为中国思想文化历史的正脉。

它在取代前述一脉的同时，也开始了对其他脉流的吸收吐纳——有人称之为“儒道互补”。

也许就因为它不失“原则”的吐纳能力，它至今还是中国思想文化以及政治历史实践的理性源泉，和现代文明进行着柔韧而顽强的抗争。

德和道是上述两脉共有的“概念”，但内涵和外延完全不同。

在前述一脉，道与德在宇宙观的框架里，人是自然的组成部分，人道和人德与宇宙自然之道之德同一。

在后述一脉，道与德在人伦、人际的框架里。它的“道”可以和“术”同义。“德”的有无和高下，以其理想化的人伦人际关系为坐标。它顽强的生命力是中国社会稳定结构千年不变的“内力”，像血液一样，在民族的血管里，营养和破坏着民族生命的品质。它有强大的广泛的民间基础。它是“家”的基座，也是“国”的基座。

17

当你不能面对自己的时候，我无法想象，你将何以面对你的朋友，你的爱人，你的同事——你何以面对世界。

对付和敷衍么？

你面对自己的勇气，也是你面对世界的勇气。

从自私的角度考虑，学会面对自己，在面对世界的时候，你至少可以从容一些。

18

做爱不是一件草率的事情。它是人类最应该精心去完成的生理、心理、情感和精神的综合运动。

它不是交媾。

做爱也可以这样理解：爱是做出来的，不做就可能没有。

是的，它不是交媾，也不是责任行为。它愉悦的不应该是一方，而是做爱的双方。

为责任而做爱，就有把爱变为交媾的可能——它把私人的、完全个人的行为，变成了社会行为。它愉悦的是世俗的道德，而不是双方的精神和情感。它扭曲个人，使爱蒙羞受辱。

19

有一位“问题学生”对老师说：你把我看成一把笤帚吧，请把我放在垃圾的旁边，别把我扔进垃圾堆里。（李生普讲述）

笤帚是清扫垃圾的，但有可能变为垃圾。

在垃圾的旁边，有被误认为是垃圾的可能。

扔进垃圾堆，就真有了成为垃圾的可能。

20

有些东西可以让人头疼，生厌，苦恼，但不应该为他们的存在痛苦，比如垃圾。

你可以选择远离垃圾，但你应该清楚，远离是一种逃避。

你可以选择清理垃圾，那你也应该清楚，这也许是一场不可能赢得胜利的战争——悲观的，或者悲情的理想主义者坚持的就是这样的战争。

人是垃圾的主要制造者。人不可能不制造垃圾，甚至不得不制造垃圾。你可以认为这种“不可能”和“不得不”中有着某种现实的正当性。但你应该清楚，这某种现实的“正当性”，不可以使垃圾的制造成为“理所当然”。否则，你在制造垃圾的同时，也会把自己制造成垃圾。

人是可以把自己制造成垃圾的。

口语中的“烂人”就有“垃圾”的含义。

人类的大罪恶、大悲剧性事件几乎都是这么制造出来的。

痛苦和苦恼是不同质的。

痛苦在精神的深处。它可能与人类的悲剧有关。它是奢侈的。它难有，或者没有物质体现。它可以因具体的事件引发，但具体的事件不是造成痛苦的本和源。

痛苦是精神事件。是无声的歌哭。歌哭也是它的价值和意义。甚至是它唯一的价值和意义。

苦恼是生活事件。

所有的人都有可能苦恼。痛苦的人是人的“另类”。

正如不该滥用“爱”一样，也不应该滥用“痛苦”。

痛苦和爱都需要一种超俗的能力。如果它们和生活有联系的话，那也只能是一种“生活传奇”。

21

“行”比“言”更具说服力。

肢体语言比写在纸上的和口出的（哪怕是真诚的表白、倾诉），更具真实性，更接近准确表达。

肢体也能表白，也会倾诉。

肢体叙述是更接近自然的叙述。

肢体不会撒谎，或者，很难撒谎，不易撒谎。

人类也许是生物世界中唯一具有“谎言”的物种。

语言和文字丰富、拓展了人类的表现力，也使人类更多地拥有了自欺和欺人的技能。

对肢体语言的特别关注，不仅是写作的问题，也关乎现实生活中的精确表达。

22

没有看破红尘和看透世事的智者。

遁入“空门”者不是。空门是另一种红尘，也有“世”和“事”。

人有神性，但不是神，也成不了神。

空门中可以修道，但成不了仙。

其所以要“修道”，不就证明着还是“梦迷人”么?

是人，就没有“空门”可入。

经常的情形是：“鬼话”和真理像孪生兄弟。而那些所谓的看破红尘，看透世事的智者，不过是似死似活的俗人而已。

佛在佛地。人拉佛入世，却要学佛出世。

这是怎么一回事呢?

身在俗世，学佛出世，再居高处“慈悲为怀”，“普度众生”——还是要做人上人的。

就是这么一回事。

弘一法师圆寂之时，“悲欣交集”——还是俗人的。

佛的涅槃是连“悲欣”也没有的。

所谓的觉悟，皈依，也许是学习和培育欣然接受死亡的态度。

就是这么一回事，也许。

23

在专制政体中，皇帝是一个象征，一个符号。

在政体运行中，皇帝常常只是一个傀儡。

真正主宰政体运行的是士大夫集团。他们才是专制政体成为稳定结构，甚至超稳定结构的中坚。

结构是有意志的。

结构中的任何个体的意志都小于结构的意志，包括皇帝。

结构不允许个性的存在。这就是皇帝不可以是个性化的生命，士大夫也不可以的原因。除非脱离结构，不是皇帝，不是士大夫。

所以，“以天下为己任”的另一种说法可以是：“放弃自我。”

或者是：“我投降。”

笔记本里的交谈（四）

1

快乐：

“快”有迅速的意思，以时间的概念，是短暂，一瞬。

所以，“快乐”也是一个号召：赶紧乐。

2

如果艺术可以产业化，婊子店就是正当的，婊子和嫖客都可能成为道德模范。

话说得有些粗鄙，但说的“理”是干净的。

非婊子的婊子和非嫖客的嫖客都已经是模范了。他们大都在知识界，文化界。

话说得有些尖酸，说的却是事实。

和功利驱动下的知识界、文化界、学术界相比，婊子店倒是干净的。她们明码标价，自愿买卖，而且，不戴桂冠；不立贞节牌坊；不做导师；不参加“性交问题”交流会、座谈会，研讨会；不设奖项，也就没有评比，没有“性交大师”。

话说得有些刻薄，说的也是事实。

婊子店可以卖春买春，还可以是一面“镜子”。

这是开婊子店的老板想不到的。

3

感受：

是发现，也是经营。

既是艺术的，也是生命的。

4

荒谬和无意义是人类在现代文明中对自身生命现实的发现。生命现实的荒谬和无意义与人类的“原罪”有关，但不一定只是西方文化意义的原罪。

人类走出草莽和丛林，就成为自然中最不自然的生命，不仅迷失了通往天堂的路径，也失去了生命中本有的诗性。人类被吊在天堂和地狱之间，神与魔都拒绝接纳，遂呈亦神亦魔之相、之状。

“荒谬”是现代人类存在的基本样态；“无意义”则是对其努力和挣扎着的灵与肉的定性和审判。

5

有一种判断性的说法：中国文化是一种过早成熟的文化。

如果“过早成熟”的含义是“拒绝成长”，上述说法才不是误判。

以“五四”为标志，中国文化才有了成长的欲望。但欲望远未成为事实。

文化的成长只有在自我批判的前提下才会成为可能。

批判不是修饰，也不仅是修整，更是颠覆。

有颠覆才可能有蜕变，生长新质。

6

现代性。现代性——在书里，在话语间，时不时就会和它“遭遇”。什么意思呢？好像是清楚的，又有些懵懂，挺烦人。那就百度一下吧。

网上是这么解释的：一种新的，与过去不同的社会秩序，强调创新变化和进步的一个权力、知识、社会实践的特殊聚合体。

仔细读了几遍，连已经有的那么一点“清楚”也没有了，彻底“懵懂”了。

还是自己“想”吧。

想出来的是：

a. 凡新生的，具有流行和普世价值形态的事物、观念、意识和社会构成，都可以说是具有现代性的。

b. 现代性是相对传统而言的。

c. 就“现代性”本身来说，它具有恒定性，即：任何时代都会产生，成长具有现代性的事物、观念、意识和社会构成。就具体的事物、意识、观念和社会构成来说，都是动态的，变化的——或成为传统的组成部分，继续影响现实；或成为“僵尸”，被历史封埋，不再影响现实。

d. “现代性”也不排除“对历史的发现”。被重新发现的历史也可以跳进现实而具有现代性，成为“现代性”的组成部分。

e. 现代性和先锋性的区别在于：先锋性是非普世性态的；生命力更短；更具冒险性；更具个性。

7

让康德激动不已的有两样东西：深邃高远繁星闪耀的苍穹和“我们心中的道德律”。

康德“心中的道德律”是人类理性精神和道德实践、情感实践的结晶，是对人其所以为“人”的价值判断体系。也是人可以为他的崇高而自豪，面对深邃高远的星空而无愧、无惧的根本原因。

康德的“道德律”和我们以“仁义道德”为核心的价值判断体系是不同质的。

两种价值判断系统的建构都需要智慧。

不同质的价值判断体系不可能塑造相同的精神和情感的人类群体。

康德“心中的道德律”是内在精神和情感的建构，使人的现实存在连接星空，通往神性，通往崇高。

我们的“仁义道德”是人伦社会的功能性建构，使人的现实存在连接社会，通往世俗，通往功利。

道德律就是核心价值观。道德律的边界就是核心价值观的边界。

每个人“心中的道德律”就是他（或她）的“自我法庭”。

有“心中的道德律”，未必能够，或者愿意使用“自我法庭”。不能和不愿使用“自我法庭”，道德律就是悬空的道德律，自我法庭就可能在自伤和伤人的境地“万劫不复”，甚至还要制造罪恶。

“自我法庭”的使用，首先不在于审判，而在于预警。

“自我法庭”审判的意义，不在于“量刑”，而在于“救赎”。

救赎是人类唯有的精神行为。

正因为有“自我法庭”的使用，有预警和救赎的实现，人才和康德所谓的“我们心中的道德律”得以相知，相握，相合。

人可以错，甚至难免有罪，却不可以让“心中的道德律”，让“自我法庭”悬空——弃之不用。

“社会法庭”是人类最低层级的法庭。它是非自然的，也非神性的。是“自我法庭”被弃之不用，或失去效应的境况下被迫无奈的社会建构。

“强制性”即是它“最低层级”的证据——“强制”的时候，也是背离自然法，背离神性的时候。

“被迫无奈”则证明着它的正当性——居于神性和魔性之间的人和人类社会，需要“社会法庭”。

在很多的情形中，“社会法庭”使用的律法和对律法的使用，是和康德所说的“道德律”完全相悖的，即所谓“反人性”、“反道德”的，是“不合法的”。

我们的“仁义道德”，我们所拥有的价值判断系统，与赋有神性的道德理性和深邃高远的星空距离遥远。不管是面对深邃高远的星空，还是面对具体的社会和人事，我们都很难有康德那样的“激动不已”。

——从康德的“激动不已”说“道德律”和“自我法庭”。

8

11月10日晚在西安人民剧院观看英国壁虎剧团的舞台剧《外套》：

A. 改编自俄罗斯果戈理的同名作品。十九世纪描述小人物卑微、激情、欲望和最终命运的“批判现实主义”作品，在二十一世纪重现，并有新的演绎。人物依然是小人物，卑微的小人物，卑微的日常愿望，凡人都会有的激情，最终归宿和果戈理不同：阿卡基遭上帝拒绝，被撒旦领走。果戈理的阿卡基在死后变为精魂，报复穿外套的人，包括直接导致他死亡的将军——一种卑微的报复。

B. “批判现实主义”被演绎为“表现主义”。“写实”成为“写意”。命运关注转向精神和情感关注。

C. 上帝和撒旦就在我们中间。哪怕卑微的，极其日常的欲望和梦想的实现，其实现的途径都有上帝和撒旦的参与。我们无法，也不可能逃离这一“终极选择”的法则——也是一个警示：不能忽视和轻看那些貌似日常性的“选择”。

D. 壁虎剧团也是一个卑微的现实存在，生存艰难，没有屈服于物欲和“卑微”的处境。乐观的，甚至唯美的选择，显示了他们存在的价值和意义。

E. 古典话剧成为现代舞台剧，并兼容吸纳了各种舞台艺术、甚至声像艺术的表现手段。导演有想象力。男主演的表演精准到位。小剧目具有大气象。英国伟大的戏剧传统依然有旺盛的血脉。

9

看到了这样一段文字，是说陈独秀和瞿秋白的：

“陈独秀终赖众好友竭力回护，幸免于死，法庭只判处他13年徒刑，高院终审裁决为8年。相比之下，共产党另一位落职的总书记瞿秋白就远没有这么幸运了。他于1935年6月18日被国民党三十六军军法处枪杀于福建长汀，临刑前瞿秋白自斟自饮，谈笑自若，酒至半醺，他说：‘人之公余稍憩，为小快乐；夜间安眠，为大快乐；辞世长逝，为真快乐。’嗣后，他自请仰卧受刑，要眼睁睁地看着子弹射向自己的心脏，确是一条铁骨铮铮的汉子。”[①]

陈独秀因友人请吃，至腹胀止，胃病发作死（1942年5月），射杀他的不是子弹，是肉食。瞿秋白主动选择了子弹。前者为“狂人”，后者乃“铁汉”。

死的幸与不幸，实在是小幸和小不幸。大幸与大不幸是要把从生到死的整合着感受和考量的。

就此二人，把他们的生与死置放在鲜活的中国现代革命史，拟或思想史、文学史里感受感受，考量考量，都是意味深长的。信不信？

有好事的政治家、学者和文人，有闲不妨一试。

①摘自王开林《陈独秀：龙性岂易驯》，《同舟共济》2010年第10期。

10

人们更愿意相信自己愿意相信的，排斥不愿意相信的。这种本能式的趋向往往可以左右理性的判断，哪怕是面对极其重大，甚至生死攸关的问题和事件。这或许是人类个体和群体在危急关头，不能“转危为安”，反而使危机成为灾难的精神和心理原因。

11

如果“理解”通往的不是“尊重”，它的含义就仅仅只是：明白，知道。

“我理解了”，就等于“我知道了”，“我明白了”。

在现实中，我们所谓的“理解”，甚至“理解万岁”这样的呼唤，意义也仅在这一层。需要理解的一方，并没有得到尊重。

没有尊重，所谓的理解就近于一个敷衍。

如果做不到尊重，也应该做到礼貌。礼貌地而不是粗暴地，也不是敷衍地对待需要被理解的一方。

尊重才是理解的内核。没有尊重，就不能有真正意义上的“理解”。

不能尊重，就不可轻言“理解”。

12

“书念到狗肚子去了”。

书面一些的表述可以是：“书把人念成动物了。”

书当然不会念到狗肚子里去的，还是在人的“肚子里”。

书把人念成动物并不是最糟的。更糟的是书把人念成了比动物还不如。

知识、学历不仅可以给罪恶辩护，还可以给罪恶的成长和升级提供阶梯。

13

被流行、时尚包裹着的平庸就是俗。

每一个时代的主流意识形态都在“俗”之列。

情调不是俗。当小资产阶级的情调和小玩意成为一种时尚的时候，就是俗。

清高不是俗。当清高成为一种时尚，并不时对着世界发嗲的时候，就是俗。

遗世独立不是俗。当士大夫文人标榜的“遗世独立”，成为一种姿态性的口号的时候，就是俗。

第一个遗世独立者不是俗。第一个“遗世独立”的仿效者，在以“遗世独立”标榜的时候就可能是俗。当众多的“遗世独立”者在对着世界集体发嗲，使“遗世独立”成为一种时尚和标签的时候，就一定是俗，“遗世独立”已经被彻底消解、被利用。

个性会被个性化“化”而为俗。

用追捧和讨好“个性化”显示“个性”，就是媚俗。

媚俗有可能成为恶俗。

反媚俗也可能成为“俗”。当它成为一种刻意，一种故作的姿态，一种标签的时候，就一定是“俗”。

反媚俗的“昆德拉”也可能成为俗。

媚俗——反媚俗——俗，以至无穷。

时尚的行为和时尚的艺术，都是在这样的模式中建构自己的历史的。

14

礼：

对社会来说，是仪式化的秩序和范式；对个体来说，是仪式化的行为和范式。

礼的功能和效用在于：通过仪式化，甚至日常化，把“秩序”对个体和群体的要求，变成个体和群体的精神、情感和心理自觉。

“礼”的软性强制，和“法”的硬性强制殊途同归：保证秩序的安全和稳定。

道：

孔子的“道”更多指向社会，是秩序和行为的运行规则，是为“政”之道，为“人”之道。人是社会的分子。

老子的“道”更多指向自然，是自然的秩序和运行规则。人是自然之子。

两个“道”在本源上是不同质的。当老子的“道”蜕变为道家的生存之术时，就和儒家的道有了同质性。在形式上超然于社会，在精神和行为上不但不对社会结构和秩序构成威胁，甚至还在消解着颠覆社会结构的力量。

道家的“出世之道”和儒家的“入世之道”一里一外，都有利于社会结构的稳定。对社会结构来说，两种道，形似“敌对”，实为“手足”。

德：

对老子来说，符合自然之道，是谓有“德”。

对孔子来说，遵守秩序规范，是谓有“德”。

仁：

“知礼”、“遵礼”、“达礼”、“以礼而行”，是谓“仁”。

仁和礼互为表里，甚至是同一概念的两种说法。

知礼、达礼、遵礼、以礼而行的人，就是“仁人”。

15

当法律执行“惩罚”的时候，其本质和“以恶制恶”、“以怨报怨”没有什么不同。

要说有不同，仅只在于：法律的惩罚是以社会约定为依据，以正义为其名。

16

丰富只可能在单纯的寂寞之地。

所以，寂寞之地不仅只有寂寞。

庞杂可能拥有丰富。

热闹不可能拥有饱满。

喧嚣处有的只是喧嚣。

17

退却不是溃败，更不是逃避。

退却应该是理性的智慧。

18

2010年11月——2011年4月的阅读：

《新教伦理与资本主义精神》（重读）

《儒教与道教》

《停滞的帝国》

《审判的历史》

《时间简史》

《论人类不平等的起源》

《社会契约论》

《凯恩斯传》

《起火的世界》

《推销员之死》（阿瑟·米勒剧作三种）

《论自由》

《法的精神》

《自由论》

《人类群星闪耀时》（一本情绪化的人物特写）

《高岗传》（一本乏味的庸俗读本）

《鲁迅全集》4、5、6卷（人民文学出版社2005年版）

《老课本·新阅读》（邓康延赠书）

《纯粹现象学》（浏览）

《交叉询问的艺术》

从2005年5月15日入住深圳开始，使用晓东赠送的这一册笔记本，至今6年。期间诸多事变，均有物是人非之慨。所谓的大事，却都没在这本册子里留下印痕（2010年春节前后两次支架手术及有关事变有简略记录），所记的均为闲言碎语，胡思乱想，确是以使用这一册笔记本时的想法使用的。虽未完全填满每一页，但是几乎填满了。另换一册吧，至今日作结。

新换的一册是霍鑫的赠品，封面上满是洋字码。

依然和上一册的使用相同，记一时的胡思乱想，闲言碎语，直到填满或不想填的时候作结。

上一册填了六年，且看这一册能填到何时。如能填满，还有兴致继续，就再换一册。

记于2011年4月30日

笔记本里的交谈（五）

1

从什么时候开始，人类成了这个世界上最丑陋又丑恶的生命？

能不能考证出具体的时间？

2

罪恶是可以累积的。

在人类（作为群体的人）和人（作为个体的）生命历程中，罪恶几乎是一定要累积的——由于一个罪恶的发生，无法不发生第二个，第三个罪恶。

人在精神罪恶的领域，没有能力不让第二个、第三个罪恶发生么？

是因为惯性？人的惯性？还是罪恶本身具有这种累积的惯性？

是因为逻辑？人类行为的逻辑？还是罪恶本身具有的逻辑？

3

民间语录：为鼠常留饭，怜蛾不点灯。

悲悯之心如此，会不会把人活成“精怪”？

中国民间也是有“禅”的。直白之言，平常之语，说得云里雾里。真话假话，信还是不信？

如要求一究竟，愚不可及的就一定是“求一究竟者”了。

4

希腊神话中的英雄赫拉克勒斯在命运的十字路口，遇到了这样的选择：幸福？还是美德？

什么是幸福呢？

神说：堕落的享受。

美德呢？

神没有说。

参照“幸福”，美德就应该是“痛苦的享受”。享受痛苦蕴含的价值——美丽的德行必然有痛苦参与。

人类的罪恶，大多或者干脆就是这种“堕落的享受”所结的果实。在很多情景中，它有着美丽的光环和装饰。我们对“堕落的享受”是唾而不弃的。之所以“唾”，是因为我们还有判断价值和意义的能力；之所以“不弃”，是因为它实在是一种享受。

美德反倒是朴素的，没有美丽的光环和装饰。在“现实”中，经常的情形是，“美德”很难，或者干脆就无力成为行为和事实，仅仅只是一种理性的参照。

5

在过去，在神话的世界，英雄可以用杀人来证明他是英雄，也被认为是英雄。

在后来，在俗世的世界，勇敢者用不见血的杀人来证明他的勇敢，且成为勇敢者，并有其正当的理由。

世界从来就是英雄和勇敢者的世界么？

两个“世界”都是非人的世界！

6

对两个词有了新的解读：

① 丑恶：

不是一个双音节词，而是一个联合词组——外象的丑陋和内质的恶毒。

美的并不一定是善的，但善的可以“走”向美；丑的并不必然是恶的，但丑的可能“走”向恶。

相貌学也许有其隐蔽的科学依据。

② 伤心：

大脑是处理信息和判断信息的器官，但因处理信息和判断信息产生的伤害则是由一块特殊的肌肉——我们称之为“心”的器官来承担的。

“心力交瘁”是有其物理依据的。

7

“欺世”是“世欺”的原因和结果。也是欺世的借口——

因为世欺，我只能欺世。

都在欺世，我为何不能！

8

2010年1月31日9时左右，突发心梗，几经周折，120送唐都医院，已是四小时之后。手术，电击，再手术。45分钟可完成的手术，在两小时后完成，心脏里多了两个支架。

2012年2月21日，农历正月初八，重新住进唐都医院。23日，心脏里又放进了一个支架。

连续两次支架手术，加上五年多前放进的一支，四个支架使心脏继续正常工作了。"坏"了的心，似乎是可以"支"好的。

但还是受到严重损伤，不仅是生理的。

受损的"心"需要逐渐恢复。

每天有朋友发一则短信。其中一则是这样的：

(2月21日21：04）从前，有一个脾气很坏的男孩，他的爸爸给他一袋钉子，告诉他，每次发脾气或者跟别人吵架以后，就在院子的篱笆上钉一根钉子。第一天，男孩钉了37根。以后的日子里，他慢慢学着控制自己的脾气，每天钉的钉子逐渐减少。他发现，控制自己的脾气要比钉钉子容易得多。终于有一天，一根钉子都没有钉，他高兴地把这件事告诉了爸爸。爸爸说：从今以后，如果你一天都没有发脾气，就可以从篱笆上拔掉一枚钉子。日子一天天过去，最后，篱笆上的钉子被全部拔光了。爸爸带他来到篱笆边，对他说：儿子，你做得很好，可是，看看篱笆上的洞吧，这些洞永远也不能恢复原来的样子了，就像你伤害了某个人，你就会在他的心里留下一个伤口，像这个钉子洞一样……

钉子。洞。心。

我是第一次看到这个小故事，不知出自何处。朋友发给我，好像是专对我这几年的心脏说的。

对故事里的“洞”，我更愿意这样理解：它不是对“孩子”的指责，甚至也不是提醒。因为指责和提醒既不能使“洞”修复，也不能保证以后不再发生伤害。它是事实的陈述，是人性的证明。正因为此，它比指责和提醒更有力——说服力、证明力、震撼力。

一个充满善意的小故事，在我这里，竟显出了一种严酷。

这正是我和我的心脏都要面对的。

9

我们经常会把上帝对我们的提醒错认为命运的报应——

不是命运的报应。很可能是上帝在用一种让我们感到痛苦的方式提醒我们：不要让正在进行的错误成为罪恶。

我们经常也会把上帝对我们的拯救误认为命运的惩罚——

不是命运的惩罚。很可能是上帝在用一种让我们感到绝望的方式拯救我们：终止正在进行的罪恶，而不是继续和累积罪恶。

10

伤疤：

如果是伤害者胜利的徽章，英勇的记录，
也就是被伤害者耻辱的标识，复仇的时钟。
如果是救赎者的警示器，道德的添加剂，
也就是被伤害者宽容的无花果，祥和的纪念品。

伤疤不可能，也不仅仅是伤疤，它可以结痂，脱落；也可以化脓，溃烂。它可以使伤害者无痕迹，却不会把伤害化为虚无。

伤疤在被伤害者的身上，同时也在伤害者的心里，才能使伤疤具有伤疤的价值和意义。

记住伤疤的，应该是没有伤疤的伤害者。这才是健康的人性。

只有在健康的人性世界，伤疤才有可能拥有美感。

11

健康的政治，应该通往人类的“去政治化”——不再使人成为政治化的动物。

12

“礼”作为社会秩序的日常仪式和心理暗示——

可以是：

君臣、父子、兄弟、夫妻……以保证上下、从属的等级秩序，“固”的是主与奴。

也可以是：

自由、平等、民主，以保证人人平等（非平均）的结构秩序，

“固”的是你、我、他。

在等级秩序中，道德范畴的尊卑贵贱，是秩序的组成部分。

在结构秩序中，道德范畴的尊卑贵贱，是对行为的道德判断：尊重自由、公平、正义、人人平等的结构秩序，是尊贵（美德）；反之，为卑贱。

13

读钱穆的《国史大纲》，读得很郁闷。但还在读。

插空隙读周燕芬的赠书《因缘际会》——七月社、希望社及相关现代文学社团研究。

我以为，志在继续鲁迅精神的胡风及其追随者，其悲剧性命运恰恰在于不懂鲁迅。至少：

鲁迅有自己的意识形态，不依附也不屑于和政党政治发生实质性纠葛。

在政党政治中企图保持“文学的独立性”，或“思想自由”和“独立精神”，就已经注定了未来的结局。

胡风的悲剧性命运并不具有现代性，而是现代的老故事，并且，还是一个讽刺：

启蒙者缺少“启蒙”的洗礼。

14

谎言的力量不仅在于当下，更在于时间的酸性。它会使谎言掩盖和制造的罪恶在记忆中消失。这也许就是以谎言支撑生活的个体、以谎言支撑政权的国家没有历史的原因。

没有记忆就没有历史。

说谎者是深知这一点的。

这也是他们敢于放胆说谎，能够用谎言支撑生活的原因。

以谎言支撑生活的民间和个人，正是国家以谎言支撑政权的土壤和基础。

在没有记忆，没有历史的民族和国家，时间只显示、也只能显示它的酸性——时间的力量也就是谎言的力量。

酸性不是时间仅有的属性。

对历史真相的否定和篡改，则是利用了时间的“一过性”。

时间也可以祛除谎言——也可以看做是一种酸性的力量，显现曾经被谎言掩盖和淹没的真相。只有在这样的国度里，时间才能显出它的神性和美感。

中国不是这样的国度。

我们很难拥有美感。

我们、我们的国家、社区、家庭，是可以靠谎言过日子的。

我们就是这么“过”过来的——安稳或不那么安稳，踏实或不那么踏实，但还是“过”过来了。出了点小问题，小波折，总体还是安稳的，似乎也踏实（少有良心和道德的追问和审视）。国家被誉为超稳定结构的政体，换朝换代，秩序依旧；文化被誉历史最为悠久，几乎是唯一没有遭到毁灭性灾难的文明。

以谎言支撑的家庭也一样，大多不会解体，甚至受到羡钦，也有自豪感，似乎在炫耀谎言的胜利和光荣。

个人呢？也一样的。以谎言为生，在家庭，在集体和体制里，在体制外——体制的延伸部分，活得如鱼得水。

没有真实的历史，没有真实的当下，也不会有真实的将来。

历史被当下修正，篡改，甚至遗忘。当下也会被将来修正，篡改，遗忘，以适合将来的那个当下。

似乎又是有历史的了？国家，民族，家庭，个人？

有的，是不断复制的历史！

——谎言·时间的酸性·历史

15

人之所以为人，是因为他不仅是一种自然的生命，更是一种具有道德意识和自由意志的精神存在。

精神可以是理性的，也可以是非理性的。非理性的精神可以指认理性的精神是非理性的。

理性与非理性向度不同。

理性是有目的、合规律的精神活动，所谓“合规律”，是自然律和道德律的和谐一致。

道德的人性只有和神性交合为一的时候，才会具有永恒的美感。

正如理性与非理性有不同的向度，道德和不道德也有不同的向度，一个通往神性，一个通往魔性。

感知和认知的能力，使人类的精神活动成为可能。

动物可以感知，但没有认知。

感知和认知的能力既是自然的，生而有之的；更是自觉的，后天培养的。

人类独具的感知和认知的能力和愿望，就是所谓的意识。

意识使认识、思想和理性的精神活动成为可能。没有意识，就不可能有思想和认识，更无所谓理性。

认识是行动着的思想，也是思想的成果。

思想成果的壮大以及修正，既积淀思想，也扩充精神，稳固精神，通往理性的存在——自然律和人性道德的和谐，具有神性的，美感的存在，自由的存在。

价值观和意志是精神的内核。

价值观决定精神的属性——理性的或非理性的。

意志力是精神的行动力和定力。

所谓定力，就是抗干扰和抗打击力。

稳固的精神具有稳定的价值观和意志力。

强大的精神具有开放性和包容性，也必然具有强大的意志力。

自由的精神具有稳定的价值观，强大的意志力，和谐着自然法则和社会法则。

自由不是为所欲为，而是理性的，即，自觉地具有神性和美感的。

自由是行动的过程，而不是行动的结果。

结果意味着终止和结束，意味着终结。

终极是一种理论存在。

理论存在的价值和意义在于：摧动，预警，修正人类的精神活动和实践活动。

16

“盘算”有可能是从“算盘”来的。

算盘：名词，一种计算工具，据中国人说是中国人发明的。

几十年前，中国的小学教育还有“珠算”课程，教授学生学习拨算盘。

盘算：动词，意思可以是——

在做事之前，是把各种因素、条件（算珠）放在一起，规整梳理（拨算盘），以得出是否做和怎么做。在商家：是否有利可图？在爱情：获得和付出孰多孰少？

在做事之后，是把事情的过程，连同付出的和获得的（算珠）放（盘）在一起，规整梳理（拨算珠）。在商家：是盈是亏；在爱情：是得是失。

这样的“盘算”也经常在事情进行之中，边做边盘算，以使事主决定继续还是停止。在商家：继续或收摊；在爱情：继续或“拜拜”。

17

被称为“道家”的，曾经有过玄想式的宇宙观，但很快就变成“自称”了，所谓的“道”就成了养生和长生不来的“方术”。

所谓的“道家”不做“主”也不做“奴”，甚至连人也不做，求仙问药、装神弄鬼还不够，要“逍遥游”了，要出世成仙了。

认识成不了仙的，游来游去，就“游”成了骗子，骗吃骗喝，骗成隐士、名士、高士——还是人，让一些人倾心另一些人恶心的人。

唐时的张果老似乎比较彻底，连公主也不要，逃出长安，“逍遥”去了——我怀疑他是怕丢命，要逃离的不是公主，而是刀剑。到他逍遥成仙的时候，已经只是传说了。

所谓“出世”，实在是不得“入世”的末路——无可奈何之后的选择。

所谓的儒家，到了“达则兼济天下”而不成，只能“穷则独善其身”的时候，分明已有了所谓的“道家”的气味——只管自己了，和“出世”的道士、隐士成了一家。

游移于儒道之间，逍遥在圣魔之界——这也是一种儒道互补。

也是对中国文化历史和中国士大夫文人，以及形形色色的雅人、名士的一种描述。

18

怎么了？

痛。

不通则痛。

怎么通？

变则通。

怎么变？

牧人逐水草而居。

说远了吧？

具体问题具体对待。

太笼统了吧?

上山打柴，过河脱鞋。

扯得上“山”、“河”么?

识时务者为俊杰。

何为时务?

你看到的，听到的，感受到的，遇到的一切，包括人事。主要是人事。也包括病痛。

怎么识?

学习。不但要学习，还要学会学习，就像读《论语》一样。

读了还不识呢?

再读。

永远读永远不识呢?

没有永远。

读到死也不识呢?

读不到死的，半道上就会傻，会疯，常见的是“痛”。总之，不识就“痛”，识了就“通”，“通”了就去“痛”。能识而去“痛”者，就是俊杰。明白了吗?

明白了。拐了那么多弯儿，终于识到了“痛”和“通”的真意。

还痛么?

还痛。

那就不说了。

为啥?

子曰：孺子不可教也!

——关于“痛”和“通”的问答。

笔记本里的交谈（六）：建明说……

1

建明说：全世界有十本书就够了：一本《圣经》，一本柏拉图，然后，《君主论》《契约论》《国富论》……中国也选一本吧，《论语》。文学有堂吉诃德，有莎士比亚，有歌德，够了，足够了。还写什么？写也是垃圾！没用，没用的！

他反对我看书，写书。

他不是美男子，但生动。尤其在这种时候，用这种加重的语气嘣出这些话的时候，就会显出一种别样的生动，生动得让人“气闷”。

莫言来深圳，朋友们请吃饭，聊天。拿着莫言的小说，现场朗诵，很有些气氛。莫言也给朋友们讲他将要出版的《生死疲劳》。

建明第一次见莫言，也这么说：别写了莫哥，别写了，写了也是垃圾。

莫言迟疑了一会儿说：有屁总要放出来吧。

建明好像没听见一样，用他的小DV机拍着莫言，拍着周围的朋友，还在说：别写了别写了……

他鼓动我看碟，我家里的影碟全是他送的。隔几天一大包，隔几天一大摞。已超过三千张了。

听见有朋友喜欢看碟他就兴奋，他给所有的朋友送碟，几乎是有求必应，也是隔几天一大包，隔几天一大摞，都是从他那辆车的屁股后面拎出来的。

2

建明说：别以为买辆破车带上饮料去郊游去登山就过上美国人的日子，不可能！你会遇到抢劫的，会被强奸的，就因为你是中国人，在中国。你周围的人都是蟑螂，你也是！

他在“编排”中国人的时候，总要把我放进去，也不剥离他自己，通称之为“蟑螂”。

3

建明说：听听人家，莎拉·布莱曼，服不服？出场就是一道风景，出口就让你昏迷——兄弟，不服不行。

莎朗·斯通，那才叫演员！咱们的那些——他说出了几位明星的名字——上台蹦几下就以为他们是演员了，操他妈其实是几只蟑螂。

他送了我全套莎拉·布莱曼的影碟。

在我的印象里，中国电影他只喜欢费穆的《小城之春》，并写过文章。

4

建明说：你说我们几千年都画了些什么？几棵树！几座山！几只虾！还有几棵他妈的大白菜。要不就是老虎，马，驴子……扯鸡巴龙虾胡须一样画几道，还很得意：你瞧我这线画得多长！多流畅！这就是中国人的中国画。看人家雷诺阿、莫奈去，人家画什么？画耶稣、圣母玛利亚，画美女，屁股是屁股奶子是奶子。光哥你他妈不也喜欢看洋画上的阳光吗？你什么时候在中国画上看见过阳光？没有！你看不到！他们画不出来！

记得我曾赞赏过洋画，我喜欢洋人画的阳光，有质感，有美感，能听见阳光的声音一样。

他叫我光哥，我说我不喜欢，叫争光大哥吧。他脖子一歪对我瞪着眼：为什么？就叫光哥！

不仅他这么叫，朋友们都这么叫了。我就成了他们的光哥。

5

建明说：中国人不怕感冒不怕打摆子，感冒了打摆子了就是死不了，为什么？低等动物生命力顽强啊兄弟。洋人就不行，感冒打摆子会死人的！人家他妈的高贵，娇气！你看人家赖斯赖姐，黑鬼啊，那也比咱高贵！弹钢琴多优雅！人家他妈的领导全世界人民反恐呐！

我说你搬到美国去吧。他说出不去呀，他妈的。然后嘿嘿笑。

他有一个幸福的小家庭，媳妇给他生了一个漂亮儿子，他叫他“小蟑螂”。

6

建明说：苍蝇蚊子繁殖力强，你打死一只两只一千只，能打死一万只一亿只么？这就是中国人！没办法兄弟，没办法的……

这一会在他的嘴里中国人又成了苍蝇蚊子了。

7

建明说：深圳拥挤了是吧？不可爱了是吧？蟑螂多啊，拥挤啊，污染啊，一只蟑螂惹来一堆蟑螂，污染吧。我来了，我媳妇来了，前些天我岳父岳母来了，过些天我两个侄子要来，多少了？我他妈还生了一只小蟑螂！就这么弄吧兄弟，没办法，中国人没办法，看碟吧兄弟……

他说的没错，深圳越来越拥挤了，人挤人，车挤车。

想想别的城市，也都在挤，一样的。

在中国，已经没有不挤的城市了。

8

建明说：想想吧，二百多年前，人家在干什么？在搞《独立宣言》，在结构诸如“自由是每个人生来就有的权利”这一类辞句，要把它写进法律。我们呢？我们的领导人（皇帝）在后花园乱嫖呢！今天你，明天她，在翻牌子呢！还有人在着急着阉自己，要进宫当太监呢！

他不喜欢鲁迅，但送了我一套《鲁迅全集》，人民文学出版社新版的。书刚到深圳，他第一时间买了，拎着，气喘吁吁，往我客厅的地上一扔，说：给你的，往书架上摆吧，当摆设吧。

我说：为什么是摆设？

他说：你以为你会看啊？你不会看的！他妈的我买了五套，你一套，××一套，××一套……你们他妈的都喜欢这小老头，没办法！

……

小结

建明，崔姓，湖州人，现居深圳。

他给我说过很多。

我喜欢听他说话。

他说光哥你他妈的不是会写诗么你给我写一首。

我近二十年不写诗了，但我很听话，就给他写了一首：《给我的蟑螂兄弟》。发表了几个地方，这回，还要收到诗集里去。

笔记本里的交谈（七）：小说艺术手记

1

上世纪八十年代，因为和康德思想的间接接触，使我不再为我们文艺理论中所谓的“客观”、“真实”一类的东西焦虑，也不再在写作中为此劳神费力。

2007年8月

2

只有“经典”才会被不断地“发现”。

所有的“发现”都有发现者的立场，都是“当下的经典”。

3

耐久的是家常的，比如家常饭。

耐看的也是家常的，比如家常的衣装。

“不显山露水”的意思是，有山有水而不特意显现。

在生活和艺术中，硬掰给人看都是恶劣的，也是可耻的。

4

“画龙点睛”的被称道，被推崇，是写进小学课本的。

但不可忘记，“睛”必须是点在“龙”的头上。如果是狗身猫身、狗头猫头，怎么“点”也点不出一条龙来的。

有些貌似智慧的话，是专骗老实人的。“画龙点睛”的被称道，被推崇，就有这样的嫌疑。

切记：不仅是“点睛”，龙头龙身龙尾，每一处都要小心对待。

5

不管从历史还是叙事文学的角度说，“这本书”都是前无古人后无来者的“绝唱”。在它之前和之后，中国都没有如此宏大的叙事，至少现在还是。

没有人能像司马迁那样，把中国的历史叙写得如此庞杂丰富，且血肉饱满、精力充沛、气韵生动。

鲁迅的“史家之绝唱，无韵之离骚”，可谓经得起仔细品咂的“绝评”。

“这本书”是中国历史著作和叙事文学长河中的怪胎、孤峰，前后没有呼应，没有承继。

也许，阅读是最好的呼应和承继。

它是资源，可再生性资源。

——说《史记》

6

诸葛亮是历史人物，也是小说中的“人物形象”，一直是最受中国人推崇和赞美的人物。他几乎是智慧的标志，是人化的智慧。

事实是：他以装神弄鬼起家，走出卧龙岗，为人主鞠躬尽瘁。借东风；气死少年周瑜；空城计；六出祁山；七擒孟获；死后斩魏延……临死时点亮“七盏命灯”——还是装神弄鬼。

这就是我们推崇和赞美的诸葛亮。

面对诸葛亮，我们审美价值的坐标是“智慧”，是“聪明”，是伎俩的“妙趣”。

非人性的，丧失生命关怀的审美里没有悲剧，没有崇高，没有庄严的道德理性，没有对生命的悲悯，有的只是游戏和游戏的快乐。

丧失良知和关怀的“智慧”是变质的，穿着“智慧”的外衣，借人的躯壳以还魂。

作为小说里的人物，诸葛亮可以是中国以游戏为立足点的叙事艺术观念及其实践的一个例证。对“诸葛亮”的欣赏和推崇，也可以见出国民有着什么样的审美——美的观念和趣味，实在也是“国民性”的一个极其重要的构成。

7

关于小说的几个题目：

① 以功利性文化体系为背景的中国小说艺术。

② 以白话为表述语言的中国现当代小说艺术。

③ 宏大叙事与碎片——小说艺术的现代性及历史蜕变。

8

契诃夫说："对于生活的自由而深入的思索，和对于人间无谓纷扰的蔑视——这是两种幸福，人类最高的幸福。"

他拥有了这两种幸福，不仅只是说说而已。

契诃夫说："我不是自由主义者，不是保守主义者，不是渐进论者，不是修道士，也不是旁观主义者，我倒愿意做一个自由的艺术家，就是这么一点儿愿望而已。"

他做到了，不仅只是说说而已。

他没有浪费生命。也许，他知道上帝不会给他更多的时间，他舍不得浪费。

即使上帝给他更多的时间，他也不会浪费的，就因为他是契诃夫。

托尔斯泰是这么说的："契诃夫是一位无可比拟的艺术家，……是位生活的艺术家……他的作品的优长是，它不仅能让每个俄罗斯人感到亲切，而且也能使任何一个人感到亲切……他是一个真诚的人，而这是个了不起的优点……借助这个真诚，他创造了新的，在我看来是对全世界都是全新的文学形式……我重复一遍，契诃夫创造了新的形式，丢掉一切虚假的谦虚，我要说，就技术而言，他契诃夫高于我。我还想对你说契诃夫的又一个优点：像狄更斯、普希金等少数作家一样，他的作品可以反复重读……”

也只有伟大的，和契诃夫一样真诚的托尔斯泰能说出这样的话。

这不仅是一位作家对另一位和他同时代作家的真诚评价，也能见出一个民族的胸怀和精神。

胸怀狭小精神猥琐的民族，养育不出伟大的托尔斯泰和同样伟大的契诃夫。

9

有时候，形而上的力量和意味来自于——

把聪明人以为愚蠢或错误的行为坚持到没有结果，没有结局，或者到生命的终结。

10

如果时间是人类处于无奈和绝望的唯一原因，那就让你的人物去死。让他走到终点。从这一处开始，在另一处结束——即使不结束他的肉体，也要结束他的灵魂。

11

原生态？没有这样的艺术作品。如果有，那一定在民间，但也是人造的。

自然不是人造的。人造的不是自然。

何必要和自然攀比呢?

人只能造人的自然。人造自然和自然是两个不同的东西。已有人说过了：现实世界和我们认识到的所谓现实世界并不一致，也不可能一致。

何况，小说是虚构的艺术，也就是人造的艺术。

如此，所谓的原生态及原汁原味，就只能是一个幌子了。

语言不能述说一切，色彩和声音就能么?

我更赞同这样的说法：“带着镣铐的舞蹈”。

2007年8月22日

12

事实。真实。很老旧的两个词，对小说艺术来说，却是“常新”的。

如果比离奇，比惊悚，比怪相，小说家的笔是比不过事实的，“世间万象，无奇不有”，这是要让小说家绝望的。

之所以并不绝望，是因为小说家知道，“事实”恰恰是小说艺术的误区和歧途。

小说的力量和智慧在于，把“事实”写到“真实”；而不是相反，把“真实”写成“事实”。

所谓“真实”，就是被“事实”遮蔽或隐蔽的真相。

“事实”和当事人有关。

“真实”和每个人有关。

13

最伟大的小说艺术，塑造永恒不灭的“精神形象”。比如：耶稣（《圣经》）、堂吉诃德（《堂吉诃德》）、阿Q（《阿Q正传》）……

伟大的小说艺术，塑造常读常新的“有精神的形象”和具有形上力量的“符号型形象”（也可称之为概念型形象）。前者如冉阿让和沙威（《悲惨世界》）、甘地（《甘地传》）、格里高利（《静静的顿河》）、聂赫留多夫（《复活》）；后者如卡夫卡、加缪一类的小说家……

“世俗形象”则是三流小说里的人物。

14

一个索尔仁尼琴，两头牛犊：索氏自己和索氏的作品。

两头牛犊顶的是同一棵橡树。

橡树是该顶的，但一味地对着橡树，索氏就有了些堂·吉诃德的脾气。

两头牛犊互顶一下如何？索氏还会不会如此愤怒？

橡树是自己院子里生长出来的橡树，证明着自家园子适合这样的橡树生长。自家的园子，和自己是脱不了干系的，比如，有没有自己的粪尿在做着肥料呢？这并不是抬杠。这也许是自省的痛苦的托尔斯泰更让人感到贵重的原因之一。

做牛犊的索氏在顶着可诅咒的橡树，是英勇的斗士。托尔斯泰则在生长橡树的园子和土壤里做着功夫。

在土壤里做功夫不如顶橡树惹眼、英勇，但结实。

橡树没被顶倒，顶橡树的索氏反倒被橡树“顶”出了“家园”。这不是一个悲情的讽刺故事，而是一个饱含悲情的寓言。

作家可以是斗士，但首先是作家。

我更主张两头牛犊互顶一下，然后再看看，怎么做一个作家或者斗士。

这也是我在感佩那些“流亡作家丛书”的编者们的同时，要摇一下头的原因。

——读索尔仁尼琴《牛犊顶橡树》后

15

很可能，小说的魅力和秘密就在于它的“小”，比如家常琐事。

《红楼梦》就是家常琐事。仅凭那一群女孩子在“家常琐事”中的聚散离合，就可见出《红楼梦》的大的精神。

让她们破碎。让破碎后的碎片也无迹可寻。小吧？小得惊心动魄！这是那些恨不能“大”到无边的小说家，所不能体味，也无力做到的。

小不是问题，怕的是以“小”到底。

大也不是什么错，怕的是大而无当，连小也没有。

16

“反讽”是对日常性的“模式化”生命和生命事件的再造性复现。

“精神胜利”在阿Q是日常性的，也是“模式化”的，是他赖以“活下去”的精神支点。

在赵太爷，在王胡，在阿Q的审判者，他们和阿Q的精神是同质的。他们的精神和阿Q的精神是通过相互嘲讽完成的。

互为嘲讽的精神来自同一个根系——这才是鲁迅对“精神胜利”完整的发现和表述。

对互为嘲讽的再造性复现构成了一个反讽的表现主义文本——《阿Q正传》。

在嘲讽里，嘲讽者是置身事外的。反讽则把嘲讽和被嘲讽“框”进了同一个结构。

17

所谓“情景”，也可以谓之“圈套”或“陷阱”。

进入情景的生命塑造，生命和情景可以是对峙的，不可调和的。

结局应该是生命的毁灭：追杀或自杀。

也可以是妥协和投降。然后合谋，成为“情景”的组成部分。

结局是生命的消失：活着，以情景的形态存在。这应该是大多数生命的塑造过程——被打磨的过程，也是被迫到自愿消失的过程。

也可以是叫喊和抗争。那就不但需要意志力，也需要肉体的抗击力——挺着不死，直到耗尽精神和肉体的气力。这样的生命不是一团靓丽，也有灰色，甚至黑色。

“情景”是生命群体创造的。是历史的，也是当下的。是显现生命存在与毁灭、消失的舞台。

18

“遮蔽”是通过习以为常、司空见惯的日常化而实现的。

生命的日常化不是麻木。麻木是被“模式”的习惯，习惯到不觉其模式的存在、习惯的存在。

遮蔽有其故意性。集团、政权和现存秩序需要它。

“隐蔽”和遮蔽不同。隐蔽是深藏着的，有待被发现的真相，是对人类认识能力的挑战，也许是永恒的挑战。

遮蔽其所以能成为事实，是因为理性在生命过程中的缺席。

19

因为空间，时间才有了相对的稳定性，甚至停滞，甚至倒流，甚至弯曲，甚至旋转，有了质感和体温。

“现在”是一个时间概念。“现实”则是时空概念——在时间中的空间，或进入空间的时间。

在绝对的意义上，一切“现实”都是过去时，都是“历史”。而历史是不可复制的，甚至是不可被讲述的。

历史是“现实”的记忆。

相同的历史可以有完全不同的记忆，完全不同的讲述——正因为“历史”的这种不可被讲述性，作为言说的小说就处在了言说的“困境”之中。

“困境中的努力”使小说艺术时而以尴尬的面目显身，时而以悲剧的形象显示它的魅力和光辉、价值和意义——悲剧性地，努力地显现存在，照亮现实。

说出真相。说出“现实”无法说出的，被现实遮蔽和隐蔽着的“超现实”。

20

1905年，26岁的爱因斯坦发表了他的《狭义相对论》。

10年之后，《广义相对论》发表，他对“万有引力”做出的解释引起科学界的轰动。对世界来说，则是一次意义深远的地震。

1919年5月29日，发生了全日食，这一次的天文现象似乎是为他而发生的——伦敦皇家学会拍摄的日蚀镜头证明了它的一个理论预言：光线经过引力场会发生弯曲。自此，爱因斯坦和他的相对论在西方乃至全世界家喻户晓。

——资料引述

“弯曲的光线”——这是爱因斯坦的发现。

“毛线团一样缠绕着的时间”——这不是我的发现，而是对时间的一种描述。

相对论的意义更在于：它改变了世界的结构。或者说，从相对论诞生的那一天开始，在人类的“认识”中，世界成为一种全新的结构——不仅是光线，还有时间、空间——在这个结构中，重心、中心都成为一个相对的概念。

对时空结构的发现，艺术家和科学家是同步的。

艺术在感受世界的结构——感受也是发现。科学的发现则需要证明。

相对论得到了证明。也证明了艺术对世界的感受。科学证明的不仅是科学，也证明了艺术。科学成为艺术的坚实的基础支持。

科学的发现改变了人类对光线，对时间，对世界结构的“认识”。

艺术的发现则改变了人类叙事艺术的结构和风貌。

在相对论被发现之前，是不可能有自觉的普鲁斯特、福克纳、马尔克斯。也不可能产生以“意识流”为主要叙事手段的小说艺术。

甚至，也不可能产生“结构主义”。

卡夫卡、加缪属于另一路。他们和人类对“存在”的发现更亲近。

在小说艺术中，“存在”是人的存在，生命的存在，感性的表述可以是“处境”，“境遇”和“性态”。小说艺术正是通过对“处境”的呈现而抵达“存在”的。

21

“守株待兔”是一个讽刺寓言。

也可以是一个小说——让故事和人物延展，继续：守株待兔，认真地，执迷不悟地，天真地，待到生命的终结呢？其故事和人物也许就会成为小说艺术中的故事和人物。

这样的“守株待兔”也许就是：

理性与反理性的；

幽默与反幽默的；

象征与反讽的；

智慧和反智慧（不是愚蠢）的；

功利与反功利的；

物质化（人类的病态）与反物质化（人类的另一种病态）的；

文化与反文化（时尚也是文化）的；

……

它的人物是“表现性”的，具有形上意义的。

也是个性的；在故事中的，行动着的。

也是辐射性的，辐射到所有的生命个体，他们的现实处境和历史记忆，并在精神的隐秘幽暗之地，触碰人类精神的痛点，激活精神，让精神显形。

堂·吉诃德是这样的人物。

阿Q也是。

伟大的小说其所以伟大，就因为它们都发现和创造了这样的人物——在虚构的故事中行动的，超现实或可称为反现实的精神形象。

所以，还是那句话：小说艺术从来都不是生活故事，不是现实生活的摹本。

而是智慧的创造，是重构和再塑。

小说艺术不仅知道存在不是实在，虚无也不是不存在，而且知道在故事和人物的行动中，如何合适地呈现这种区别。

所以，小说艺术不是寓言，但可以包括寓言；不是象征，但不拒绝象征——事实上，艺术理论从来就没有精准地诠释过“象征”。

小说艺术更多触及的不是情感神经，不是泪腺。感动和催人泪下很容易做到，非小说艺术的小说已经驾轻就熟。

发现并呈现人类的悖论性生存和生命性态，也许是小说艺术最初的，也是最终的意义和价值。

也可以说，小说艺术是由超现实的故事、人物、独白构成的历史记忆和动态的精神境象。如果不是这样，小说艺术就会失去存在的理由。它不是人类的“现实”需要，而是人类精神和情感世界中“超”现实的“那一个部分”的需要。

——以“守株待兔”为例：“精神形象”和“小说艺术”

22

小说艺术不再是一种时尚，已从大众消费领域退出。

所以，小说艺术已无需“媚俗”，也无“俗”可媚。它与“俗”已分属两个“世界”。

如果把精神和灵魂的对话认为是一种“互相消费”，把自言自语认为是一种“自我消费”。那么，这样的“消费”恰恰是小说艺术需要关注和面对的。

23

没有空间存在的时间，只是一个理论的存在。

没有时间存在的空间，也是一个理论的存在。

《百年孤独》开篇的第一句，从时间来说，是一个线性的回旋。它的“魅力”在于，一句叙述，不仅“叙”出了时间的质感——有空间存在的时间；也“叙”出了空间的轮廓，有时间存在的空间。

有质感的线性时间必然和空间有关。

“缠绕着的时间”与“毛线团”：

在小说艺术中，时间是可以依叙事的需要缠绕成团块和圆球的——我称之为“毛线团”——这正是人类历史记忆中的时间的性状。也许只有在小说中，作为记忆和过程的时间才可以得到如此真实的呈现。

《百年孤独》中的时间，就是“缠绕着的毛线团”。

如果你愿意，也可以把它抽拉“还原”成一条直线。但要小心一点，否则，会把它扯断，使它变成无数个小线段。然而，也不要紧，事实上，记忆中的时间经常是不完整，甚至不连贯的——时间不能在事件（现实、实在）中脱离空间而独自存在。这些不完整，不连贯的线段就成为“片段”。

但，《百年孤独》的“魅力”不仅在此。《百年孤独》具有小说艺术经典的几乎所有的元素和要件——

它塑造的艺术现实是成熟的，也是童稚的。

它有经典的人物，经典的人物关系。

它有非凡的想象力。它的想象力不仅是感性的，也是理性的。

它具有人物（生命）面对事件的极富个性化的应对。

……

而整部小说，则是马尔克斯面对《百年孤独》这一艺术事件的个性化应对。它显示了拉美文学爆炸的高度。

24

“主题先行”也许有害于创作，但创作意图却是必需的。创作者必须清楚他的企图，他的所要，他的目的地，即“写什么”。

然后，才是“怎么写”。

艺术创作不是盲目的游戏，更不是“撞大运”。

“写什么”和“怎么写”是创作者永远的问题。

两个问题也许有先后，有改变，但没有主次和轻重之分。

从根本上说，两个问题是一个问题。

把一个问题分成两个问题来说，不是不可以，但容易成为故作高深的“玄说”，或者“忽悠”。

所以，不能相信这样的“忽悠”：重要的不是“写什么”，而是“怎么写”。

25

《新月集》《飞鸟集》里更多的是富有哲思的格言，塑造出的泰戈尔是一个智者的形象。

泰戈尔是在《吉檀迦利》和《叙事诗》这样的作品中完成他伟大诗人的自我塑造的。这些诗大多与宗教有关，不但是诗性的，也是神性的。

叙事诗不仅是叙事，更是在叙事中显现诗性。

这也是小说作为叙事艺术，和叙事诗所共有的品质。

小说中有诗。但诗中没有小说。

小说艺术是人类发现自己、表现自己更晚一些的艺术事件。是人类发现并企图表达更为复杂的情感和关系的艺术企图。是诗难以满足或无法实现这种企图之后所发现并不断完善的艺术表达形式。

就这样的说法：诗是文学中最高级的艺术，是艺术皇冠上的明珠。在我看来，这种说法是不顾事实的，也是对其他文学形式的歧视。是对艺术发展史的无知。

诗是人类表达自己最先发现和创造的艺术形式之一。

“歌”可能是人类最早的诗。是唱出来、喊出来、叹出来、呼出来的诗。可称为“歌诗”。如说过，劳动时的“抗育抗育”是集体创作的“歌诗”——文学史对于文学的发生有“抗育抗育”之说——那么，“哎哟妈哎”就是个人创作的“歌诗”。当然，“抗育抗育”和“哎哟妈哎”都还不是自觉的诗的创作。人类的艺术都经历了从不自觉到自觉的演进和发展的过程。

就“抗育抗育”和“哎哟妈哎”来说，我更看重“哎哟妈哎”，是因为它更能体现后来称为诗的艺术形式的内质。可以是受伤时的疼痛，可以是惊愕的呼叫，可以是无奈的叹息，可以是愉悦和快乐达到极致时的呻吟……它是自我的，甚至是私密的。是给自己听的，或者给自己和另一个人听的。

诗在达到它历史的最高点时，依然保持着它起始时这种单纯性，自我和私密性。情绪、情感、心理、精神，甚至理性，它们一直是诗的精神元素。在诗里，它们也许是单纯的存在，也许是水乳交融式的复杂构成。

诗可以不是故事，更没有众多的人物。就艺术实现的目的性来说，它直达目的。尤其是我们称之为抒情诗的诗。

小说艺术的基本构成则是人物，是故事，是人物和事件构成的或简单或复杂的关系，经由这种“关系构成”到达目的地。

小说艺术的目的地，也是诗和其他艺术的目的地。

小说艺术不是生活故事，而是生命故事。它可以来自“生活”，却不是“生活”的复制。

生活是无法复制的。复制的生活一定是“貌似”的，是虚假的。

再丰富的小说家也丰富不过他置身其中的生活。

再伟大的小说家也伟大不过他置身其中的时代。

小说艺术是知道这一点，知道生活不可以也无法复制。它绕开了这一切。它把兴趣和智慧用在了合适的地方。它发现并解读生活中的生命，发现并表现生命和生命的遭遇。它是生活的重构和再塑。

它不仅创造经典人物，也创造经典的人物关系，具有不断再生的能力。

迄今为止，小说艺术可能是以文字作为体裁的艺术中最复杂，最具包容性和伸缩力的艺术。小说中可以有诗，有散文，甚至有论辩，有韵律和节奏；也可以有色彩，有镜头。也正因为小说艺术的这种特性，它是不可替代的，至少现在还是。

它也在不断地蜕变着自己，在蜕变中显现它顽强的生命力。

小说作为叙事艺术，有没有多层级的可能？使更多的读者各有所得，各取所需，各享其乐？

——从泰戈尔说到诗和小说

26

对一个小说艺术的实践者来说，阅读和揣摩作家的代表作品，比系统性阅读和考量其全部作品，也许更为有益。

每一个作家，哪怕是伟大的作家，他全部的创作，他整个艺术历史的构成，不可能是事先的设计，而是对一个又一个偶然的艺术事件的个性化应对——甚至只是对几部重要作品的个性化应对。他无法事先预知他将和什么遭遇。他能左右的只能是正在面对的艺术事件。

代表作品不仅可以见其高度，也可以见出其个性化应对的原因和策略。

系统内的关系和因果是事后的寻找和揣测。

考量和揣摩他们的个性化应对，比考量和归纳他们的系统更具“实践性”价值。

对一个流派的作家作品的阅读和考量也一样，其代表作家的代表作品是可以见出流派的高度和基本风貌。用不着遍读这一流派的所有作家，哪怕是他们的代表作品。

就因为你不仅是一个小说艺术的阅读者，更是一个小说艺术的实践者。

还因为，书是读不完的，你应该使你有限的阅读，获得更多的美感和艺术建构。

把系统性的阅读和考量让给学者和批评家吧。

你应该使你的全部阅读和考量自成系统。

你应该自觉地建构这一系统。

27

小说艺术的经典尽管各各风采独具，但在一点上却是相同的，那就是：它们的人物和故事及其构成的关系，都蕴含着一种形而上的力量。正是这种不见行迹却能感受到的形而上的力量，给了它生命力的保证，成为经典。

每一个时代的读者，都能从经典中获得精神认同，读出自己，读出他身在其中的时代，证明着经典艺术强大的、穿越时空的再生能力。

28

谁都可以发现和感受到“政治”的力量；谁都可以发现和感受到“性”的力量。

只有米兰·昆德拉发现和感受到了这两种力量在人类生命中的“天然”关系和它们的互见互换，还有伴随始终的那种强大的宿命。这就是他的《生命中不能承受之轻》——也许可以包括他全部的小说——独特的价值和意义。

——忽然想起昆德拉

29

在谋杀的浓重的氛围里，交织纠缠着的是宗教、艺术、爱和死亡，甚至纠缠到可以同质——也许它们本就是同质的东西，都是生命中的重要构成。

对生命的这样的发现、解读和呈现，是《红》对当代小说艺术的贡献。

——忽然想起小说《红》

30

就小说艺术的观念和意识来说，契诃夫也许比后来的海明威还要更具现代性。

在契诃夫那里，小说的表述和小说要表现的东西，都是朴素的，甚至是随意的，日常的，又是超前的。他的“忧伤”里的忧伤，是人类永远的忧伤，也是人永远的“境遇”。

也许，他的“现代”和“超前”主要来自对这种“人的永远的”东西的关注和体察。表现的朴素，其朴素本身就具有超前性。在这里，所谓“超前”和“现代”，是对时间的穿透力，也就是小说的生命力的另一种表述。

契诃夫不缺少海明威的简洁。契诃夫也有他的“冰山”——尽管他没这么说过。

契诃夫没有长篇巨制，他以他自然又精美的短制，至今还在证明着，他是站在现代小说艺术起始之地的小说家。

就形式来说，海明威并不“现代”，更偏向传统，尤其是他的长篇小说。他的中短篇可能更精彩。他对小说艺术的贡献也在他的中短篇——《老人与海》也属中短篇的话。

就阅读的感受来说，似乎有一个“海明威模式”。阅读契诃夫却没有“契诃夫模式”感。契诃夫的小说艺术世界比海明威更开放，更显“从心所欲”，自然自如。海明威的“硬度”则显人为的努力。

但，《老人与海》是伟大的艺术经典。它的经典性不在小说艺术观念和意识的现代。就形式而言，它是按部就班的，甚至缓慢得让人着急，但就《老人与海》来说，它似乎应该这样按部就班，应该这样缓慢。如果不这样按部就班，很可能会减损他的力量。《老人与海》的伟大在于，它写出了人的精力和精神的可能性，面对不成比例的力量对比，精神的“硬度”的境遇和命运——失败和胜利合而为一。

“模式”是唯一的、独具的。同时，也是固定的。就艺术创造而言，模式的固定，也意味着创造的停滞。

欧·亨利的小说几乎篇篇精彩，就因为他的“欧·亨利模式”，篇篇精彩的小说却有着某种“复制”的嫌疑，降低了他作为伟大的小说艺术家的说服力——这并不减损他对小说的独特贡献。他是不可替代的。

31

任何东西都不是孤立的存在——

比如人，人群，族群，国家；

比如小说，电影；

比如一部小说，一部电影，一部作品中的一个章节，一个段落，一个句子……

它们在关系中，结构中。

“不是孤立的存在”和“独立性”、“独立的精神”、“自主性”并不矛盾。恰恰相反，独立和自主正是它们在关系和结构中存在的意义与价值。

还有，它应该是健康的，是关系和结构的有机部分。否则，它会失去存在的正当性，会被消解，被清除。比如坏死的肌肉，尽管它是独立的，却是健康肌体的破坏者，必须被清理，被去除。

哪怕是作品中的一个段落或一个句子，也当如是看。

为写小说而写出的小说，也很可能使小说失去存在的正当性。

小说应该具有不可替代性，否则，它也会失去存在的正当性。

32

小说的世界是人和人的世界，即是一个复杂的构成，也是一个有机的构成。

当人和人发生关系并结成群体，人就不仅是自然的，更是社会的。

我们说人是社会的，是说他是政治的、经济的，同时也是阶级的、地域的……

这一切，都是“欲望”的土壤和基础。

肉体也是有欲望的。肉体的“欲望”往往和“社会的”有着千丝万缕的联系。

鲁迅说，贾府里的焦大不会爱上大观园里的林妹妹，说的是《红楼梦》里的焦大和林妹妹。

在现实中，大观园里的林妹妹也许不会对焦大产生“欲望”，但焦大也许会对林妹妹产生欲望的——癞蛤蟆想吃天鹅肉，说的就是“人世界”里的焦大。

那就再设想一下：焦大该怎么“欲望”？

把欲望变为行动呢？

小说是小说家的欲望。

所谓“纯粹的小说”是不存在的。

然后才能说：小说是一个有机的构成。

然后才能说：小说只能说“小说能说的”。

对我来说，小说中不存在“陪衬”的人物；也没有所谓的“副线”。

每一个人物和事件都是构成小说的元素，都是不可或缺的。就如同不能说手指头是手的陪衬、脚指头是脚的陪衬一样。

人的每一个器官和部位，都不是其他任何一个器官和部位的陪衬，都是人体的有机构成。

33

描述是语言的基本功能之一，但语言恰恰无法真实准确地描述任何东西。

语言也是一个悖论性存在。

这是有责任，有良知的写作者的悲哀，却是政治家的幸运。

事实的真相只能是事实本身。

文字记录的一切都是可疑的。

文字记录的历史也是如此。没有所谓的历史真相。

也许，虚构的小说艺术到有可能逼近真相。

34

你，世界，时间……

面对世界，面对时间，你感到了力量的对比不但是悬殊的，无力改变的，早已注了定的。

这就是宿命感的由来。

也许，你会绝望，在无奈的境地；

也许，你会收敛欲望，会放弃；

也许，你会继续，在绝望的境地显示你的力量，你的存在。

也许，你会……

就是这种不同的、个性化的应对，使同样绝望的生命显出不同的风貌，不同的内涵。

没有对错，只有不同。不同的风貌，不同的内涵。

它们可能同样深刻。

艺术要做的就是：把它们的深刻“深刻”出来。

35

如果生命是“被感知”，人类繁衍和生育后代，就——

不仅是自然的——性交的结果；

不仅是社会的——承担延续社会的责任；

也是自我的。既有自我生命过程的需要——情感需要，生命过程的安全需要等等；也有自我生命过程结束之后的需要——继续“被感知”。

如果生命仅仅只是“自我感知”，生命过程的结束也就是生命的终结。如果把“自我感知”视为生命最本质的，甚至是唯一的本质，人类就可以不繁衍、不生育。因为“他”已经“自我感知”过了。

艺术也是人类的一种繁衍和生育，用以呈现人类的“自我感知”，并实现“被感知”和“继续被感知”的一种途径。

36

芸芸众生的生活是常规的生活。

芸芸众生的每一个分子几乎都有超常规的欲望：心理的，情感的，精神的；健康的，病态的，用健康和病态也难以概括的……

这一切，都是给艺术预留的天地。

观众和读者能预见故事的发展和人物的行为，对创作者来说是危险的，尴尬的，也是常见的。

观众能猜测到故事的下一步，甚至人物的下一句台词，猜测的准确度可以精准到似乎在给人物和演员“提词”：观众先说出猜测的台词，然后，演员果真按观众的猜测念出台词，然后，是满场哄笑——这是影院常见的情景。原因可能是：

A：艺术创作的逻辑是常规的。

B：艺术创作是一种简单的复制，使作品堕入常规。

超常规并非没有“规”。超常规的“规”在于不超出人的想象力——被遮蔽的，潜藏的情感、心理和精神欲望的可能。使遮蔽的、潜藏的破茧而出。这就是读者和观众为之惊奇，然后信服，然后感叹的原因之一。

更好的，还能够调动读者、观众的参与和共造。

诧异有两个方向，一个通往哄堂大笑，一个通往诧异后的心悦诚服。前者是荒唐的，但也许并非因为不聪明，而是聪明过了头，反倒显出了弱智。

艺术不是常规的生活，是超常规的欲望和可能。这欲望和可能也许不会变成现实，也许在常规和现实的彼岸，与常规和可能遥遥呼应——极端一点说，能够实现的，能变为现实的欲望，不是艺术的“材料”。

超常规是艺术发生的原因。“在彼岸”是艺术的生命。它的力量和价值在此岸和彼岸的呼应。

超常规欲望的丰富，甚至千奇百怪，使艺术成为可能，也使艺术绝望。

这并不新鲜，甚至是老旧的；是常识，却是经常要面对的。

笔记本里的交谈（八）：“爱”与“婚姻”ABC

A

我在回答《优悦》杂志问的时候，曾说过如下几段话——

> “没有爱情的婚姻是不道德的”。这应该是婚姻的一条准则，尤其是现代婚姻。但这一准则是严酷的。在面对现实的时候，经常显出理想化的色彩，尤其是中国的婚姻，也包括现代中国的婚姻。据我自己的观察和经验，用这条准则去衡量中国现代婚姻的话，“不道德”的比率应该是非常高的。甚至，大多数的婚姻都经不起这一条准则的考量。
>
> “愿天下有情人终成眷属”。这应该是非常久远的，直至现在也显得极其诚恳、极其美好的一种愿望，依然具有让人怦然心动的效力。但这恰恰也证明了“有情人不成眷属”、“有情人难成眷属”依旧是一种现实的存在。

在我的观察和经验里，中国式的婚姻总给我一种“不爽”的感觉。纠缠、黏稠、甚至潮湿，让人望而生畏。身历其间，易生疲惫。原因很综合，既有传统的，也有现实的。让我感觉最强烈的是：我们给婚姻附加的东西太多，牵绊太多，它承担了很多爱情很难承担的东西。负力太重，身体就容易变形，甚至扭曲，甚至畸形。

我不喜欢诸如“保卫爱情”“捍卫婚姻”一类的呼唤和呐喊。如果有爱情，是不需要保卫的，有爱情的婚姻，也无需捍卫。它本身所具有的力量已足够保持自己——是保持，而不是维持。因为婚姻实在不是“维持会”。

“投之以木瓜，报之以琼瑶”、“滴水之恩，当涌泉相报”、“人敬我一尺，我敬人一丈”等等，对于我们几千年流传下来的这一类所谓的“美德”，我不欣赏。诸如“感恩”、“送人玫瑰，手有余香”以及看重“平等”、“权利”、“自我”一类的东西，我以为，这也是美德。我更欣赏这样的美德。我觉得这两类不同的“美德”，不仅和我们面对社会，面对个体有关，也和我们面对爱情和婚姻有关。如果把后一类的“美德”真正灌注到我们的爱情、婚姻和家庭之中的话，婚姻即使有矛盾，爱情即使有磕碰，它都不会对婚姻和爱情带来根本性的损伤。即使解体，也是健康的，少有病态。

B

没有尊重——尊重自己，尊重对方，尊重爱与被爱——就不会有健康的爱。

尊重的涵义在于，让不同的意志和选择并存，且不互相伤害。

我们至今不懂得这样的尊重。我们的尊重还仅只在“理解”的层面，仅在于“我明白了”。

然后就是：

“你为什么会爱上他（她）？”

“你是我生养的，我当然要管。”

这就是我们的亲人的爱。虽然我明白了你的选择，但正当的依然是我——“因为我爱你，我是为你好。”

“我是那么的爱你！你太让我失望了！”

“你为什么不能改变呢？”

“我无法改变你，但我可以自虐吧？自虐是我的自由。”

然后，就像一个朋友所说的，我们的“爱”就“像杀人一样”了。

我们的亲人、朋友、爱人，正是这么去爱的。过去和现在是这样、将来大概也还会这样的。

这就是我们的爱，也是我们爱的文化。

婚姻首先是为了别人（父母、亲戚、邻居、同事、朋友），为“社会”而存在的。

爱也一样，几乎是在为别人而“爱”。

享受爱和婚姻的不是自我，不是“我和你”，而是“他们”。

爱没有错，婚姻也没有错，错在缺失了爱的自由和对爱的尊重。

自由不是抽象的概念，是有质感的生命状态。在情感经历中，自由的根本涵义是保持自我。没有自我的爱，不可能是美的、健康的。

没有尊重的爱，不可能是自由的情感行为。它必然导致伤害。

自虐不是英勇的自我牺牲，更与高尚无关。

没有自由意志的情感状态是恍惚的。而活在恍惚中是可怕的——后一句不是我的发现，是一部电影里的台词。

违背自由意志，丢失自我的顺从，是“孝”，不是爱。当它和爱遭遇的时候，有可能制造罪恶。

爱的悲剧每天都会发生在世界的每个角落，但悲剧的品质是不一样的。我们少有，甚至没有高尚和神圣的爱的悲剧，更多的是恶俗的，只能称之为伤害性的事件，连干净一点也很难做到。

有一个学生问我：怎么才能结婚呢？

我说：不怕离婚，就可以结婚了。

学生说：哦，我明白了。

对我严酷的回答，她的反应是积极的、健康的。我很欣慰，也很欣赏她的勇敢。

我曾写过一首歌，其中有这样两句：

> 爱不是倾诉，
> 是一颗心在另一颗心里平安的居住……

只有尊重和自由意志的存在，才会有这样的平安——没有纠缠、没有捆绑，更没有绑架。

纠缠、捆绑和绑架，就是不见血的自杀和互杀。

C

我不仅不欣赏我们的婚姻文化，也不大认可以“人民”的浅层道德作为广泛基础和土壤的礼仪文化、亲族文化、村社文化——它保障的是亲族和村社；是以消灭个性为前提的；在现实生活中更多的是催生互相纠缠和互相虐杀。

这种文化和我们的婚姻文化是共生共存的。

这种文化是我认识到的最低俗，而生命力却最为顽强的一种文化。

它也是我们的意识形态。

面对这样的文化，我们总能做点什么吧？

我敬佩鲁迅先生“困兽”一样的抗争和“战斗”。他所存的希望，也是“困兽”一样的希望。抗争和战斗之于他，结局是已经知道了的。但这样的生命和战斗，是不以最终的结局来衡量意义和价值的。甚至，这样的战斗对战斗者来说，可以连价值也不要。

与其恶俗地活着，不如搏斗。至少，搏斗不会让我们恶心自己。

从精神上，也许还有形式，不再和它纠缠，还要蔑视一切因此而来的不屑和敌视，不管来自何人，何处。哪怕是亲人，哪怕是在我们的居所，我们的床上。

我欣赏这样的话：把理由都给你们吧，剩下的就是属于我的，也应该属于我。

笔记本里的交谈(九):“丧家狗”·孔子·“知识分子”

毛泽东有言:文化大革命,七八年又来一次。

这似乎是中国诸多宿命中的一种。

“国学热”可以是一个例证。近百年间来过几次的,有时是大热,有时是小热。

国学的热与冷,大概和“五四”有关。此前近两千年间,中国的读书人读的、念的、注的、疏的、释的、考证的、背诵的,就是这所谓的国学——祖传的宝贝。做官考试,考的就是这宝贝。不做官而做学问,或做官而兼做学问,摆弄玩味的也是这宝贝,自然又平常,无所谓热与冷。“五四”要扬弃这宝贝了,有人反对,甚至愤怒,就有了一场战斗。战斗之后呢?是烟消云散,是烟消云散之后的战场。战斗的双方呢?粗略考察一下,要扬弃的一方大都又去拥抱那宝贝了。当然,也有固执的战斗者在,显得孤单而又孤独。不参与或不屑参与的，是战斗的看客，或者连看客也不做，比如：不识文墨的平民野夫，或虽识文墨，却心在别处，有别样宝贝的“智者”。

关于国学的几次战斗，其情形大概如是。

前几年又“来了一次”。这一次似乎是大热。出版家推陈出新。电视台开坛论道。名牌大学办国学班，由校内而校外要遍及中国了。国学院则办到了洋人的国度了，要遍及全世界了，似乎将来的世界真的要，是以中国文明大行其道的新世界了。

小儿也要读经了，且有了新编的大部头的系列读本。

“不识国学”和“没文化”同义了。惹得经商的老板们也为识国学或弘扬国学大掏其腰包。

“国学家”也由生不逢时忽而大逢其时了。写新著、上电视、登讲坛，闹哄哄你方唱罢我登台，名与利兼收并蓄。

也造就了“明星牌”或明星级别的“国学家”，有出场费的，也叫讲演费。讲演讲演，讲与演之谓也。

和这一次的“热”相比，“五四”时的那一次应该是小巫见大巫，相形见绌得多了。

非但相形见绌，也在被论说、被检讨，甚至被讨伐之列。

“五四”实实在在地成了“寂寞旧战场”。

每一次的“国学热”，中心“热”点大都在两千多年前的孔夫子和他身后的那一本《论语》。

我因读过“五四”时论及孔夫子及《论语》的几本书和一些文字，又经历过文化大革命“批林批孔”和改革开放初期那一次所谓“第二次启蒙”的双重洗礼，对这一次的一边倒的“国学热”有些不以为然，也不太相信二十一世纪是中国文化大行其道的世纪。但又实在感到了“国学热”的温度，也看了几本新出的和孔夫子及《论语》有关的书。

北大教授李零的《丧家狗》[1]是其中的一本。

看书，难免有些思和想。比如，在机场待机时翻看于丹先生的《论语心得》，就有过这样的“想”：挺浅薄的一本书么，有心得而无《论语》么。此前听说于先生在中央电视台《百家讲坛》讲《论语》讲得“挺好”“不错”，也曾瞄过一眼的。机场待机，选择翻看于先生的书，就因为有着此前的“听说”和“瞄过一眼”。

李零先生的《丧家狗》呢？也是“国学热”中正在热的一本。也听说写得“挺好”“不错”。逛书店时就买了一本。这一次不是翻看，而是一次阅读。其所以能成为一次阅读，不仅是因为掏了钱，而是因为“气味相投”。且有和于先生那一本《论语心得》的比较。一个是翻看，一个是阅读，能比较么？能的。书和吃物

①《丧家狗——我读〈论语〉》，李零著。山西人民出版社，2007年5月。

一样，是有气味的。吃东西吃的不就是气味么？对一本书来说，气味和它的品质有关。也可以说得干脆一点：一本书的气和味就是它的品质。

《丧家狗》和《论语心得》品质完全不同。

如此，读李零先生的《丧家狗》，思的和想的，就多了一些，有一些顺手记了下来，放在了笔记本里——我有一个笔记本，时不时会往里边“放”进去一些所思所想。

现在，把读《丧家狗》时放进去的，连同此前此后其他时候放进去的一些相关的文字挪出来了，集在一起，并做了一些修整。

为什么挪出来呢？因为要编自己的一本书，想凑些字数。

为什么又要“做了一些修整”呢？因为编书不仅是为了自己，还要给愿意看的朋友看，凑字数不能糊弄朋友。

田瑛兄要我给《花城》写点文字，正好，书还未出，就先给《花城》的朋友瞄一眼吧。

我不认孔子是“知识分子”。放在这儿的另一组文字，与“知识分子”有关，主要是阅读法国人雷吉斯·德布雷演讲记录稿后的所思与所想，也是从笔记本里挪出来并修整而成的。

我以为两组文字的精神是贯通的。这就是我把它们放在一起，组成一篇的原因。

——题记

1

读《丧家狗》，不可不读李零的“自序”“导读”和书后的几篇“总结”。

李零的《丧家狗》，有李零的孔子，李零的《论语》，也有李零。他没有被孔子吓倒，也没有被《论语》淹没。

李零不仅在他对《论语》的解读中，也在他的“自序”“导读”和他的几篇“总结”里。

不做学者状，不拿学者腔。有立场，有性情，有精神，有气节。不迂不滞，不和稀泥。用他自己的话说，就是：“不跟知识分子起哄，也不给人民群众拍马屁。”

这样的学术著作，少见，稀有，读来气爽。

2

李零的《丧家狗》：

“什么叫‘丧家狗’？‘丧家狗’是无家可归的狗，现在叫流浪狗。无家可归的，不只是狗，也有人，英文叫homeless。”

狗成为狗的那一天，就已经没有家了。狗不是野生动物。

野生动物是有家的，在山林沟壑。

狗的家是狗窝。狗窝不在山林，狗窝在主人的家里，是主人家的一部分。

狗是主人的一部分。

狗没有自己的家。

流浪狗丧失的不是家，是主人。

3

李零的《丧家狗》：

“当年，公元前492年，60岁的孔子，颠颠簸簸，坐着马车，前往郑国，和他的学生走散。他独自站在郭城的东门外，等候。有个郑人跟子贡说，东门外站着个人，脑门像尧，脖子像皋陶，肩膀像子产，腰以下比禹短了三寸，上半身倒有点圣人气象，但下半身却像丧家狗，垂头丧气。子贡把他的话一五一十告诉孔子，孔子不以为忤，反而平静地说，形象，并不重要，但说我像丧家狗，很对很对。”

“在这个故事里，他只承认自己是丧家狗。”

孔子没有承认自己“是”丧家狗，而是“似”和“如”。

有文字（转引自李零《丧家狗》）为证：

“孔子欣然笑曰：形状，末也。而谓似丧家之狗，然哉！然哉！”（《史记·孔子世家》）

“孔子喟然而笑曰：形状，末也。而如丧家之狗，然哉乎！然哉乎！”（《白虎通·寿命》）

“似”、“如”、“像”和“是”是不同义的。

我以为，在这里把它们厘清，是有必要的，也是必须的。

4

李零的《丧家狗》：

“任何怀抱理想，在现实世界找不到精神家园的人，都是丧家狗”。

精神家园是自我的精神建构。有人有，有人没有。它与现实世界有关，但更是自主的，自足的。

精神家园和现实世界存有距离。

精神家园和现实世界相背、冲突，可能会有痛苦。

想把自己的精神家园寄托、融入于现实世界之中，甚至企图改变现实世界，可能会碰壁。

但不一定都是丧家狗。

在现实世界中找不到精神家园的人，也不一定都是丧家狗。

狗的理想也是主人的理想，如果不是，就可能反目，被赶出去，就成了流浪狗，丧家狗。

“丧家狗”的现实问题是寻找“主人”，而不是“家”。

也不是“找不到精神家园”——如果有的话。

在我看来，李零的话可以改为：“任何怀抱理想，在现实世界找不到主人（或主人不买账）的人，都是丧家狗”。

5

李零的《丧家狗》：

“孔子不是圣人，只是人，一个出身卑贱，却以古代贵族（真君子）为立身标准的人；一个好古敏求，学而不厌、诲人不倦，传递古代文化，教人阅读经典的人；一个有道德学问，却无权无势，敢于批评当世权贵的人；一个四处游说，替统治者操心，拼命劝他们改邪归正的人；一个古道热肠，梦想恢复周公之治，安定天下百姓的人。他很恓惶也很无奈，唇焦口燥，颠沛流离，像条无家可归的流浪狗。

这才是真相。”

这未必就是真相。

曾做官做僚，然后终于去官去僚，或被去官去僚。这也是孔子。

不仅是“好古”，也要复古。以复兴古代礼乐文化为改造“礼崩乐坏”的现实世界为社会理想。这也是孔子。

“学而不厌，诲人不倦”。“以古代贵族（真君子）为立身标准”教诲学生，培植所谓的“真君子”。这也是孔子。

有旧知而无新识，只能手眼相后，取古代文化而“传递”。这也是孔子。

无权未必无势。“敢于批评当世权贵”，却未必不想和不屑做当世权贵。这也是孔子。

周游列国，心系统治者，“替统治者操心，拼命劝他们改邪归正”——复兴古代的礼乐秩序。这也是孔子。

如果“梦想复兴周公之治，安定天下百姓”的是孔子，那就还有：

说“民可使由之，不可使知之”的，也是孔子。

说“君子谋道不谋食”的，也是孔子。

说“君子忧道不忧贫”的，也是孔子。

……

6

群雄四起，欲王欲霸，是孔子所处的“现实世界”。有破坏，也可能有建设；有除旧，也可能布新。王与霸，需要新的天下，新的秩序，新的仁与礼，新的“君子”。从现实世界的乱象中，只看到“礼崩乐坏”。梦想复兴周公之治，虽古道热肠，却无人愿听，只能到处碰壁，这也是孔子。

碰壁而不回头，继续碰。可惜，精诚所至，金石“不”开。

于是，“恓惶，无奈，唇焦口燥，颠沛流离，像条无家可归的流浪狗”。这也是孔子。

岂止“恓惶，无奈”，也许会有痛。孔子之痛不在碰壁，在于碰不到识“货”的人主。于是，也有叹息——

比如：“道不同不相为谋。”

比如：“道不行，乘桴浮于海。”

还要拂袖而去呢——

比如：“子欲居九夷。”

孔子没有做到，孔子学院做到了。幸哉！幸哉！

7

做官以事人主，以“王者师”为人生理想的中国读书人，孔子是祖师。

“为王者师”而不得，是孔子的宿命，也是这些的中国读书人的宿命。

终成“王者师”的又怎么样呢？中途被贬、被杀者有之。死后被挖坟抛尸者有之——大多下场不好，甚至很惨。

这样的宿命，也是奴才的宿命——丧家的和有家的奴才的宿命。

8

近百年来，倒孔尊孔，忽冷忽热，无损而有益于人主。

倒孔或尊孔的读书人呢？

忽冷忽热，忽“倒”忽“尊”，堂堂皇皇的一张脸，抹得连自己也不敢看了——不敢看，证明着还知道羞耻。

9

不是所有的流浪狗都像孔子一样，锲而不舍地寻找主人。

不是所有的读书人都以孔子为祖师，欲为“王者师”。

他们有另外的宿命。

如果说中国还有所谓的“知识分子”，要在这一堆人里面去找。

10

李零的《丧家狗》：“读孔子的书，即不捧，也不摔，恰如其分地讲，他是个堂吉诃德。”

就我阅读的感受，恰如其分地讲，孔子和堂吉诃德有相似之处，但品质不同。至少，堂吉诃德比孔子有趣，可爱。而且，这有趣和可爱是骨子里的。

11

文字记载的孔子，未必可靠。

《论语》是碎片的集合。捡几片无以说《论语》，更无以论孔子。

通读《论语》，就可以说《论语》，论孔子了么?

人不同，会读出不同的《论语》，不同的孔子。

心思不同，同一个人，也会读出不同的《论语》，不同的孔子。

12

我读《论语》，咋读都觉得有一股“厚黑学”的气味。

还有：奴才的气味。

以君子和仁义道德做装潢。

13

我实在有些同意黑格尔对《论语》的评说：

《论语》“里面所讲的是一种常识道德，这种常识道德我们在哪里都找得到，在哪一个民族里都找得到，可能还要好些，这是毫无出色之点的东西。孔子只是一个实际的世间智者，在他那里思辨的哲学是一点也没有的——只有一些善良的，老辣的道德教训，从里面我们不能获得什么特殊的东西……”（转引自《丧家狗》）。

《论语》开篇：

“学而时习之，不亦说乎。”

挺平常的教诲之言，挺平常的一点读书的经验和体会。读书人大都有的，不说也知道的。

“有朋自远方来，不亦乐乎”。

有朋友从远方来，高兴高兴，就是这意思。如果“乐”有奏乐的意思，那就是：有朋友从远方来，高兴高兴，高兴得要奏乐唱歌了。

和说白话没什么两样。不说，也都知道的。

这样的话在《论语》中还有很多。

记这些话，背诵这些话，有什么价值和意义呢?

试着设想：有朋友从远方来，主人说高兴高兴，欢迎欢迎，意思和论语中的话没什么区别。但要说成“有朋自远方来，不亦说乎”，就有些识文知古的意趣了。如果说话的声音能抑扬顿挫一点，就更显古意了。

为了这点识文知古的意趣，记这些话，背诵这些话，在我看来，实在有些划不来。

当然，《论语》里那些“善良的，老辣的道德教训”，却是要小心对待的。事实上，我们一直也是小心对待的。教的、学的、传承的、使用的，大都是这些东西。

14

《论语》与哲学无关。也与宗教无关。

把《论语》当哲学读，是读错了书。

所谓的“孔教”、“儒教”，似乎都有和宗教拉扯的嫌疑。拉扯不上的，迟早会拉断的。

还是说“孔学”、“儒学”，靠谱一点儿。到底有多大的价值和意义，则另当别论。

15

从《论语》里捡些许碎片吧，顺带记几句我的“思”和“想”，没有章法，随后而写，算是又一次读《论语》的备忘。

“子贡问曰：有一言而可以终身行之者乎？

子曰：其恕乎！己所不欲，勿施于人。”

孔子是反愤怒一派的。

己所欲，可欲于人乎？孔子没说，可惜可惜。

“子曰：巧言乱德，小不忍则乱大谋”。

生之计，行之技，政之技，也可以是“计”。夫子万五千言，以“技”“计”谓之，应该不算太离谱。

“子曰：君子谋道不谋食。耕也，馁在其中矣；学也，禄在其中矣。君子忧道不忧贫”。

站着说话不腰疼。

如馁，何以学？

一部“论语”，是说给君子的，而君子是不馁的。谋道是冲着“官”和“禄”去的。

所以，馁者，病者，痛者，敬夫子而远之，更近阴阳，近方术。

夫子磨了几十年嘴皮，不为人主所用，平头百姓也不感冒，大概就因为不论人主还是平头百姓，都得有忧馁之道，解决衣食问题。

谋食就非君子了么？

一要生存，二要发展，有生存才有可能发展，我信这句话。

“子曰：已矣乎！吾未见好德如好色者也”。

夫子的叹息，似乎有点不通人情。

夫子的叹息，有无自叹呢？

“子曰：君子病无能焉，不病人之不已知也。

子曰：君子疾没世而名不能称焉”。

好像有点矛盾。然而——

现在，夫子地下有知，当不“病”不“疾”矣。不但海内无人不知孔子，“九夷”也要知孔子了。

“孔子曰：益者三友，损者三友。友直，友谅，友多闻，益矣。友便辟，友善柔，友便佞，损矣”。

孔夫子的交友经济学。

“孔子曰：天下有道，则礼乐征伐自天子出；天下无道，则礼乐征伐自诸侯出。自诸侯出，盖十世希不失矣；自大夫出，五世希不失矣；陪臣执国命，三世希不失矣。天下有道，则政不在大夫；天下有道，则庶人不议”。

独夫之道在此。

庶人议又如何？以夫子之言推之，则不但“一世希不失矣”，还要“一日希不失矣”呢！

这就是中国之道么？是“国学”之热的原因么？

“孔子曰：侍于君子有三愆：言未及之而言，谓之躁；言及之而不言，谓之隐；未见颜色而言，谓之瞽”。

如此细致周到，却四处碰壁，可叹也夫。

是旁观者清？还是碰壁之所得，所悟？

不为人主所用，就教学生了。是谓“既不能侍君子人主，便执教鞭，著书立说，而道不变也”。

“孔子曰：君子有三畏：畏天命，畏大人，畏圣人之言。小人不知天命而不畏也，狎大人，侮圣人之言”。

现在，不畏孔子之言者，不屑于孔夫子者，皆为小人。

现在，“累累若丧家之犬”的孔夫子，几乎处处有家了。

“孔子曰：见善如不及，见不善如探汤，吾见其人矣，吾闻其语矣。隐居以求其志，行义以达其道，吾闻其语矣，未见其人也”。

孔夫子是主张“掺乎”的，掺乎而不得，但贵在掺乎。掺乎而终不得，遂有《论语》，“论语”者，夫子以言掺乎之“语录”也。

“佛肸召，子欲往。子路曰：‘昔者由也闻诸夫子曰：亲于其身为不善者，君子不入也。佛肸以中牟畔，子之往也，如之何？’子曰：然，有是言也。不曰坚乎，磨而不磷；不曰白乎，涅而不缁。吾岂匏瓜也哉？焉能系而不食？”

孔夫子也是“此一时彼一时也”。

自己掴嘴巴，理由很堂皇。“名不正则言不顺”，虽然自掴嘴巴，因为有了堂皇的理由，不但说起来顺溜多了，不当的行为也转而成为正当的了。

这也是孔子。

“子曰：予欲无言。子贡曰：子如不言，则小子何述焉？子曰：天何言哉？四时行焉，百物生焉，天何言哉！”

说了一辈子话，却不想说了。感到“乏”了么?

读书人作秀，孔夫子是其先师。

“子曰：不在其位，不谋其政”。

不谋其政，不妨议其政。一部《论语》，为在位执政者操心的话就说了不少。

不在其位，不妨谋其位。周游列国，不是为了去说，而是为了去谋，说白了，是冲着位子去的。

而且，锲而不舍。有《论语》中的文字为证：“微生亩谓孔子曰：丘何为是栖栖者与（欤）？无乃为佞乎？孔子曰：非敢为佞也，疾固也。”

子曰：“不降其志，不辱其身，伯夷，叔齐与（欤）！”谓：“柳下惠、少连，降志辱身矣。言中伦，行中虑，其斯而已矣。”谓：“虞仲、夷逸，隐居放言，身中清，废中权。我则异于是，无可无不可。”

孔夫子此话有些言不由衷。“无可无不可”，何以不惜颠沛流离，周游列国？还是要谋个位子，去合作的。

子曰：“述而不作，信而好古，窃比于我老彭。”

子曰：“我非生而知之者，好古，敏以求之者也。”

不满现状，转而好古、复古，孔子是开风气之先者?

复古以改变现实，成功者至今未有。

子曰：“不知死，焉知生。”

洋洋万言的《论语》，有多少说的是为君、为臣、为父、为子——为生的技和术，怎么又“焉知生”了呢?

既不知生，何来为“生”之术！

六个字，一句话，难道要让《论语》成为非人非鬼之“论”、之“语”、之“言”么？

子曰：“君子欲讷于言而敏于行。”

生而讷言，是老天和父母的事。

敏言敏行不更好么？

孔夫子自己就不讷言。

读书人、知识分子，“言”是职业，也是责任。著书立说，是“言”也是“行”么，讷言何以敏行！

说白了，所谓“讷言敏行”，还是行世立身之“术”。

子曰：“知者不惑，仁者不忧，勇者不惧。”

没有不惑的知（或智）者。不用“知（或智）”解惑，无以显其“知（或智）”。

没有不忧的仁者。不忧，无以显其“仁”。“不忧”的仁者在天堂。

没有不惧的勇者。无所不惧的勇者是莽夫，俗话叫“二杘”“二杆子”。

子曰：“何以报德？以直报怨，以德报德。”

我时不时会想起的“古训”中，有两条是《论语》里的。一条是“唯女子与小人为难养也，近之则不孙（逊），远之则怨。”还有一条就是这“以直报怨”。

我很看重这句话。《论语》中有价值的语录并不多，这一条却显得很特别，是孔学家们应该关注却被忽视着的。

“直”在《论语》中出现次数很频繁，应该不是偶然的。

特意看过几位学者对“以直报怨”的释义。南怀瑾，李泽厚，也包括李零，都是“直”近于“怨”的。“以直报怨”近于或就是“以怨报怨”。我是不以为然的。

据李零引“朱注”，“直”为“至公而无私”。

马克思·韦伯的解释是“正义”。

我愿意相信古人和洋人的释义——

不以怨报，不以德报，不屈，不馁，不畏惧，不妥协，不合作，“至公而无私”，秉正义“直道而行”。

“以直报怨”有现实意义，尤其对于所谓的“知识分子”。

子曰：“吾十有五而志于学，三十而立，四十而不惑，五十而知天命，六十而耳顺，七十而从心所欲，不逾矩。”

“五十而知天命”，是孔夫子自吹，用现在的话说就是“自炒”——有他的《论语》作证。

“七十而从心所欲，不逾矩”这倒是可能的。能经见的经见过了，能说的说了，能做的做了，被打磨再加自觉打磨，练达了。从里到外被“矩”规整成“顺人”“顺民”了，成“器”了。不仅知“矩”了，“矩”也成为内在的心理自觉和精神、情感需求了，欲与心，言与动，何“逾矩”之有！

子曰：“克己复礼为仁。一日克己复礼，天下归仁焉。”

子曰：“非礼勿视，非礼勿听，非礼勿言，非礼勿动。”

子曰：“不学礼，无以立。”

子曰：“博学于文，约之以礼。”

……

礼。礼。礼。“克己复礼”，“文革”“批林批孔”时就听过。“批林批孔”是政治，但说孔子要“克己复礼”是没错的。孔子的社会理想就是“克己复礼”。

礼崩乐坏，所以要复礼。

“礼”作为礼仪，是礼的外化。有道德规训，也有心理暗示。所以——

礼是秩序的形式，也是秩序的保障。

克己复礼，天下就归仁了？我不信。也和我经见的事实不符。孔子时天下没有归仁，孔子后也没有。

“仁”是好东西，挂起来好看，说起来好听，作为幌子，是“正名”的绝品。

“仁人”，在过去和现在，都是牺牲——祭坛上的血肉。能上祭坛，还是好的，至少会有遗响。更多的是没有声息的自虐杀和被虐杀。

不是所有的人（包括治人的人），都能成为“仁者”。怀抱理想不是飘飘欲仙，而是“落地成人”。如此，所谓的“仁治”，成为治人者的幌子，就是必然的。

一部《论语》，几近于骗子的利器，用君子和仁义道德包裹着，好听又好看，千年不衰，行之有效——“刑不上大夫，礼不下庶人”，“普天之下，莫非王土，率土之滨，莫非王臣”，等等等等，依然是“政由己出”。

所谓的以“仁”治世、以“德”治国论者，是飘飘欲仙的精神梦游者。

就制度和“仁”来说，我更相信合理的制度。

治世者和平头百姓都需要秩序，需要有序的生活。问题在于，这秩序的和秩序维系着的生活，是不是各方都能够接受的秩序和生活。

……

就此打住，再回到李零的《丧家狗》——

李零的《丧家狗》:“活孔子是乌托邦，死孔子是意识形态。”

前一句存疑。我以为《丧家狗》是把孔子认成“知识分子”了。

后一句赞同。被尊为圣人的孔子是中国的意识形态。至今还是。在官魂里，也在民魂里。

政权腐败，民心凋敝，“自我”萎缩，国与家（民）都需要孔子和《论语》，孔圣人兴，吃“孔”饭者随之兴。

政权自信，民心蓬勃，个性张扬，国与家（民）看重的是“自己”，而不是古圣人，孔圣人衰。吃“孔”饭者随之衰。

还是鲁迅说得实在：孔夫子“是权势者们捧起来的，是那些权势者或者想做权势者们的圣人，和一般的民众并无什么关系。”[①]孔夫子被做了“敲门砖”。

“知识分子”

1

雷吉斯·德布雷：“知识分子有它的历史，但却是一个新词，它出现在法国，在1898年的德雷福斯案件期间《震旦报》的一篇宣言里——所谓德雷福斯案件，简单来说就是公开抗议一个无辜的人被宣判。”[②]

在西方，先有知识分子的存在和漫长的成长历史，后有其名。

①鲁迅：《且介亭杂文二集·在现在中国的孔夫子》，《鲁迅全集》第6卷，第316页，人民文学出版社，1982年。

②《知识分子与权力》。法国雷吉斯·德布雷2010年6月3日在北京演讲的记录整理稿，《南方周末》文化副刊2010年6月10日。

中国的政治史、思想史和文化史中，有这样的存在么？比如，苏格拉底式的人物及其作为？大概没有。

中国式的知识分子应该是有的。比如：春秋战国时的诸子百家。那个时候，有中国式知识分子生存的土壤和空气。后来似乎没有了。有源头，却断流了，没有传承的历史——我说的是自由思想的精神传承。

有的是“达则兼济天下，穷则独善其身”的“仁人”“君子”。

当然，这也是一种传承。

“达则奴才，穷则精神自慰”是其另一种表述——这并不刻薄。

2

雷吉斯·德布雷：“具体来说，‘知识分子’这个新词是在政治对抗、对立的背景中出现的。”

孔子终其毕生的努力，周游列国，不过是要寻找“主人”，做“家狗”。

“知识分子”是不惜甘做“野狗”的。

没有完美无缺的秩序。面对现存秩序，“对抗”是“知识分子”的基本立场，但不是唯一的立场，比如：预警。

“知识分子”，不管在体制内还是体制外，他不是现存秩序的“附庸”，更不是秩序中既得利益者的“共谋”，他是现有秩序的变量，“不稳定因素”。他的立足点是社会的公平和正义。是人类精神和道德的提升和进步。

孔子没找到主人，终于做先生，教学生了。

3

雷吉斯·德布雷："知识分子和传统意义上的文人、哲人是不一样的，就像弗朗索瓦·于连说的，中国的道家，其实没有很多想法，不会表明态度。他们主要关注的是自然。而儒家意义上的文人，是服从于君主的权利，满足于君主的选择。和这种天人合一的官僚主义文人统治的传统比起来，欧洲的知识分子更多的是用笔和自己的思想进行干预，往往没有得到政府公开的许可，就像萨特说的，知识分子是管闲事的人。"

中国的"仁人"、"君子"是官僚政治体制中人，或努力要成为官僚政治体制中人。被体制剔出去的，甘做"野狗"的少有。"处江湖之远则忧其君，居庙堂之高则忧其民"，是其自我贴金式的表述。其实是有牢骚的，不让做奴才之后的牢骚。从一部绵长的文学史中就可以看出，闪光的精神和才情大都是奴才的才情。

萨特的"管闲事"和鲁迅所说的文人的"帮闲"和"帮忙"是不同质的。

中国没有或少有"管闲事的人"。

中国的读书人信的是"一心只读圣贤书"，因为"书中自有黄金屋，颜如玉"。有了黄金屋和颜如玉的时候，也就是体制中人，自家人了。

在相对健康的体制中，成为"自家人"不是问题。问题在于，成为自家人以后的丢失自己，或放弃自己，做奴才，当太监。

对于萨特所说的"闲事"，我们大多是"各人自扫门前雪，不管他人瓦上霜"。

读书，成为知识人，然后成为官僚，就是所谓的"修身齐家治国平天下”。这是中国读书人的基本路径，至今没有改道。

而且，有丰厚牢固的民间基础。“公务员”成为求职热门，不仅是因为求职者，更在于求职者的父母。

没有开放、自主的人民，就不可能有真正自主开放的社会和国度。

国家掌握了全部资源，知识分子就失去了生存的土壤。读书人的“独善其身”也实在是无奈的一种选择——但不能贴金。被迫选择并不丢人，丢人的是在自慰的同时，掩护“被迫”。

4

雷吉斯・德布雷：“我们能够从历史中得到什么样的教训呢？就是知识分子与政治权力是一种反比例关系……在中国的国家政权最强的时候，知识分子就变成了臭老九。”

在变成“臭老九”之前，几十万读书人已进了劳改农场，其中绝大多数不是“知识分子”，而是知识人，被误判了。

但读书人、“知识分子”变臭，是从这里开始的。先是“被臭”，然后是“自臭”，且不知其“臭”，或虽知其“臭”却按捺不住，一味地继续“臭”，于是就越来越“臭”。是人都知道的。

5

雷吉斯・德布雷：“法国历史学家托克维尔在《旧制度与大革命》一书中……认为，当一个旧的政治制度和一个新的价值系统之间不兼容的时候，权力与权威相分离，社会就会进入有震荡强度的变革时期。”

雷吉斯·德布雷：“我们注意到，往往都是知识分子发动并掀起革命，但不管是资产阶级革命或社会主义革命，这些革命者们马上就会回过头来攻击知识分子。”

这是革命获得政权之后的需要，西方和中国是一样的。不一样的是，西方的革命在政权建立过程之后并未停止，“这些胜利的起义者，他们最初总是通过受到教育的人来进行整治反抗，但最终他们又会取消所有的知识反抗的可能性。这就是为什么革命进入第二阶段时，总是会要建立起一个法治国家，把国家建立在社会力量的公开和制衡的基础之上。”

中国没有这样的革命的第二阶段。知识反抗的归宿是，要么被“招安”，要么被消灭。

强权需要的是拥护和维护，而不是“制衡”。也不允许“制衡”。

6

雷吉斯·德布雷：“1919年的五四运动在中国确实是让传统的文人士大夫的变化，使他们成为西方意义上的知识分子。”

五四运动并没有在中国培育出知识分子阶层，也不可能培育出这样的阶层：

1. 中国没有知识分子的传统和历史；

2. 没有知识分子成长的土壤。

但是，五四运动培育了中国的知识分子意识：

1. 社会批判意识。

2. 民主政治的理想。

3. 个性自由精神。

还有，贡献了鲁迅——他从未妥协，和刀剑与刀笔顽强对抗，把自己坚持到了生命的最后。

就“知识分子”来说，鲁迅具有原型的意义——中国现代“知识分子”的原型。

鲁迅的存在，也证明了他所在时代相对的社会宽容。在此之后，中国再也没有过这样的宽容。

鲁迅不应该是中国现代知识分子的绝唱，但迄今为止，他似乎还是绝唱，难有续响。

中国需要的是鲁迅，而不是孔子。孔子所有的“思想”精髓，中国几乎每一个乡村的聪明人都可以合盘托出，并能身体力行。但在鲁迅的世界里，已是常识的东西却需要在中国普及。

首先需要普及的是读书人、知识人、文化人！

7

“管闲事”和中国式知识分子没有好的缘分。

“达则兼济天下，穷则独善其身”，是中国式知识分子所崇尚的立身行事的胸怀和境界，也是中国式知识分子的一种宿命性表达。

达，居庙堂之高，在其位，要谋其政，要兼济天下，无暇顾及“闲事”。

穷，处江湖之远，做假隐士，也叫社会贤达，要独善其身，管不了“闲事”。

在穷与达之外，还有“文革”时张志新式的一种命运：割断喉管，被迫害致死。

“割断喉管”，在中国，对知识分子来说，具有其象征性意义。

8

不管闲事，或不愿管闲事，是有理由的：

“将来的历史会说话的”“时间会证明的”。

听起来似乎无可厚非，实则是逃避。是放弃。是对天赋权利的背叛。它已经损害了我们的精神品质。

放弃现在，何以有将来的历史？

而时间是无语的。

时间也会“失语”。

不管是对政治、文化、艺术，还是对重大的社会事件，放弃对当下的判断和评判，是自私，也是堕落。

这种现实的造成，除了外在的迫压和自在的奴性，也与我们几千年重死人轻活人的脾性有关。

在对原始经典的注解和挥发中不断建构和延续，是中西方思想史共有的现象，但风貌完全两样。

西方思想史的每一个阶段，都有伟大的思想家兴风作浪，扩展视阈，开掘深度，提升高度，使他们和他们民族思想的历史波诡云谲，高潮迭起，群星闪耀。

我们曾经有过自己的宇宙观。

我们的起点并不矮于洋人，也有伟大的思想家和他们的典籍站立在我们思想历史的源头。我们也在注解和挥发中建构延续我们的历史。不同的是，在我们这里，源头的原型和原典是神化的，非人的。孔子到清代的时候，其头衔写成文字，足可以成为阅读和记忆的考题。几千年的历史，依然还是那几个人，除了原典，再无经典。书倒是写了不少，勉强能成为思想家的却寥若晨星，用手指头就可以数过来。如果细究起来，还都有近似犬儒的嫌疑。这就是我眼里的中国思想史的真相。它的高度依然是源头的高度。

我们的思想在不断地萎缩。

面对死人，面对当下，我们的膝盖骨都是软的。

我们没有自塑的自信，没有自尊。我们也许有判断，却没有评判的勇气，更没有扩张的野心。

扯这么远，不过是想说，严肃的判断和评判是不能完全交给时间的。更不能以各种各样的原因做借口，放弃判断和评判的权利。

不负责任的应景是可耻的。

放弃应有的评判同样可耻。

《花城》2012年第4期

生存与环境

——漫谈之一

杨绍武[1]：你去陕北蹲了一年点是吧？

杨争光：在延长县。我住的那个行政村离镇政府40华里，在一条拐沟的尽头，很偏僻。

杨绍武：你从大城市一夜之间出现在那么偏僻、闭塞甚至落后的地方，坐在农民的土炕上，这对你来说简直是另一个世界。我想问问你，你最初的那种感受是新鲜，还是荒诞，还是亲切，或是别的什么？虽然你是在农村长大的，但关中农村和陕北高原自然条件和生活习惯有很大差异，而且你又经历了上大学，分配到天津工作再回到西安这样一个过程，掌握了一定的文化知识和都市生活经验，你突然来到这么一个地方，这种反差是否唤起了你童年的某些回忆或者是意识深层的某些感受？

杨争光：到延安，甚至到了县城，那种反差还不是很大。但从县城到我们要去的点时就很偏僻荒凉了。一路都是沟沟岔岔，都是山，看不透望不穿，我从来没有见过那么多山。

①杨绍武：诗人，陕西省政协文史办主任。

杨绍武：就像电影《黄土地》里的那个样子？

杨争光：我是有思想准备的。我想那个地方一定很苦。但我的想象还不够。

杨绍武：就是说尽了最大的可能去想象还没有想到它竟然是这个样子。

杨争光：那地方让我绝望。这是我最初的感觉。我们在路上也看到了几个人，满面尘土。当时是11月份，天已经冷了，他们显得很臃肿、笨拙，脸上的表情好像有些晦气。我强烈地感到了一种背景的力量。这些人在一种强大的背景之中生存，他们的心理、思想感情、生活方式都投上了这种背景巨大的阴影。

杨绍武：他们无法选择，也无法逃避。不是他想怎么样生活，而是他必须这样生活。他们和土地有一种血缘关系，甚至可以说，他们就是土地的另一种形式。

杨争光：叫背景也许不准确，总之是人之外各种力量，叫生存环境也行。

杨绍武：先这么说吧，名词并不重要。

杨争光：山顶上光秃秃的，山包看起来很性感，像女人裸露的胸膛。越感到它像女人的胸膛，就越让人寒心。好像很肥沃，很丰腴，也很松软，就像你说的，好像很富有生命力，可就是不长庄稼。电影《黄土地》的镜头让好多人感到很美，我相信那是都市人的感觉。他们把这种东西当做一种历史的陈迹，或者是和他们的生活反差很大的一种东西，当作一种美去欣赏的。我想，在那里生活的农民看了以后，很可能会无动于衷。

杨绍武：大鱼大肉吃惯了，吃一口红萝卜小白菜就感到可口。如果把他们投放在那个地方，再看到这些镜头，也许心情就不大一样。他们很可能就把那些地方叫穷山恶水。就是说，艺术和生活是有距离的，如果把生活剥开来，一种血淋淋的东西，特别是也许还是自己在流血，人们就不感到美了。

杨争光：想到电影《黄土地》，我就有点别扭。艺术有时候是一种很残忍的东西，很没有人性。那些人过的那样一种日子，在那样一种境地里生活，他们活得很苦，可另一部分人却欣赏他们，你说不残忍？

杨绍武：我想问，尽管如此，在那里生活的人是否对他们生活也能找到一种自足？

杨争光：就这一点来说，他们和城里人是一样的。一方面很苦，一方面又自得其乐。我想这大概是他们能生存下去的心理基础。他们的日子几乎是一种重复，对先人来说是重复，对昨天来说是重复，他们竟然能活下来。是一种什么样的力量促使着他们呢？首先，他们无法逃避现实，另外还有一个因素，就是他们也有他们自己的生存理想。我以前总以为那些念书的、写文章的、想当工程师的人才是有理想的人。现在想来很愚蠢。我问过一个老汉，问他整天想什么。他说，想什么呢？大儿子定亲了，我得箍儿面窑，给他娶婆娘。大儿子娶了婆娘，二儿子又上来了。老汉说得很有力量。他心情很好。你看，这就是做父亲的生活理想。就因为这个，他上山下山，走起路来很有劲。他们的高兴和我们考大学、写作品的那种高兴是一样的。我就想，人是一样的，他们不比谁卑下，他们没有办法，他们过得很苦，很努力，很认真，说到底，也很可怜。

杨绍武：我们是站在一个角度看他们，假如有人站在另一个角度看我们，会说我们也很可怜。我们为了写一篇东西绞尽脑汁，写出来后能否留存下来是另一回事，但我们也为它高兴得睡不着觉，甚至花钱请朋友们喝酒，庆贺一番，但反过来让别人看，不就是写了几千字嘛，有什么可高兴的。其实人从主观上说，都是为了完成自己，只是采用的方式不同而已。

杨争光：所以说，人没有什么高低贵贱，甚至也没有层次之分，有什么层次呢？谁比谁更高贵一些呢？

杨绍武：陕北也是中原文化的发祥地。但是，人们在那里之所以能生存下来，我觉得并不一定是理性在支撑着他们，比如人应该怎么活。人们只是依从生命本能活下来的。同是人类，生存环境各有不同，有的以锄头为伴，有的与钢琴相依，本质是一样的。都艰难，都挣扎。因此，我觉得人之所以能生存下来，是人性的本能在起作用。比如，面对饥饿的威胁、欲望的压迫，会产生的求生的反抗力量。为了活下来，就得战胜这些东西。原始的生命欲望在操纵着人们，那是一种很活泼的东西。并不是人们所受的教育，应该做一个什么人，这样的一些理性概念支配我们活着。任何生命都是伟大的，同时也是卑微的。很现实，也很具体。不知道你在陕北一年，对这个问题有没有感触。比如在一个偏僻的地方，有那样一群人，他们的爱情、婚姻、家庭状态，是传宗接代的手段？是一种快乐的行为方式？性和人们生活的关系？

杨争光：对人类生存有理性和非理性问题，不是我们今天讨论的问题。但你在这个问题中提到了婚姻、爱情、性欲等，我想谈一点我的感触。我认为，人类的性生活也投射着生存环境的巨大阴影。环境不同，也会给性生活的内涵带来差异。我感到，我去的那个地方，男女之间的性生活要比城市人性生活的含义更深广一些。对他们来说，除了男女吸引、生理愉悦、传宗接代等等之外，它更是一种文化生活，或者说他们的性生活比城市人更带着浓厚的文化色彩。你知道，那里很少电影、戏剧、电视、收音机，人烟稀少，社交活动贫乏。性生活就承担了这一类纯文化生活的内容。我可以举个例子，天没黑，村子里就几乎没人了。我在那里很寂寞，很想找些年轻人玩玩，可找不到。我问大队的妇女主任，她是个爱说爱笑的人，也实在。她说年轻人都在窑里和婆姨睡觉。我说天没黑就睡，一直睡到第二天大天亮，有够没够？她说，和婆姨睡觉还有个够？后来，我理解了这一点。在城里，有公园、电影院、溜冰场、舞会，高兴了有许多地方可以表现抒发，晦气了有许多地方可以宣泄，而那里没有。但他们也有高兴和晦气，想表现，想交流，所以，性生活对他们来说，既是一种生理享受，又是一种精神宣泄。宣泄了就轻松了，这就是一种平衡，精神和生理平衡。

杨绍武：性生活本来就属于文化范畴。

杨争光：许多人一谈到这东西就嗤之以鼻。如果把他们放到那种地方去，他们可能就不会那么道貌岸然了。农村人开玩笑的时候，甚至把床上的动作也搬出来，酸话多，酸歌多，酸故事多，显得很粗野，这是环境造成的。谁不想文雅？其实，你把城市人的那种花前月下、卿卿我我一类文绉绉的东西搬到农村，那才可笑呢。有人说田园是谈情说爱、散心养性的好去处，那对城市人说是对的，但对农村人来说就是屁话。他们在那里流汗，一生酸甜苦辣，晦气运气、千愁万绪都是从那里生出来的，还能是玩的好去处。好去处绝不是宽敞的、日光充足的田园，却偏偏是光线不足的、拥挤的窑洞、炕上。他们生活的环境不改变，他们从土地上不能解放出来，这种现象就会继续。

杨绍武：精神生活有时候比物质生活更为重要。但是高级的精神生活必须建立在高级的物质生活的基础上。所以，这种现状的改变完全取决于农民从土地上解放出来的程度。

杨争光：对的。

杨绍武：这一年陕北之行，你认识了这么一群人，同时也认识了你自己本质上和他们是没有区别的。这种经验对我们每个人都是很重要的。

杨争光：可以说陕北之行，对我的影响是重要的，这种感受是不可忘记的。

杨绍武：今天就谈到这里吧，有时间我们再谈谈陕北民风、民俗及秦汉文化遗风。

杨争光：好。其实那也是一种生存环境，要说起来也是极有味道的。

原载于《当代青年》1987年第5期

从刘兰英到马尔克斯

——漫谈之二

杨争光：我从陕北带回来几十幅剪纸，你看后感觉怎么样？

杨绍武：我被它撼动了，简直无法想象竟然在封闭的陕北高原上，出现了与毕加索抽象派艺术有异曲同工之妙的这种剪纸，其中浸透着一种原始的力量和稚拙而奇妙的想象力，而创造这些东西的人都是目不识丁的老太婆。他们一辈一辈地传着，我想，这是与他们的生活经历，与他们那种封闭的生存环境分不开的。也可以说，就是这种封闭才创造了这种文化。是否与原始部落的巫术文化、宗教文化、图腾文化的产生相似？我想，在那种封闭的状态中，由于人与人之间缺少了解，而作为精神活动的艺术想象力也就格外发达。试想一下，如果陕北已被人类改造成了现代化的城市，你从陕北就带不回这种剪纸了，它很可能早已消失或退化。所以，能有这样原始意味很浓的艺术作品，与陕北的现状，包括地理环境、心理素质、文化素质都是有根本联系的。惟其封闭，陕北文化中才依然残留着秦汉以前的那种原始风格。

杨争光：陕北的民间艺术包括剪纸、腰鼓、唢呐、民歌等，都是一体的。看起来简单，实际上复杂。就说剪纸，剪得那么笨拙，那么单纯，就像是小孩的作品，但你能感到一种浑厚、沉重的东西。之所以喜欢他，绝不仅仅是因为我们所说的那种返璞归真的复归心理。它确实具有艺术的魅力，它和好多现代派艺术不谋而合，殊途同归，确实令人震惊。人都是有想象的，而越是封闭，想象在他们生活中的位置就越高，越重要，那种想象力也就越奇特。他们与世隔绝，但总有一种欲望要表达。

杨绍武：我想，陕北的民间艺术撼动人的并不仅仅是他们的想象力，艺术总有它本质的东西，只有那种本质的东西才能使我们灵魂震颤。

杨争光：艺术的本质是一个东西。不管是学院艺术和民间艺术，现代派艺术和古典艺术，甚至艺术的各种类别之间，音乐、绘画、舞蹈、诗歌，就其本质说是一样的，只是形式不同，也就是说，不一样的是它们所运用的语言形式。

杨绍武：陕北剪纸，还有腰鼓、民歌、石刻等都蕴涵着人与土地，或是人与自然混为一体的那种感受。他们没有城里有些人的那种萎靡之风，使人和艺术都变得过分实用，目的性太强。而陕北的剪纸都是从作者内心冲动出来的，带有很大的随意性。那种心理积淀，原始欲望的表达，就是很感人的。但是在他们剪纸的瞬间，只感到这样剪最好，并不清楚为什么这样剪，就那样自然而然的剪。

杨争光：延长有个刘兰英，50多岁了。我带回的剪纸中，她的最多，28件，是乡文化站送我的。当时我想去看看她，由于交通不便，没去。我问了一些她的情况。文化站的人给我说，她绝对不能剪出两幅一样的东西，除非是一叠纸。就是说，两次剪不出同样的作品。她在剪纸之前，也不知道能剪个什么样子，剪着剪着就出来了。我很震惊。我想这是一种最佳的创作状态，也许这就是无意识创作，但我不这样认为。她剪纸之前不清楚的只是表现形式，她有情感、思想、人生经验等方面的积淀，她有强大的基础，问题只是怎样一刀一刀把它表现出来。她需要寻找的只是一种形式。这些民间艺术看起来简单，实际上它用一种简单、笨拙的形式反映了人性中最基本的东西。它所反映的那种生活也是最基本的生活。越是这样就越能唤起人对生活的亲近，我想这也许是我们喜欢他的主要原因。你刚才提到人与自然的那种关系，我看到一幅剪纸，一个老太太在喂一只羊，也许不是羊，只是像羊那样的一个动物。很单纯，一点也不复杂，更不抽象，但人和动物之间很和谐。在作品中你能体验出一种人性中最温暖的东西。刘兰英是个剪鱼的能手。她剪的鱼乍一看能飞，像是一个什么飞行动物，但又不是，说不出是什么。陕北那地方鱼很少，我想，他们是否把鱼，以及好多动物当做一种天虫看待？天虫！与人类能沟通的天虫！

杨绍武：也就是说，陕北震撼我们的并不是它的贫穷、偏远和它的不长草也不长庄稼的土地。这块土地的背后附载了一种人性中最基本的东西，我们正是被它们所感动。你说那地方好，其实那地方看起来也没有什么好的。我们说那地方好，是我们发现或感到了那片土地深层的一种东西。

杨争光：是否可以这样说：艺术作品生命力的长短与反映人性中最基本的东西的程度有一种对应关系？

杨绍武：是深刻程度。电影《黄土地》中，黄土地只是背景材料，这些材料通过张艺谋的摄影处理，它背后的东西就出来了，再就是冯健雪唱的陕北民歌，也是这样。

杨争光：在那种封闭落后的环境里，没有科学，但他们对宇宙的把握，却是一种超时代的把握，这种超时代的把握，表现在它的总体性上。在那里，宇宙是混沌而又单纯的，没有主体。比如说人，他不是万物之灵。这种把握是最初的，又是总体的。

杨绍武：没有主体，但超越主体，没有倾向，但又具有多重倾向。

杨争光：是很综合的。

杨绍武：因为它很混沌。

杨争光：有科学的地方，产生有科学产生以后的艺术，没有科学的地方有不受科学影响的艺术。我想，一个时代的艺术就它的质量来说，没有什么一步比一步高，只是一种不一样，同样能达到一种高度。

杨绍武：俗话说，条条大路通罗马。表现的本质应该是一致的，否则就不是艺术。

杨争光：我是说，艺术有没有超越？

杨绍武：所谓超越，只能是一种丰富，就是丰富它的表现形式。

杨争光：所以，我不以为后来的艺术就比以前的艺术高级，艺术和科学不一样。不掌握科学能创造人类最高级的艺术。一个地域有一个地域的文化背景，它与生存环境又必然联系，在这种环境里只能或必然产生这样的文化。比如拉美产生的魔幻现实主义。

我听陕北的唢呐，感到结婚时与送丧时的曲调没有多大区别。也许我不懂，但我听那些调子没有多大区别。听起来都有些欢乐，又都有些哀伤。

杨绍武：生和死是很接近的。我们感觉的欢乐和哀伤，是我们后天的意识加进去的。作为他们也许只是一种混沌的情感表达。

杨争光：听唢呐，看腰鼓，感到它们正是从不同的方面来表现那个地方。腰鼓，是一种力，很悲壮，很张扬，而唢呐是一种很单纯、很细腻的情绪，就那么几个曲调，吹来吹去，不厌其烦，而剪纸最大的特点就是神奇的想象。

杨绍武：陕北由于受外来影响少，它们的艺术从古到今流传下来，没有被淘汰的，都是最好的。

杨争光：通过对陕北文化的一些接触，我对中国文坛目前的现状有些想法，我以为还未达到陕北的高度。

杨绍武：是的。比如“寻根”潮流，就是想从古文化中寻找一种力量，但是他们忽略了本质，搞了“古董翻译”，把神化译成诗行排列，都是形式上的东西，必然很快跌落。

杨争光：“寻根”文学最本质的弱点是缺乏对生存的体验，还有那些对洋玩意的移植，也是如此。

杨绍武：各种创作方法都是接近艺术真实的一种手段，但我们有些人却以为手法上新，他们的作品也就好，学得像，作品就好，完全是一种可爱的学生心理。

杨争光：有人说，形式就是内容，我不同意。福克纳、马尔克斯对我的启发是，他们的东西恰恰是立足于本土，表现了他们那个地域中人的生存状态。

杨绍武：这些东西是学不到的。人家有人家本土的文化传统，血肉相连。从拉美文学的成就，到陕北文化对我们的震撼，我们应该意识到一些重要的东西。

杨争光：就谈这些吧，吃饭。

原载于《当代青年》1987年第6期

重新感受
——漫谈之三

杨绍武：听说你祖母去世了。

杨争光：我这几天就是为这事回老家的。

杨绍武：农村在丧葬上有许多风俗和习惯，你能讲讲这方面的情况吗？

杨争光：很不愉快。不只是亲戚，甚至邻里们都参与了这件事。我们家几乎成了全村注目的中心。我们家亲戚之间的关系不太好，农村人有句俗话，过事过事，总要有点事，果然就出了点事。我一回去，就感到了一种压抑的气氛。村上人三个一团，五个一堆，唧唧咕咕，都在议论我们家的事。他们唯恐我们家不闹出点事。脸上洋溢着期待奇迹出现的那种热情。有些人按捺不住急切的心情，在我们家的亲戚中打探消息，并发表各种带有倾向性的评论和意见。不争气的是，埋我祖母的前天下午，家里终于吵了起来。我们家门口像开花季节一样，晃动着各种各样的脸，旁观者比当事人还要激动。好像每一个人都了解我们家庭纠葛的内幕，并知道其中的每一个细节。他们终于找到了话题。我极为厌恶。他们的舌头为什么那么长？他们对别人的事情为什么那么热衷，并不惜推波助澜？我突然感到他们那么丑恶，心理极为阴暗。离开老家后我常怀念那个地方，感到那个地方的一切都很美好，很有人情味。这一次，这种美好的感情被污染了。

杨绍武：很多东西一拉开距离，就容易理想化，尤其是乡情。另外，你的一切都是那个地方给你的，好也罢，坏也罢，你对它总有一种感激之情，但是置身其中，有些东西还是让人不能忍受。一个事物，美好和丑恶并存。我们想它好的时候带有理想化色彩，丑恶的东西容易被忽略。

杨争光：我当时很气愤，可事过之后，冷静地想想，也就能理解了。说别人的闲话，想知道别人的隐私，对别人不愿意让人知道的事情进行猜测、议论、说长道短，对他们来说，也许是一种精神生活。他们长期处在一种缓慢、乏味、封闭的生存状态之中，需要刺激和亢奋，以求得精神上的平衡。当这种需求不能以正常的渠道获得时，就拐上了邪道。这也许是形成他们心理上阴暗的一面的原因之一。

杨绍武：村庄是农民基本的生存圈子，动荡较少，新鲜事少，死一个人可是大事情，村民们投入极大的热情关注它，借机发泄一下，这是很自然的。

杨争光：我们家的亲戚关系以我祖母为枢纽维系着，其实早就没有感情可言了。我祖母一死，亲戚们几十年的积怨得到了一次爆发，许多人表现得有些孤注一掷。

杨绍武：实际上，用亲缘把人们联系在一起，并不能说明人和人之间真正的亲疏关系。

杨争光：我对这种人为的联系产生了一种憎恶。我感到这种建立在血缘和伦理基础上的人际关系很脆弱。也许这种关系在历史上对人类的进步起过积极作用，但现在，它又成为一种沉重的负担。没有共同的语言和情感却硬要纠缠在一起，并冠之以“亲人”的美名，必须维持，否则就是大逆不道，这实在是强奸人性。

杨绍武：在历史上，比如远古时期，生产力比较落后，血缘关系把人们团结起来，共同对抗自然，对抗外部的威胁。现在，那种关系的基础，政治、经济、文化等等已发生了实质性变化。那种人际关系就不是合理的了。但我们国家，特别是农村，还残留着这种东西。

杨争光：不只是我们家，这种东西已经成为整个民族的负担，它渗透在我们生活的各个方面，其色彩颇为浓厚。

杨绍武：这也是宗法观念的基础，以血缘和地域划分人，实际是一种封建意识。

杨争光：裙带关系就是由此而来的。人和人之间不是通过共同的事业活动结成群体，而是一种先天的、被动的结合。一生下来，你就注定要和某些人纠缠在一起，而不管你喜欢不喜欢，愿意不愿意。没有主动性的人际关系，怎么能有凝聚力，怎么能推动社会进步？和资本主义人与人之间的关系比较，这种封建的血缘伦理关系有它温情的一面。资本主义的人际关系以金钱为中心，赤裸裸，没有掩饰，而以血缘和伦理为基础的关系，则蒙着一层温情的面纱，比较含蓄，这就使得它有了一定的欺骗性。一些人在批判资本主义时候就以它为武器，原因就在于此。这就加剧了我们从中挣脱出来的艰巨性。

杨绍武：以金钱作为核心构筑人际关系，较之于以血缘、伦理来说是一个进步。我这样说，不会有为资本主义唱赞歌的嫌疑吧？

杨争光：以封建主义的温情批判资本主义，实际上是一个讽刺，一种自欺。

杨绍武：资本主义的管理方式，在一些人眼中是残酷无情的，没有同情心。

杨争光：人不需要这种同情。赞赏和保留这种同情，只能把人拉回到一种软弱无力的被动境地，没有自信心和主动性。每一个人都没有自信的话，整个民族也将是一个没有自信心的民族。

杨绍武：自信心是在实践中建立的。一个人在草原上和狼搏斗过，他再走在草原上就懂得了怎么对付狼。这就是自信心。摒弃依赖，是建立自信心的前提，但要摒弃依赖、自立，是一件痛苦的事情，但人必须独立。一个家庭，一个地区，一个国家，人对那种封建性的社会关系依赖越少，人的自立的程度就越大，富强的可能性也越大。

杨争光：我祖母咽气的时候，亲人们都围在她的眼前，年龄最大的是我姑婆，她七十多岁。我祖母大她几岁，八十一岁了。一个生活不能自理、卧床不起的老人离世，对人对己都是一种解脱。但死，总是一件悲哀的事情。一个人活了八十一岁，经历过许多事情。她有过童年、青年，可现在要死，突然就不再说话，世界要和她永远分离，我感到人的脆弱和悲惨。所以，心里有些难受。可我姑婆不让我们哭。她在死亡面前的平静令我吃惊。她说，不要哭，也不要叫，让她走，该死的人，叫醒她没什么用，让她走远以后再哭吧。我姑婆说得既平静而又富有人情味。我感到她像一个智者，她用声音在诱导我们。我们都不出声，气氛庄严而肃穆。我祖母去世一小时后，我们才哭了。

杨绍武：这是人类对死亡的一种状态。你姑婆虽然不能从理性的高度理解死亡的必然性，但她从直觉上，从一种混沌朴素的对人的理解中，觉得死者的离去是必然的，合情合理的。另外还有一种对死亡的态度，就是主动选择。比如海明威，他患病之后，用枪结束了自己的生命。像人对生的选择一样，对死同样也是选择，而且是一种庄严的选择。

杨争光：两种态度表面看起来一样，都很大度、洒脱，但层次不一样。我姑婆更多带有自然的、被动的色彩，而海明威是完全主动的。

杨绍武：这就是人的参与，依靠自身力量的理性选择。从社会发展来说，一个事物走向消亡，它的存在已经成为自己和世界的负担，但对它的流连、怀恋，其实是人的一种劣根性表现。我们国家残存的许多封建人伦意识，也是一种僵死的东西，任何留恋甚至唤醒它的企图都是对社会进步的一种犯罪。

杨争光：回过头来，看看刚刚经历的一些事，我感到老家那个地方的许多东西还是耐人寻味的。

杨绍武：无论是美的丑的，合理不合理的，都是浑然不觉发生的。拉开距离，发现其中有许多朴素而深刻的东西在其中。重新感受这些东西，不只是认识那个地方、那些人，同时也是认识我们自己。

原载于《当代青年》1987年第5期

作者致谢

感谢尹昌龙先生。因为他的美意，使我终于有了出版文集并以此检视我三十多年文字生命的勇气和动力。

感谢海天出版社。我很悦意把我的文集交给它，除了信任，还因为，它是深圳的出版社。“深圳的”，在我的情感世界里，就是“自家的”。自家人亲自家人，自家人进自家门，这也是一种“自然”。

感谢海天出版社第一编辑室。蒋鸿雁先生的专业素质，比之我的“自我检视”，要来得更为严肃——我拒绝了几家出版社的好意，没有匆忙地出版文集，就是想有一次严肃的检视，而不是印一套书，放在书架上，以它的“厚”和“多”显示“成果”，讨好自己。

感谢涂俏。她是出色的编辑，更是一位优秀的作家，由她做责编，我的欣喜和不安都是由衷的。

我当然希望，她为这套文集付出的劳动是“劳”有所值的。

感谢陕西师范大学的马聪敏老师。没有她的帮助，文集中的《回答卷》和《交谈卷》不但要延期交稿，还要杂乱无章的。事实上，文集中的诸多作品都有过她无私的帮助。

感谢霍鑫，是他把文集中没有电子文本的作品搜集整理成了电子文本。参与这一繁琐事务的，还有：李生普、肖磊、马宪刚、张琰、孙柯诸同学。对他们无私的付出，我满怀感激。

我信赖李松樟先生智慧的劳动。我甚至相信，他会使文集的每一页都有一个经久耐看的面相——它实在是“书”的重要的组成部分，尤其是在越来越讲究“眼缘”的当下。

我至今不会使用电脑。写作之于我，依然是在纸上“爬格子”。三十多年了，没有诸多朋友的支持和援助，没有读者朋友的偏爱，那么多小小的“格子”我是“爬”不过来的，所以，我的感谢不能少了他们。包括我现在工作的单位——深圳市文联和文联的同事们、朋友们。

王京生先生有一句话：深圳是一座爱书的城市。我深受触动，也感同身受。我爱这座爱书的城市，也是她的一个“分子”。文集中有一半的文字，是我成为深圳人之后写出来的。我愿把我的这套文集，首先献给她，也愿意接受她的检视。

但愿这套文集能有好的运气。

杨争光

2012年6月26日